诗经
越古老越美好

曲黎敏 著

台海出版社

序

  中国有《诗经》，就另有一片天空，干净、温润，仿佛从未脏过。连痛苦都干干净净，没有呐喊、没有血拼，一切战栗，只在血脉中流淌。然后，人坐在生命的河床边，看夕照下的河滩，一切都大，而且宽广，在黑暗的另一面，永远有一个——明天。

  美，只是感官的愉悦，或忧伤。非要寻出点儿意义，便是矫情。生活，如果只是时间的延宕，也无大意义。只有在时间之上付出感觉，比如爱、敬畏、肯定等，才能使生活有了短暂的意义，使时间也开始意味深长。只是在人群中多看了一眼，未来的每一分钟都有了意义。而有的，看了终生，也无半点儿倾心，便令人颓唐。所以，时间生活不重要，真正重要的，是情感价值生活。当情感价值凌驾时间时，便是超越。

  《诗经》，把这种情感价值生活延宕了三千年，只消一声吟诵，便风林秀木，伊人重现，萧瑟满怀。

  世界终归无解，不必探寻，只需音声相和，便是天人合一。

  《诗经》，是远古的一个最美的微笑。所有的笑，都是心神外散，而唯有微笑，是无限的给予和无限的敛藏。它之所以神秘，是因为超越了表达，因为所有的表达都有可能是对这世界的误解，而唯有微笑不是。它之所以美，是把无解与相知拉长了时间。它是最漫长的等待，当你也笑靥轻漾，便融入了漫天花雨，和这个无解与无尽的世界一起绽放……

其实，微笑即花语。与其拧巴地去对这个世界爱恨交加，不如，静静地，喜乐如花。

写于元泰堂

目　录

上　篇　唯有诗，可以让你与众不同

第一讲　唤醒诗性，从《诗经》开始
中国人的诗性是骨子里的　　/ 003
诗教是美育，远比德育重要　　/ 005
从普通生活到诗意人生——《小雅·采薇》　　/ 007

第二讲　《诗经》产生的文化背景
《诗经》的古籍背景　　/ 016
诗教是圣人给中国人的救世药方　　/ 019
终归诗酒田园——《魏风·十亩之间》　　/ 022

第三讲　《诗经》的形成和意义
《诗经》的形成源于古代的"劳保"制度　　/ 025
孔子删诗标准——思无邪　　/ 026
赞美，会使生活明亮高尚——《卫风·伯兮》　　/ 030

第四讲　学诗的益处
"六经"是孔子真正的精华，而非《论语》　　/ 037
声·音·乐　　/ 039
诗关乎风化　　/ 041
诗，可以兴　　/ 044

中　篇　《诗经》里的生存之道，是解决心灵之痛的良方

第五讲　《周南·关雎》——厚德之极
　　　　《关雎》为什么成为首篇？　　/ 060
　　　　《关雎》是一首单纯的情诗？　　/ 062
　　　　好婚姻的标准　/ 067

第六讲　男人的一生
　　　　先存志于学，后成家立业　　/ 073
　　　　男人的典范——《卫风·淇奥》　　/ 078
　　　　执子之手，与子偕老——《邶风·击鼓》　　/ 079

第七讲　女人的春天
　　　　春心荡漾三月三　/ 082
　　　　执拗、热烈是女子——《郑风·溱洧》　　/ 083
　　　　爱恨交加难自拔——《郑风·褰裳》　　/ 085
　　　　自有苦楚在心头——《王风·大车》　　/ 087
　　　　独爱那一个——《郑风·出其东门》　　/ 088
　　　　暗恋之美——《郑风·有女同车》　　/ 089

第八讲　幽会与相思
　　总愿永以为好——《卫风·木瓜》　　/ 091
　　打情骂俏——《郑风·山有扶苏》　　/ 092
　　忐忑即美好——《邶风·静女》　　/ 093
　　绝望犹如黑夜——《陈风·东门之杨》　　/ 094
　　爱有诸多怕——《郑风·将仲子》　　/ 095
　　有一种苦叫单相思——《陈风·泽陂》　　/ 097
　　食与色——《郑风·狡童》　　/ 098
　　最美是相思——《陈风·月出》　　/ 100
　　自古美人爱斯文——《郑风·子衿》　　/ 102
　　一切邂逅，都是上天美丽的安排——《郑风·野有蔓草》　　/103
　　幽会令人心颤——《召南·野有死麕》　　/104
　　真情还是戏弄——《邶风·终风》　　/105
　　好吧，我等——《邶风·匏有苦叶》　　/106

第九讲　爱情可任性，婚姻是天定
　　无邪的风流与憨痴——《周南·桃夭》　　/ 109
　　砍柴要斧头，娶妻要媒人——《豳风·伐柯》　　/ 110
　　今夕有你，欢喜无比——《唐风·绸缪》　　/ 112
　　幸福与否，与豪华婚礼无大关系——《卫风·硕人》　　/ 116
　　结婚，合适最好——《陈风·衡门》　　/ 121
　　一旦嫁人，皓齿深藏——《卫风·竹竿》　　/ 122
　　有德之厚，在于行人之所难——《周南·葛覃》　　/ 123

第十讲　琴瑟和鸣

要江山，还是要美人——《齐风·鸡鸣》　/ 128

夫妻更高境，默契与感恩——《郑风·女曰鸡鸣》　/ 129

风雨相伴，百脉皆畅——《郑风·风雨》　/ 132

夫妻之乐，别有风情——《齐风·东方之日》　/ 133

居室之乐，永生难忘——《王风·君子阳阳》　/ 134

妻子不焦躁，男子自安康——《周南·芣苢》　/ 136

夫妻恩爱，子孙满堂——《周南·樛木》　/ 139

生了男儿放床上，生了女儿放地上——《小雅·斯干》　/ 141

中国历史上一次伟大的生育——《大雅·生民》　/ 144

第十一讲　"围城"进退

嫁不出去急慌慌——《召南·摽有梅》　/ 150

有的女性为何不容易找到对象　/ 152

男人好解说，女人多怨尤——《卫风·氓》　/ 153

人性大多忘大德，思小怨——《小雅·谷风》　/ 156

前面我走，后面她来——《邶风·谷风》　/ 157

一个高贵美丽的退出者——《邶风·日月》　/ 160

千古送别诗之祖——《邶风·燕燕》　/ 162

微我无酒，以遨以游——《邶风·柏舟》　/ 163

挚爱先逝，唯苦唯念——《唐风·葛生》　/ 165

男人睹物才思人——《邶风·绿衣》　/ 166

第十二讲　远慕·归隐·孤独
　　有一种爱，叫"欲而不得"——《陈风·宛丘》　　/ 169
　　有一种爱，叫"不必得"——《周南·汉广》　　/ 170
　　做个安静的旁观者——《邶风·简兮》　　/ 172
　　心碎，也是一种醉——《秦风·蒹葭》　　/ 174
　　有一种苦，认为"生而无幸"——《小雅·苕之华》　　/ 176
　　北风呼号我且逃——《邶风·北风》　　/ 177
　　为情所困多怨憎——《邶风·式微》　　/ 178
　　红尘何须多恋恋——《小雅·鹤鸣》　　/ 179
　　独卧高山独自眠——《卫风·考槃》　　/ 181
　　无室无家令人羡——《桧风·隰有苌楚》　　/ 182
　　不慕公家自在仙——《魏风·汾沮洳》　　/ 183
　　我孤且骄任逍遥——《魏风·园有桃》　　/ 185
　　孤独，即永恒——《王风·黍离》　　/ 186

第十三讲　唯有生活，才是史诗
　　人生四季皆风景——《豳风·七月》　　/ 190
　　暂得嘉宾鼓瑟笙——《小雅·鹿鸣》　　/ 195
　　民族灵性在诗心——《小雅·都人士》　　/ 198

下　篇　《诗经》精选（曲黎敏译注）

周　南　/ 203
召　南　/ 212
邶　风　/ 216
鄘　风　/ 238
卫　风　/ 239
王　风　/ 254
郑　风　/ 258
齐　风　/ 272
魏　风　/ 274
唐　风　/ 278
秦　风　/ 282
陈　风　/ 286
桧　风　/ 292
曹　风　/ 293
豳　风　/ 294
小　雅　/ 303
大　雅　/ 316

后　记　/ 320

上 篇
唯有诗，可以让你与众不同

有用之知识，是让你活着；
无用之诗，是让你活得美。

第一讲　唤醒诗性，从《诗经》开始

我是诗教和美育的推崇者。如果允许我选择，我可能更想讲《诗经》，而不是《内经》。

中国人的诗性是骨子里的

为什么这么说呢？

我们经常说生命有三个层面——身、心、灵，其实现代医学涉及的只是我们的肉身层面，而中医已经讲到了精、气、神，涉及神灵及五藏神明的问题。那《诗经》则更进一步，涉及我们生命的最高层面，也就是"灵"。

灵的层面如何来理解呢？我认为，是艺术和宗教。

《诗经》本身所属这个层面的魅力，再加上我个人对诗教和美学的推崇，正是我想讲《诗经》的原因。

然而，有的读者可能会疑惑，艺术、宗教可讲的内容何其广泛，为什么我单单把《诗经》拎出来讲呢？

因为，从人类文明而言，《诗经》是我们中华文明一个非常伟大的起始点。

大家都知道，中国古代有"六经"——《诗》《书》《礼》《易》《乐》

《春秋》。所谓"经",就是根本,是永恒不变的精神家园。以《易》为经,可;以《书》为经,可;但以《诗》为经,伟大。纵观全世界,只有中华民族是一个"以诗为经"的伟大民族;不仅如此,还以《诗》为群经之首,这更彰显了我们这个民族的伟大特异性。

假设那是一个荒蛮时代,人们穿着葛布缁衣,吃着粗茶淡饭,可是就有那么一群人在远瞻星空、在近观蒹葭,在用诗来表达着自己的伟大情怀,这是一个多么奇特的现象。即便在西周、春秋、战国那样的动荡时期,不仅君王在写、贵族在写、普通百姓在写,妇女也在写……所有的人,无论富贵贫贱饱暖饥寒,都在通过诗来表达内心的痛苦、内心的欢乐、内心的骄傲……从某种意义上说,从《诗经》开始,诗性就注入了我们的基因中。

现在,在这里,我们要做的只是唤醒。

《诗经》,不仅是我们中国人精神的一个起飞点,也是我们原始先民生活的瑰丽展现。在《诗经》里,我们祖先的价值观、审美观、生活观……方方面面如孔雀羽毛上的眼睛,熠熠生辉;那种率真、担当,以及人生责任,都唯美得淋漓尽致。

我们已经以此为开端,如果能在这场传统文化的复兴中,再次感受到《诗经》那种古朴热诚的精神力量,那么,它,也许会成为我们未来的一个精神目标,我们也由此重新出发,用这份率真、担当和责任,来开启我们唯美的未来生活。

中国自古是一个诗教大国,但这种诗教与美育已随着历史长河从明流转入暗道,只是开启童蒙,实践一二,然后,随着年龄的增长,便成为一种朦胧的记忆碎片。每当我们面对自然怦然心动时,依旧是千头万绪如鲠在喉,只会说"美啊美"的,却再也说不出一二。所以我们有必要重返历史长河,去看一下中国古代的人是如何用诗来释放自己的。

咱们就说刘邦，好像是没什么文化，但是他的诗确实气势非凡，"大风起兮云飞扬，威加海内兮归故乡"，酣畅淋漓，气势磅礴。

再说朱元璋，他曾为阉猪这件事写了一副非常了不起的对联：

双手劈开生死路
一刀切断是非根

这个对联不仅对仗工整，其内容更是贴切，一刀下去，不仅斩断是非，亦斩断因果。其悟性和气势，令人叹为观止。

不管有没有文化，诗，只关乎我们的内心，以及我们的气势。

"仰天大笑出门去，我辈岂是蓬蒿人。"

唯有诗，可以让你与众不同。

诗教是美育，远比德育重要

中国自古就是诗教国度，诗教是美育，远比德育重要。因为美育源于天性，一花一世界，一草一精神，小孩子看到花开就喜悦，这就是天性的美好。而德育源于后天，道德教育是为了防止人的过度自私而设定的维系互利关系的社会契约。我们之所以有道德约束，实际上是在告诉大家，因为我们是一个群居社会，人不可以滥用自己的自私。就是说在群居社会里，大家要想都过得好，就必须遵守规则。

而美育就不是这样了。用美育诗教代替宗教，是中国之神圣教化。中国人真正喜欢的生活——宗教生活化：山水之间都是灵性；生活艺术化：眼之所及都是艺术。老子说自然，孔子倡诗教，易经尚象，内经说阴阳，汉推气势，唐咏诗，宋唱词，元玩曲，红楼集山水建筑诗词琴曲之大成，都在此列。宗教解生死迷局，美育诗教得生命美之极致，迷局难了，美与诗却可直入真善美。读诗和写诗，可以让你成为一个性情中人，一个对这个世界的美充满感觉的人。

美育在我们中国文化里是一个非常重要的元素，其中一个很重要的"教化"就是让我们学会分享，尤其是学会分享生命里的美感。比如说我们看到鸟，就要分享它的飞翔；看到天，就要分享它的辽阔；看到地，就要分享它的那种宽厚和仁慈；看到蝴蝶，就要分享它那种变化的能力……只要是我们眼之所及的事物，都有可能会唤醒我们内心的美感。

这种美感和这种分享，实际上源于深刻的爱和同情，从我们分享的那一刻开始，我们就不再是一个旁观者，而是可以跟天地同化的一部分，天地自然就不再是它者，我们也不再是我们自己，我们和天地自然融为一体，甚至我们就是它，它就是我们。万物之美借助我们的这种分享，成为我们生命里深刻的一部分，同时也使我们的生活变得更加美好。

美育另外一个"教化"在于培养丰富的精神。美和审美是先天的，是对生命的超越，是人与神唯一可以共享的东西。生老病死、成住坏空是定数，它只会让生命更沮丧，或更贪婪。唯有浩瀚的神秘，唯有美，唯有爱，可以让生命激荡，让我们完整地看待一切，包括恶和天道的无情，使我们的生命接近那无限，并得以超越。其实，人和人的差异在很大程度上要看你站在什么角度上，你若站在有限的角度上，那么你会觉得一切都会是局限的；如果你站在无限的角度上，你会觉得你的生命一下子就扩展了，所以这也是美育教育对我们的人生的重要意义。我们要做的，无非是：感受世界的美，担当世界的美，对世界的美负责任。

什么是美感？——凡使我们的心为之变软、变温柔，引发了我们无限爱怜的事物，都是美的。当肉身的每一个细胞都因这爱而与这美共频共振时，就是见证生命奇迹的时刻。

人的差异性源于灵魂的差异，源于生命能量的差异，源于神魂意魄志的差异，源于诗性和艺术性。

关于诗教和美育，大家可能会进入一个误区，认为诗教就是背诗。其实，诗教不是背诗，而是要培养诗意的心、诗意的眼。今人喜欢以"有用""无用"区别事物，不知"有用"之物陷你于庸常，"无用"之诗则解脱你于庸常——有用之知识，让你活着；无用之诗，让你活得美。

说白了，人的一生不是单纯为了活着，而是为了活得美，能够感知天地的这种大气磅礴，才能使我们的生命有所提升，否则，我们还是浑浑噩噩。总之，在这世上，光做"人"是不够的，最好还要做一个诗人，最起码是个骨子里有诗意的人，那样你与世界的对话就丰富且充满意义了。

好吧，我们先通过《诗经》中著名的《采薇》一诗，来看看远古之人是如何完成从普通生活到诗意人生的超越的。

从普通生活到诗意人生——《小雅·采薇》

小雅·采薇

【原文】
采薇采薇，薇亦作止，
曰归曰归，岁亦莫止。
靡室靡家，玁狁之故，
不遑启居，玁狁之故。

采薇采薇，薇亦柔止，
曰归曰归，心亦忧止。

【译文】
春生豌豆苗亦新，
曰归一年岁又暮。
无室无家因玁狁，
无暇起居玁狁故。

夏日豌豆苗亦柔，
归日无望心亦忧。

忧心烈烈，载饥载渴，　　又饥又渴忧心烈，
我戍未定，靡使归聘。　　无法归聘缘奔波。

采薇采薇，薇亦刚止，　　秋日豌豆苗已刚，
曰归曰归，岁亦阳止。　　日归一年岁又阳。
王事靡盬，不遑启处，　　战事未有终了时，
忧心孔疚，我行不来！　　总盼归期未有期。

彼尔维何？维常之华，　　路边猛见棠棣花，
彼路斯何？君子之车。　　还有君子之大车。
戎车既驾，四牡业业，　　戎马威仪壮心骨，
岂敢定居？一月三捷。　　一月三捷捷报多。

驾彼四牡，四牡骙骙，　　四牡骙骙行大路，
君子所依，小人所腓。　　士兵且随君子车。
四牡翼翼，象弭鱼服，　　象牙做弓鱼皮袋，
岂不日戒？狁孔棘！　　保家卫国有尊荣！

昔我往矣，杨柳依依，　　昔我往矣杨柳依，
今我来思，雨雪霏霏。　　今我来思雨雪霏。
行道迟迟，载渴载饥，　　老来还乡却迟疑，
我心伤悲，莫知我哀！　　只因内心多伤悲！

　　《采薇》是《小雅》里的一首诗，全诗六段。从它的语气上来看，它应该是一个战士所写。

　　《采薇》的前三段基本上是一种重复。重复，是生命的一个被遮蔽的

本质，是我们无法回避的人生之痛。

"采薇采薇，薇亦作止"——这是"起兴"手法。先描写一种现象，然后由这种现象引起内心的一种感觉或者感伤。

《诗经》作为远古诗集，非常简洁，但不简单。头三段的开篇只换了一个字，却把"时光"这个如此重大的人生机密给诗意化了。"薇亦作止""薇亦柔止""薇亦刚止"——"薇"，豌豆苗而已，"作"是发芽，"柔"是少女般的婆娑，"刚"是老迈——时光就此变幻、流逝，人生就此虚度、蹉跎。

"采薇采薇，薇亦作止，曰归曰归，岁亦莫止。"——就是老说回去啊，老说回去，说着说着就又到年末了，"岁亦莫止"，就是一年又到头了。

然后"靡室靡家，玁狁之故"——到现在为止我没有室，也没有家，都是因为戍边的缘故啊。

室和家是什么呢？中国古人认为，婚姻，就是"男有室，女有家"，男人三十之前不敢有其室，女人二十之前不敢有其家。室和家是不同的。中国标准的屋子正中央是"堂"，堂的两边为"室"，也就是主人睡觉的地方。在过去，女人除了早晨入堂拜见公婆之外，其他的时间都是不允许入堂的，只允许待在室内。所以，在过去，妻子也叫作"室人"，就是我们通俗所说的"屋里人"。那么什么是"家"呢？"家"字为什么是有猪（豕）在房子（宀）里的字形？在中国原始社会，女孩子生理成熟来月经之后，亲人就要在外面给她盖一间茅屋，女孩子会住在茅屋里。这时候喜欢她的男人是可以进入茅屋和女孩子同房的，这也就是原始的"走婚"。一旦女孩子怀孕了，她就可以在交往过的男人中选定一个作为她的丈夫，如果这个男人不同意和她成亲，就要给她一些财物作为补偿。猪在古代是重要的物质财富象征。猪可以旺财，过去的堂屋除了供奉祖先的牌位，还可以让猪进来。有祖宗牌位说明这个家有传承，有猪说明这个家有财物可以延续下去。总而言之，"室"，是男人驻足之地，驻足是因为有吸引他的女人。"家"，是女子养育之地，就是富足和美满。

"不遑启居，狁狁之故。"——我甚至连坐下来休息一会儿的时间都没有，这是因为边境外族侵略急迫，随时可能要打仗。这是第一段。

"采薇采薇，薇亦柔止"——豌豆苗开始长大了，由"作"而"柔"，苗叶开始变得婆娑曼妙。

"曰归曰归，心亦忧止"——看到苗叶之曼妙，心意也随之忧伤。

"忧心烈烈，载饥载渴"——我们经常说"载渴载饥"或者"载饥载渴"，其实都是源于《诗经》里的语言。这句诗是不是真的在说生活当中没吃没喝？当然不是，其实更多的是在抒发内心的那种焦灼焦渴，因为"我戍未定，靡使归聘"——我的驻扎点、我的营盘永远没有一个安定的时候，所以我也没法跟家里通信，有所问候。这是第二段。

第三段"采薇采薇，薇亦刚止"——"刚"，就是豌豆苗由柔变老了。这还是写人生。是谁老了呢？是人的心老了，人还没有老，心先老了。一年一年地过去了，树木未老，心先老。"曰归曰归，岁亦阳止"——很快一年又开始了，春天又来了。时光就是这样，一年唰一下过去了，一年唰一下又过去了，每个春天都让人无尽地感伤。人，真的不是慢慢变老的，也许就一个春天，也许就那么一瞬，人的心，一下子就变老了……"王事靡盬，不遑启处"——可是国家的事从来都没个完，总是行色匆匆，一年又一年。

"忧心孔疚，我行不来！"——这句需要注意的是"孔"字。古文里"孔"大都是表示"很""特别"的意思。就像是诸葛亮字"孔明"，是说诸葛亮特别聪明。这句诗的意思是，忧伤的内心特别困疚啊，为什么我的归程永远安排不下来？

读到这个地方的时候，你会更加感觉生命实际上是某种重复，如果永远这么重复下去，我们生命的意义就不大了，就会因此而生怨，由无休止的怨而生恨，人生不仅变得毫无意义，而且面目可憎。多怨、多恨，用孔子的话来说，就是小人。但是，《诗经》的伟大之处恰恰在于，虽然前三段是在表现一个士兵内心的忧伤和抱怨，但是突然从第四段开始，生命出现了转折——如果我们的生命没有转折，生命是没有意义的；生命没有超越的话，也是没有意义的。那么，是什么凸显了生命的意义呢？

"彼尔维何？维常之华"——"尔"是形容花朵的茂盛，"常"通"棠"，哎呀，道路旁边那特别茂盛的花是什么花啊，是美丽的棠棣之花啊。

一旦发现我们的生活处在一种长期窒闷的不断重复中，我们便会有一种难受的感觉——每天早晨起来去上班，然后下班，每天过着两点一线的生活，每个黎明、每个夜晚仿佛都一模一样，生命便如同机械，生命已了无生趣，久而久之，就是衰败与枯萎。但是突然有那么一天，某种事物唤醒了我们沉睡的心灵，就在那一瞬间，我们的生命开始充满意义。比如说一个战士突然发现了一朵花，当战士的眼里不再只有敌人，而出现花朵的时候，他已然僵硬刻板的生命便猛然复苏，当他更进一步觉知的时候（那花已是棠棣之花），他的生命也随之绽放了。其实，那朵花可能一直在那里，但他原先陷于生命的焦渴当中，他是看不见那朵花的，他对那朵花是没有觉知的。因此，这一瞬间的转机，便是生命的转机。

"彼路斯何？君子之车"——他的视野在进一步地开放，路上的那些大车是君子之车。"戎车既驾，四牡业业。岂敢定居？一月三捷。"——整个诗风从第四段开始，出现了一种非常高昂、非常艳丽、非常壮观的气势。这种气势对我们的生命实际上是非常有意义的，先前虽然有那么多抱怨——因为"狁狁"，我没法有个家，我没法定亲，我没法回归故乡……但是在这个时候，这个士兵因为花朵、因为威风凛凛的战车，开始生出生命的骄傲——我们要保家卫国，我们要担起一个士兵对家国的根本责任！先前所有的牺牲，先前所有的困苦，从这一时刻起，都开始充满了意义，小人物由此成为战士！其实这首诗写到这儿的时候，非常棒。生命，从灰暗中，开始有了颜色，开始有了新的格局。

下面的第五段，继续沉浸在这种高昂的气势之中，"驾彼四牡，四牡骙骙"，继续形容这种壮观和壮烈的情怀，四匹雄壮的公马在前面拉着轰隆隆的战车。"君子所依，小人所腓"——大车对这些士兵来说意味着什么呢？君子们都坐在车上，而士兵依附在战车两边，以战车为掩护，一月三捷。

"四牡翼翼，象弭鱼服"——四匹大马非常威武雄壮，而所有士兵的弓箭两端都是用象牙来装饰，所有的箭袋都是用鱼皮做的。大家可以想象一下，一个战士背着鱼皮做的箭袋和象牙修饰的弓箭，这一切，都在阳光下闪烁着奢华的光芒。道路两边繁盛的花朵是美丽的，君子的大车是威风的，四匹大马是强壮的，武器是精良的，"岂敢定居？一月三捷。"——我们怎么敢贪图享受？那胜利的荣耀为我们的生命增添了光彩！"岂不日戒？狁孔棘！"——面对敌人的凶猛急迫，难道作为战士，我们不应该每天都保持警惕吗？——此时此刻，战士的这份骄傲打败了一切，打败了生命的灰暗，也打败了我们对生活的一切不切实际的幻想。

《采薇》这首诗为什么在《诗经》里极为著名？因为它把我们生命的起承转合说尽了。男人活着，不单是娶妻生子，不单是有家有室，还要有种战士的骄傲，还要保家卫国，还要勇敢、坚定，不断地为每一个家庭的幸福、为国家之尊严有所付出。

四、五两段把前面三段提升了一个层面。对一个男人来说，他的责任和义务是不容推卸的，就算工作是不断地重复，我们也要在这种重复中发掘出意义，意义在于：我们能否找到一种无畏的骄傲，就像推着巨石上山的西西弗斯，我们有没有能力把生命的这种惩罚变成我们内心的一种顽强，我们敢不敢承受这种生命无意义之痛苦！

记得在阿根廷，我曾看到一个扫大街的人和他的扫把合舞探戈，这令我非常震惊和感动。如果一个民族，其细胞、血液中都是舞蹈，都是欢乐，那这个民族是一个内心多么完美的民族！当我们能够用舞蹈来代替走路，哪怕是推西西弗斯的石头也用探戈的节奏，那我们的心灵该有多么美和强大！更何况，这个古代的战士还在沿途发现了花朵，发现了威风的战车，发现了万物之美与和谐，有了这一瞬间的领悟，一个战士，就此成为最早的边塞诗人。长风猎猎，孤云漫漫，时光，却不无光彩！

最后一段，到目前为止，我都认为是《诗经》里边最好的段落。这一段我们很多人可能都会背诵，那么这一段到底在写什么呢？——在写一切抱怨、一切骄傲之后的痛定思痛。

"昔我往矣，杨柳依依，今我来思，雨雪霏霏。"这两句非常有名，让人心碎。它通过两个场景：一个杨柳依依——春天的场景；一个雨雪霏霏——冬天的场景，写情感的起伏旖旎和波澜壮阔。

"昔我往矣，杨柳依依"——春天的杨柳，那么柔软，那么轻盈。这句诗在借杨柳写青春的无知无识；写年轻人内心的单纯和柔软；写生命的不能忍受之轻盈浮越和美好……当年"我"出发去当士兵的时候，步履轻盈，心情盎然。"我"那个时候对生命是缺乏感知的，"我"感受的只是轻松快乐轻盈，就像杨柳一样那么软绵飘荡，觉得人生可能永远如此美好。但是"今我来思，雨雪霏霏"，雨字读作"yù"，它是个动词，就是下雪，下雪霏霏。等"我"回来的时候，等"我"经历了整个人生的时候，"我"才知道人生是非常艰难困苦和令人迷惘的，就像身陷迷蒙大雪之中，我们因内心迷惘而步履维艰。

那么，这两句从更高的层面上怎么理解呢？我们之前读过了，前三段在写日常生活，中间两段在写作为战士的骄傲和他生命的那种觉醒，但是最后这一段实际上是更高的提升，就是把对生命的感悟提升到了哲学的层面。

诗歌，其实就是音乐。《采薇》写到这最后一段，"昔我往矣，杨柳依依，今我来思，雨雪霏霏，行道迟迟，载渴载饥，我心伤悲，莫知我哀！"，就是音乐高潮之后的退潮和平复。到了这个时候，笔锋一转，当你衰老的时候，当你真的有一天卸掉重任返回家乡故土的时候，你可能会突然觉得生命其实最终还是毫无意义的，是令人伤感的。

我们遐想一下，一个打了一辈子仗的战士终于回家了，当年青春烂漫地走上了战场，打了一辈子仗，踏上归途的时候，他心情会很沉重，他曾经那么渴望、那么想家，可是在"雨雪霏霏"中，他不敢前行了——家，还在不在？父母，还在不在？妻子，还在不在？……人生到底有没有等待？有没有坚守？这些问题会比大雪还令人迷惘。一切情感，最后是否有一个真实的归属？流浪时，我们对家有过温暖的想象，但一旦航船入港，我们却害怕一切不过空空荡荡，其实，这就是我们人生痛苦的核心，一切得到的背后都不过是空虚。归来，有时比流浪更可怕。

于是"行道迟迟，载渴载饥"——"行道迟迟"并不是说因为下雪，路走得慢，实际上是他回家的心在迟疑徘徊，不敢快啊，因为不敢那么快地看到结果，所以他伫立在大雪中，然后一步一步很沉重地走向生命的尽头……

"我心伤悲，莫知我哀！"——最后还是不可抑制地把这种悲伤宣泄出来了，没有人知道"我"内心因何而悲、因何而哀。"知我者谓我心忧，不知我者谓我何求！"在《诗经》里，这样的悲哀无所不在，无论是战士，还是士人，都有这样无法释怀的时刻，一切不可言说，不是有没有人懂的问题，而是等话到嘴边，却发现言说已全然没有意义！这种痛，这种苦，会让人仰望上苍，"悠悠苍天，此何人哉"……

如何解决生命终极之痛的问题，不仅是我们心灵之困境，也是我们语言之困境。世界可以感知，但难以言说。而唯独伟大的诗人可以以伟大的诗性把宇宙情怀放入一种共时性的语境里，让我们千百年来不断地吟咏，比如杜甫的那句诗："星垂平野阔，月涌大江流。"沉雄壮阔，洗却千年尘埃。杜甫的这句诗把整个《诗经》里面的这种不可言说扩展到了一种宇宙情怀。当我们对自我生命的关照局限于一己之身的时候，我们实际上是看不清生命和人类的命运的，但是当我们看到"星垂平野阔，月涌大江流"这种场景时，我们生之为人的那种渺小和孤苦无依的痛苦瞬间被宇宙的浩瀚包容了、化解了……唯有"无我"，才能无痛、无苦。唯有将"我"化入浩瀚之宇宙，才能从生命之"点"融入生命之"流"。生命，从来都不是止于一景、一时，而是"圣人有好生之德"，生命的本质，永远在川流不息当中。当我们有了这一番彻悟后，我们便可以走出霏霏之大雪，可以找到平野和星空，可以继续轻盈地前行……

我们这个"以经为诗"的伟大民族有着不断往前走的情怀和狂放，我们这个民族骨子里蕴含的诗性和诗魂令人叹为观止。中国人，始终有一种能力来拉升平庸的生活，始终用诗性来丰富对生命的高度敬仰和高度赞美。这种精神的丰富性，从《诗经》开始，到屈原、到李白、到杜甫、到李煜、到苏东坡、到辛弃疾、到李清照……始终不断传承着，并不曾中断。

所以，我们必须从《诗经》开始，重新展现一个诗的国度、一个诗的民族、一个诗的心灵……都说"起源意味着本质"，一个以"诗"为起源、为经典的民族，必定华美，必定伟大，必定得"天佑"。

第二讲 《诗经》产生的文化背景

华者,花也,光璨也。夏者,大也。华夏民族,从远古起,就文明光璨,就优雅从容。在《诗经》青灰色的天光下和阡陌相连的桑田里,我们远古的男男女女就已经明晓:宁静,从来不会凭空而降,而是基于生活沉甸甸的富足,基于精神的成熟和自在的、懂得节制的禀赋。

《诗经》的古籍背景

在讲《诗经》前,先约略说一下中国的古籍。这几年兴起了国学热,人们只看到了热闹的表面,但严格来说,对经典的讲习和运用是大有玄机的。且不说讲哪一部,不讲哪一部,讲"经",还是讲"子",还是讲"史",不仅与讲者的根性有关,也与对传统文化的认知和理解有关。

从汉武帝罢黜百家、独尊儒术开始,孔子被尊为万代帝王师,只有唐代的李世民家族拜一拜老子。虽然李世民把道教放在第一位,但是他起用的人还是儒生。什么人爱当官、能当官呢?儒生。中国千百年来的考试制度和官僚制度都是为儒生定制的。李世民之后的武则天为了改朝换代,又开始信奉佛教。政治一定有阶级性,文化也一样。文化的阶级性就是指统治者想利用哪种文化为自己的政治服务。武则天如果还把道教作为国家政治的文化背景的话，就等于承认天下还是李家的。想当初李世民编的故事是自己是老子的后人，因此武则天便不可以再认老子为宗，她就很聪明地选了一个佛家核心的话题——转世，来编自己的故事，即说自己是弥勒佛转世。

所以，因着"国学"这种阶级和政治色彩，我认为不必言必称"国学"，还是称"传统文化"好。所谓传统文化，即一个民族赖以学习和传承的文化。

为了更好地利用古籍，大规模以政府行为整理古籍在历史上曾经出现过四次。第一次是汉代，收集的书汇编收录在《汉书·艺文志》中。第二次是唐代，出现了全世界第一本由国家编订的药典《唐本草》。第三次是宋代，大规模地整理古书。第四次整理就是在清代。

清朝做了一个很大的工作——修了《四库全书》。把中国所有的书籍以经、史、子、集四部分类归类。它们的编写体例是以儒学为基础的。《四库全书》为了美观与便于识别，采用分色装帧，经部绿色，史部红色，子部月白色（或浅蓝色），集部灰黑色。四部颜色的确定，依春夏秋冬四季而定。

书籍是文化的载体，按春夏秋冬来排序，是中国人对古籍内涵的独特感受——经部，意味着文化的生发和开端；史部，是人类历史的铺陈和展开；子部，如金秋般沉淀着人类精神的营养和多样；集部，敛藏着文学艺术冬日般的精粹和对人类心灵的震撼。《诗经》本是文学，但不在集部，而归于经部，是确立其于整个文化的根基地位，它和其他经典一起构成了整个中华文明的源泉和根茎，没有这样富矿般的根茎，中华文明这棵大树便不可能枝繁叶茂、硕果累累。

什么是"经"呢？"经"这个字包括两个基本含义。其一，"经"字的"纟"部代表脐带。中国造字的第一原则是"近取诸身"，没有比婴儿出生时的脐带更让古人惊异的了，后来人们认识到它是连接人先天和后天的根本，于是把脐带剪断后留下的肚脐称作"神阙"，即先天神明自此缺失。所以"经"的第一个意义是"根本"。

"经"的第二个含义，就是织布过程中的"经线"之意。"经线"一旦固定，便不能变动，而纬线是可以变的，所以，"经"的第二个含义就是"永恒不变"。

在汉代以前，"经"指"六经"：《诗》《书》《礼》《乐》《易》《春秋》，皆由孔子删定。其中的《乐》早在战国后期即已失传，所以汉武帝时只立了《诗》《书》《礼》《易》《春秋》等"五经"。至东汉时，又在"五经"之外把《论语》《孝经》定为读书人必读之书，这样儒家的经典便扩大为"七经"了。

到了唐朝，在国家官办学校的学习科目中又加入了《春秋公羊传》《春秋谷梁传》《春秋左氏传》和《尔雅》。在宋代，理学家们又把《孟子》提高到经书的地位，所以就出现了《周易》《尚书》《毛诗》《周礼》《仪礼》（简称《礼》）、《礼记》《春秋左传》《春秋公羊传》《春秋谷梁传》《论语》《孝经》《尔雅》《孟子》十三种儒家经典，统称为"十三经"。

从宋代起，经书的次序发生了变化，开始以《周易》《尚书》为先，《诗经》排在了第三，其实这不过是宋明理学企图以《易》通贯儒释道的思维作祟，若认真追寻先贤足迹，会发现，在圣人孔子的心目中，排第一位的就是"诗"，在孔子眼里，做人之道是基础，人，是认知万物的根本，由人去解读万物，建立规章制度（书），建立人际规范（礼乐），认知天地之道（易），创造历史（春秋），一定要先以《诗经》的君子淑女之道入手，而人，又为情感所左右，故《诗经》以情感的中庸及思无邪为基点，用它来为诸经统定调性。

"史"有两个含义。《汉书·艺文志》说"左史记言，右史记事"，古传帝王的身边有两个人，左史记言，记录帝王今天说过什么话；右史记事，记录帝王今天做了什么事。这对帝王的言行是个约束，让帝王不可妄言，不可妄行。这是从帝王个人言行角度阐释，然而我们生发讲开，会发现一个值得重视的现象，就是中国历史大都是以帝王纪年。帝王被称为天子，其所作所为也被冠以"替天行道"的名头。"率土之滨，莫非王臣"，帝王要顺应天道，即做事不可谋一己之利，而是关系整个国家和时代。从这个层面讲，帝王个人的言行反映的是一整段历史，所以"史"可以说是帝王史。

"子"就是诸子言论。它是人类的思想史，有贵族气质和精神风貌。诸子的沉思、诸子的狂放、诸子对万事万物的同情和怨怼，都记录在子部中。医书也是放在子部里面的。如果说"史"代表替天行道的话，那么"子"就代表个人意志及精神的汪洋恣肆，是个人情绪的张扬。

"集"实际上是杂学系统，以诗词歌赋传奇小说为主。如果说子部表现的是人的明意识，集部表达的则是人的潜意识和无意识，表现手法也更加细腻、多样。但《诗经》不在集部而在经部，这说明《诗经》彰显的是人类文明的元意识，它率真、朴实、直抒胸臆，如孩童般自在活泼。

诗教是圣人给中国人的救世药方

中国传统文化可以统称为"内学"。比如中国功夫叫作"内功"，外练筋骨皮，内练精气神。儒学又叫"内业"，它倡导的积极上进并不是仅仅浮现于表面的对事物的热爱，而是要求这种热爱、这种积极上进一定要源于内，源于你的世界观。你表现出的热爱，要经得起盘问：比如对于工作，你的热爱是源于要济世利民呢，还是浑浑噩噩地混生活？中国的医学又叫作"内景"。中国文化可以用四个字来概括——"内圣外王"。"王"在这里读作四声。只有"内圣"了，才可以在外面称王。"圣"的繁体字写作"聖"，即是可以控制耳口、控制自己的人。肾开窍于耳，所以耳朵的最根本的特性是收纳。口也有两个特性，一个是吃，也是主收纳；另一个是发，发言为声，要会表达。

那么，是什么造就了这种观望内里、向内求的特性呢？

任何初始文化都有地理上的局限性，并由此形成了最初的世界文明三大格局，海岛文明自有它扩张的野心，游牧文明走而不守，而大陆文明自有其封闭的特性。

凡是航海的国家，他们的文明重视的是人和自然的关系。岛国缺乏资源，他们因此而有向外扩张的掠夺性。

游牧民族重视的是人和神之间的关系，他们带着家族和牧畜游走在暴风骤雨、辽阔草原及高原中的形象，使他们自己就像"神"。

以汉族为主的中华民族世居土地，依靠农业维系生命和生活，强调人与人之间的关系，并确立了血缘宗法体系。如果我说中华民族是一个不信神的民族，肯定会有人反驳："中国有很多神仙啊！"但是实际上中国的老百姓凡所信"神"，统统都是"实用主义"的表现——该用谁的时候就去求相应的"神"。想生孩子了，求送子娘娘；想发财了，求关公；中国人随时都可以依据自己的欲望造一个神出来满足自己。中华文明历经千载，"生生不息"，是中国人内心的真实。

黑格尔说："平凡的土地，平凡的平原流域，把人类束缚在土地上，把他们卷入无穷的依赖性之中。"中国是拥有分明的四季和辽阔的土地的国家，它北有内蒙古戈壁，西有世界上最高的高原青藏高原，东、南有无法逾越的浩瀚的太平洋。对四周隔绝的最大补偿，是我们拥有开阔的腹地，拥有黄河和长江，它们共同铸造了中华民族的生存伟力，培养了我们团结向上的精神。

正是在这种独特的生存空间中，形成了一种内向的、求稳定的文化类型。这种无法逾越的特性，使古人产生了"安于现状"的特点。而且这个"现状"太好了，地大物博、幅员辽阔。在这样的环境里只向内求就够了。四周无法超越，就是"闭"的格局。

中国土地之上最初产生的都是农民，所以我们骨子里都有农民的特点。现在的有钱人买了房子，还是喜欢在自己的院子里种点儿菜，往深远里说，这就是农民的根性不断。院子实际上是人心灵的翅膀，千万不能小瞧了去。房子看上去好像只不过是个住所，可是它能影响一个人的心胸。"厄"字，从字形上就可以看出是把人憋在里面，让人连头都抬不起来，人生最苦难的困境就叫作"厄运"。过去人家里有房有院，就是要给心一个可以吸纳天地之气的空间。

其实，中国自古以来就有一种简单诗意的生活——尊崇自然、不过度开发、尊重天地宇宙、前人栽树后人乘凉……我们古代的"法"就不是为"自由"专门相对而设的，我们更多关注的是"自在"和"知命"。宗法社会本身就不是建立在"平等"上的，更何况，有山就有水，有高就有低，有阴就有阳，所以，没有"平等"，只有"和谐"。无论如何，我们还是农业文明的后裔，田园风光、风调雨顺、心地淳厚，便是我们内心最好的真实。

于是，针对中华民族这个奇特的族群及这个族群人性的复杂性，圣人开出的药方不是宗教，不是哲学，不是政治，而是——诗教。

中国人相信生活，能无牵无挂徜徉在山水之间，便是终极的幸福。

对悠闲自在生活的向往，在《诗经》中屡屡可见，比如《魏风·十亩之间》。

终归诗酒田园——《魏风·十亩之间》

魏风·十亩之间

【原文】　　　　　【译文】

十亩之间兮，　　　十亩之间啊，

桑者闲闲兮，　　　桑者且闲闲，

行与子还兮。　　　与子携手归。

十亩之外兮，　　　十亩之外啊，

桑者泄泄兮，　　　慵懒且熙熙，

行与子逝兮。　　　与子远相随。

　　回家还是远逝，入世还是离世，是中国人永远的话题。十亩之间的温馨与十亩之外的超脱，纠结于人的心灵。英国诗人华兹华斯说："诗起于在沉静中回味来的情绪。"好诗，不必长，短短几句，让人沉静，让人回味，情绪澄澈，便可救赎人于庸常，哪怕没有采菊东篱、没有采桑十亩，也让我们悠然见了南山……

　　"十亩之间兮，桑者闲闲兮，行与子还兮。"——我们古人追求的，就是有土地、有良田、有桑可采、有丝可织的闲适生活。我愿意跟你一起好好地回家。生活如此简单愉悦，没有什么更复杂的东西。

　　十亩之间啊，吾与你闲闲归；十亩之外呵，多远我都相随。田园将芜，吾与谁归？扑面而来的就是这样一种感觉：疏淡的心，恬静的意。相比之下，今人的情感多么焦躁肤浅。

　　其实生活本身是疏淡的、恬静的。人生不需要那么多理由，也不需要那么多借口，我们只需要一种安安静静的、稳定的、风调雨顺的闲适生活，不愁吃、不愁穿、有人陪伴的生活。可能现在年轻人不认可这种闲适，他们气血旺盛，认为要奋斗、奋斗、奋斗。奋斗没有错，但是当你慢慢变老，就像先前所讲的《采薇》，当你用苍老之眼透过生活的万花筒看到那最深处的纯净时，你可能突然领悟，你一生奋斗之目标也不过是求这份闲适与安稳。

《诗经》里有一个重要的秘密，就是它所有的开篇都在谈光阴。今人爱说"时光"，古人爱说"光阴"。时光是闪闪的流逝，而光阴却意在些微的积淀。相较而言，"光阴"比"时光"更有诗意，时光是可以任意挥霍的，但光阴需小火慢熬。现在的一些年轻人什么都喜欢快，闪恋、闪婚、闪离……把过去人们要花一辈子时间慢慢经历的辛酸苦辣一下子就过完了，殊不知，唯有慢生活、真感情，才得因果。如果你太快了的话，你会觉得一切都好像无缘而起，又无缘而灭，没有过程的结果是令人沮丧的。"一切不过如此"，这句话隐含着多少无奈和苍凉。但是慢生活、真感情把我们长时间地置于过程当中，使我们有机会为未来的结果创造诸多美好，即便无法善终，我们也有在光阴中修复创伤的可能……也许只有到了一定的年龄，人们才能慢慢地享受一种真正的、古代人经常有意无意之间表达出的那种悠然，也才能知道那种自得生活的美感。

从这样的诗里，我们可以清楚地看到中国人的价值基础从《诗经》的年代就已经确定了——我们需要的是一种简单、诗意的生活，如此而已。
什么是好时代？一个自己活得从容自信，又受世界人民尊重的时代，才是好时代。
一切尊重，实际上来源于我们内心的一种素养，来源于我们悠然从容的生活态度，诗教的再一次复兴，将对提升民族素质起到深远的影响。中华民族，从远古起，就那么优雅从容地生活过。《诗经》四字一句，节制而简单，不滥用情感、不滥用精神，我们的祖先早已窥破生活的秘密——三千年读史不外功名利禄，九万里悟道终归诗酒田园。

把《诗经》置于群经之首，世界便是美的。有田园之美，有山水之美，有桃之夭夭，有蒹葭苍苍，有柏舟泛流，有鹤飞于天……造化运乎一心，诗情润于笔下，智慧而宁静致远，浑厚而不离不弃，这，才是传统文化的精髓。经典众多，能以《诗经》为生命筑底的人，才能从苦和忧患中超脱，也才有高翔于天际的欢乐。

第三讲　《诗经》的形成和意义

我们应该再次回到《诗经》时代，先找回我们身体的健康，然后找回我们情绪的健康、精神的健康，最后再找回我们心灵的健康。这种种的健康，就是"无邪"。

《诗经》的形成源于古代的"劳保"制度

《汉书·食货志》记载："孟春之月，群居者将散，行人振木铎徇于路，以采诗，献之大师，比其音律，以闻于天子。"另据何休《春秋公羊经传解诂》："男年六十，女年五十，无子者官衣食之，使之民间求诗。"即古代男子六十岁、女子五十岁且没有儿女，由国家来给他们衣食供养，但并不是免费供养，需要这些人去民间采诗。这些五六十岁的老人，振木铎循行于街上，到各地去听百姓以唱诗的方式表达心声，然后把采上来的诗献于太师。

这相当于古代的一种劳保吧。别小瞧这件事，这件事至少有几大好处：第一大好处是于国家有利。因为这是国家了解民情的一个非常重要的途径，可以"观民俗，正得失，自考正"。

咱们先说一下"观民俗"。因为诗产生的原因是"饥者歌其食"，饿了的人要表达对食物的渴求；"劳者歌其事"，劳苦的人所唱的都是他们自己生活当中的故事。所以国家可以通过音声词曲观民俗之苦乐恩怨。**毛诗说：治世之音，安以乐，其政和。乱世之音，怨以怒，其政乖。亡国之音，哀以思，其民困**——世事和谐时，治世之音安乐吉祥。如果是乱世，民声里表达出来的就是怨与怒。亡国之音呢，多哀怨及忧思，民生也艰难困苦。其实，每个时代的流行音乐都可以从细枝末节察乎民意。如果无主题、旋律错杂时，其民情也是错杂而无主题、焦躁而虚浮的。礼乐教育从来就不是小事，直接关乎国家之气势。通过采诗来观察民情，同时纠正得失，考证正误，是古代"采诗"制度的国家目的。

第二大好处是，对百姓而言"采诗"也是有益处的。首先可以健身养老，老年人每日行走于阳光之下的乡村田野，乐呵呵地学习唱诗，还受到地方官府的接待和慰问，返回京师再学唱给太师，这一切，不仅老有所用、老有所养，还能强健身体。

第三大好处是可以愉悦性情。健全的心灵存在于健康的身体当中。"诗三百，孔子皆弦歌之"，意思是说《诗经》三百首孔子都是会唱的，而不只是吟诵。可惜的是，现代人不会唱了，甚至"六经"里边《乐》也遗失了，这是我们中国传统文化里一个特别大的损失。

孔子删诗标准——思无邪

据说当时采上来的诗有三千多首，经过孔子删选，共得三百零五篇，按风、雅、颂分门别类。所谓"风"，就是各国的民风。各国，指周之各封建诸侯国，比如姜子牙封于齐，周公封于鲁，现今我们把齐鲁大地统称为山东，但细考之，齐与鲁之风气民俗还是有不同的，齐风旷达，鲁风敦厚，而语言风格也同方言一样，其情绪力量各有不同。《诗经》里的"风"

特指各地民间里巷歌谣，男女相与咏歌，各言其情，有一百六十首。"雅"，指周人之正声雅乐，其中《大雅》三十一篇，《小雅》七十四篇；"颂"，指宗庙祭祀乐歌，共四十篇，其语平和而端庄。

从三千多篇中筛选出三百零五篇，孔子依据的原则是什么呢？

三个字：思无邪。

这简简单单的三个字不容小觑，能给人很多启发。"思无邪"是什么意思呢？可从两个层面领悟。

第一，思维和发心要正。"正"是立身之本。巴菲特说，评价一个人时，应重点考察三项特征：正直、智慧、活力。很多人选错恋人或合作伙伴，都与忽视"正直"这一关键项有关。里根说，如果你正直，这比什么都重要；如果你不正直，什么也都无关紧要。无论如何，人应该结交正直的人为朋友，因为正直的人才有担当和责任心。

第二，"无邪"就是真性情。要做到真性情先要有个"真我"——不媚俗、不在意别人的眼光，要真实地审视自己的内心，别总是给自己的懒惰找各种借口，别为了一种卑微的生活委屈了自己。然后尽量沉静地做自己，保持"自己跟自己在一起"的那种美好状态。就像后面要讲到的《伯兮》里边那个女子，她就是真性情。真心地赞美丈夫，真心地肯定自己，没有一点儿虚饰和浮夸，就像欢腾的流水，一路认真而欢快地奔腾着，自己创造自己的河床。

说到真性情，我想到一次和友人的聚会。那次聚会上，大家讨论起每个人在修什么。有人说在修佛，有人说在修道，有人说在修真气运行，有人说在修养生，修这修那，后来有人问我：曲老师你修什么？我笑了一下说：我修情。一下子弄得大家都有点儿尴尬，显然，我碰触了大家的禁忌和无法言说的痛点。我解释说：无论修佛、修道、修真气运行等，都是在修"情"，修到最后，也还是修个"情怀"。

为什么这么说呢？"无情何必生斯世，天下谁人能无情"，大家都是因有情而来。其实，我们身体的很多不舒适，我们生命中很多的病困，都跟这个"情"字相关。"情"是我们修行的下手处，修"人之常情"，再修"天道之无情"，再修悲悯众生之大情怀……此情一了，才可以谈及别的；此情不了，遑论其他？如何"在薄情的世界里深情地活着"，如何"在苦难的世界里得大喜乐"，是修行的要点。

所以这也是诗教里的一个重要的话题，"诗三百，一言以蔽之，思无邪"，就是圣人要用真性情点醒我们众生，真性情不是滥情，不是妄情，而是"情感的中庸"。

因为世界上的很多事情，都是跟情感的泛滥和情感的不加约束有关的。从中医的角度来讲，大凡情感的过度运用，都会在身体上形成印记，久之，则成疾患。比如说心的本性是喜悦，但如果你过喜的话，就会伤到心；怒是肝的本性，如果你过怒、过度憋闷和压抑自己的话，就会伤到肝；忧是肺的本性，如果过度忧伤，就会伤到肺……总之，世界上一切情感的泛滥和情感的过度，都可能造成灾难，包括战争，包括身体的疾病。如何约束和调适情感，使之达到对我们身体有益、对社会有益的状态，是先贤圣人们思索的要点。

因此，诗教的重要内涵是修"情感的中庸"，中庸不是平庸，情感的中庸也不是压抑情感，而是让情感符合"中道"。

首先，情感要真，但真性情是有品质的、高级的，而不是低级的任性。纯洁高尚的情操，是从克制、觉悟中产生的喜悦和从容。

其次，情感要有在"礼义廉耻"约束之下的美感。因为唯有"礼义廉耻"才能约束人类本性的自私，对我们来说，在愤怒中过一生也是一生，在喜悦中过一生也是一生，在温润中过一生也是一生……所以，我们必须思索，我们到底要什么样的人生？

"诗者，持也，在于敦厚之教，自持其心"——大义哉！诗教，乃敦厚之教，所谓敦厚，就是"自持其心"，就是修先前我们所讲的：自己和自己的真我在一起的能力。人生苦短，不过百年而已，如果在这百年里你有那么多岁月做的不是自己，没能活出心灵的健康、纯洁和美感，这将是一件多么可怕的事情。

无论如何，一个知耻而害羞的人，对这个世界是不可能有过多的伤害的。孔子说"知耻是谓勇"，知耻，是一种勇气，也是一种真诚。而一个豪放的，有诗性、有节操的人对这个世界，还会表现出更好的一面，就是他会对这个世界有所护佑、有所完善。正因为这些人的努力，这个世界才能向更好的方向发展，而不是变得更糟。

对今人来讲，就是要保持"自己跟自己在一起"的状态，我们现在很多人很难做到，很难活出一个真我。有时候在深夜里突然意识到"真我"的时候，我们可能会潸然痛哭，会觉得自己的真我一直是被憋住的，从来没有真正展现出来。

忍辱是不行的。一切修行，都是要我们的内心产生出一种新的能量，并用这种新的、正的能量，化掉那些辱，化掉那些不愉快，化掉那些愤怒。如果你能生出这些能量的话，才叫修为；如果你没有生出正向的能量的话，你忍下来的辱、你忍下来的屈，全都会在你的内心变成怨毒，这对你的内心只会造成伤害，而你永远得不到拯救，也永远得不到生命的修正。

所以大家要了解，修行"修"的不过是化掉痛苦的力量，光忍辱而不化的话，没用。唯有智慧可以度化嗔怨——有智慧，则生清净心；有清净心，则无"辱"和一切不良情绪。

这就是《诗经》中的"思无邪"带给我们人生的一些很重要的思考。所以我希望大家能够很认真地去把这三个字写下来，然后想明白怎么修出一份清净心。修出清净心才能够无辱，才能够消除掉一切不良情绪，最后使自己能够真正地活出愉悦、活出真心、活出健康、活出美感。这对我们的人生才能真正有益。光消除坏的方面，是不够的，还要有一个真正好的方面，甚至要有一个更高层次的追求，就是感受到生命之美。当这种美跟身体的每一个细胞同频同韵的时候,就是生命最奇迹最快乐的时刻。

让我们通过一首《卫风·伯兮》,看看《诗经》里无邪、率真的女子吧。

赞美,会使生活明亮高尚——《卫风·伯兮》

卫风·伯兮

【原文】　　　　　　【译文】

伯兮朅兮,邦之桀兮。　　大哥威武强又壮,我夫便是国栋梁,
伯也执殳,为王前驱。　　手执长矛驾戎马,为王前驱没商量。

自伯之东,首如飞蓬。　　自从大哥东征去,我便首乱如飞蓬。
岂无膏沐?谁适为容!　　岂无香膏沐黑发?却道为谁化妆容!

其雨其雨,杲杲出日。　　想你之心如绵雨,爱你之意如烈日。
愿言思伯,甘心首疾。　　想你之时心如蜜,盼你不归头有疾。

焉得谖草,言树之背。　　哪里能得解忧草,都说树荫能疗疾。
愿言思伯,使我心痗。　　何人解我思君意,头痛心痛总难息。

读《诗经》,我们只能看见诗,我们看不见作者。直到读《离骚》《九歌》,我们才看见了"诗人"。那个诗人憔悴、忧愤、洁癖、孤傲,最后抱石投江……《诗经》里的诗统统没有作者姓名,可是我们能够感受到他们的形象:高大、健硕、敏感、热情,好比《采薇》里的战士,好比此诗

中思念丈夫的妻子……他们可能是国君、贵族，更多的是普通的大众——普通的男人、战士、劳动者、妻子、少女、恋人等。他们不以知识分子自诩，皆有感而发，有情而诉，率真而简洁地表达自己，他们气血偾张、血肉丰满，虽年代久远，但生命的温度依然触手可及。

紧接着《诗经》出现的是屈原，从此，香草美人以喻君子，兰花明月以喻情操，个人意志及个人情绪的表达开始滥觞。《诗经》里的诗只能叫"诗"，是诗歌的原始母版，后来的诗可以称作"文人诗词"，其特点是潜意识丰富而委婉，其中女子形象也从妻子、少女等转为风尘女子、怨妇等。虽说《诗经》里也有怨妇，但二者有很大不同。《诗经》中的怨妇是有脾气的，因为气血充盈，虽有怨怼，但多自省；而后世的怨妇仿佛失血的病妇，幽怨哀婉，却无力自省。总而言之，后世诗词当中的女性偏病态，不似《诗经》中的女子那般健硕、本真。

《伯兮》这首诗，特别能表现《诗经》里边女子形象的豪爽大气、率真真诚。

这是一首赞美丈夫的诗。有一件很重要但大多数现代女性却很少去做的事——赞美别人，尤其是赞美自己的丈夫。赞美是一种能力，当你肯定别人的时候，你也是在肯定自己的情感。不吝赞美，也就是不吝自己的热情。抱怨会使生活灰暗；而赞美，会使生活明亮高尚。赞美别人，并不一定说明那个人非常好，但发自真心地肯定对方的那一点点好，却真的会令我们和被赞美者心情愉悦，这才是赞美于我们生活的意义。

我认为自己有个优点，就是常看人的长处，但绝不是傻到看不见人的短处。看人长处是因为知道人的本性是什么，所以见人之好便欣喜；不看人的短处，是知道这短处一定让这人走不远。人生在世，关键是管好自己，欢欢喜喜、闲闲淡淡地，这就叫"化性情"。

夫妻天天生活在一起，人性难免懈怠，言语相激，难免龃龉。如果夫妻生活全是抱怨的话，不仅男人提不起气来，伶牙俐齿的女人也得不到什么好处，最后都是伤害。其实，很少有爱情坚持到最后还是爱情，但最初能在一起说明还是有感情的。所以，**在未来一地鸡毛的生活中常感念自己的初心，并往欢喜处去看自己的亲人，赞美对方，也肯定和鼓励自己，在化别人前先化自己、喜悦自己，则是明白人的活法**。生活，只要赞美，没有理由不向好的方向走，不忘初心，方得终始，只要爱过，就好。

一般而言，心态好的，大多过得好；心态不好的，都过得不太好。说白了，心态好的，容易知足，懂得感恩。心态不好的，喜怨。二十岁时，怨天怨地怨父母，叫不懂事；三十岁时，怨，则面目可憎，越怨，命越蹇涩；四十岁时，还怨，那就是自己的问题了，跟外界已无太大关联；五十岁时，怨，气血已无力自化，怨毒凝结，易大病。总之，抱怨，不仅对身心无益，对生活也毫无改进；而赞美，恰恰能够让生活熠熠生辉。

我们回过头来看看《伯兮》中这个女子是怎么赞美丈夫的。

"伯兮朅兮，邦之桀兮。伯也执殳，为王前驱。""伯"是中国古代对男人的称谓，伯仲叔季——老大为伯；老二为仲，孔子是老二，故称仲尼；老三为叔；老四为季。开篇就是"伯之朅兮"，"朅"是威武，古代夫妻也可以"哥""妹"相昵称，就是说我大哥或者我丈夫威武雄壮、万里挑一，是"邦之桀兮"，桀，指枭雄，是万里挑一的人物。我丈夫是国家的一条好汉啊。你看她一下子就把丈夫提升到了民族好汉这么个高度。"伯也执殳，为王前驱。"——"殳"是一种武器，我的丈夫手持长矛，是王的先驱。这第一段是在赞美丈夫在自己内心的高大与威武，赞美丈夫是国家之栋梁，是自己内心的骄傲。

第二段非常有名，女为悦己者容，即是从这一段推衍而出。

"自伯之东，首如飞蓬。岂无膏沐？谁适为容！"——自你东征我不施粉黛，不仅不打扮了，而且"首如飞蓬"。俗语有云"女为悦己者容"，但是随着社会的进步，现在的女性又提升了自己，叫"不为悦己者容"或"女为己容"，但若忙乎了半天，无人喝彩，也让人黯然神伤。现今更有一种不健康的现象，大家一窝蜂地去减肥，一窝蜂地去整形，最后一窝蜂地变成锥子脸和狐狸眼，还不是媚了俗？！而《伯兮》中的这位女子只为悦己者容，为大哥容，为她的丈夫容，只要大哥不在身边了，她便不在乎自己形象了。"岂无膏沐？谁适为容！"——难道我没有各种各样的化妆品吗？问题是谁值得我为他这么做啊？

"其雨其雨，杲杲出日。"——下雨了，下雨了，然后太阳又突然跳出来了，"杲杲"是说太阳非常明亮。大家会觉得很奇怪，怎么突然冒出来一场太阳雨？其实这是在表达情感特别起伏不定，这个女子一会儿由于思念过分强烈，内心如同阴天下雨，情感阴郁悲伤；一会儿又为大哥能为王前驱而骄傲，于是又"杲杲出日"，全身如沐浴在温暖的阳光中一般。"愿言思伯，甘心首疾。"——"首疾"就是头疼，我思念我的丈夫，想他想得头疼，而心里又甘甜如蜜。

"焉得谖草，言树之背。愿言思伯，使我心痗。"——"谖草"就是忘忧草，我上哪儿去找忘忧草啊，然后别人告诉我"言树之背"，就是在大树的背面啊。"愿言思伯，使我心痗。"——我想我的丈夫想得我心痛啊，才知这世间哪里都没有药可医思念！

《伯兮》这首诗率真强烈，在后来的文人诗里边很少见了。大家都喜欢李商隐的那句"此情可待成追忆，只是当时已惘然"，文人诗的高境界在于潜意识的丰富及内涵。但是老百姓写的诗就是直白、强烈、真诚，后来的诗歌，只有乐府诗继承了《诗经》这种率真的传统。

乐府诗也是无名诗人写的，他们像捶打大鼓般的一句比一句沉重有力，把自己的情感不遗余力地宣泄出来，比如那首《上邪》。

上邪！

我欲与君相知，

> 长命无绝衰，
> 山无陵，
> 江水为竭，
> 冬雷震震，
> 夏雨雪，
> 天地合，
> 乃敢与君绝！

这首诗是一个誓接着一个誓。我跟你长相知，长命无绝衰——我们一直爱到死。但这些誓言远远不够，我们的爱情要比生命强大、比天地长久——大山都毁掉了，江水都干涸了，冬天都电闪雷鸣了，夏天也开始暴雪……如此非常态了还不够！天地都合在一起的时候，天地都毁掉的时候，我们才可以分开！

只有少女有这种要死要活的情感吧，现今很多男子恐怕会畏惧这种强烈的情感。我常说，如果在年轻时没有经历过这样一场要死要活的恋爱，其实是挺遗憾的。年轻女孩真的不能过早地被物质荼毒，如果原本晶莹剔透的灵魂过早地被污染，便再也没有了与生之痛苦共舞的机会。

从生命气血规律而言，二十五岁前的女子气血足、秉性单纯，在恋爱中会生死与共，因为最初的爱情爱的都是"爱情"，这时的爱情只跟美好相关，而与金钱、出身全然无关。甚至有的女孩会把牺牲、献身、共患难等当作纯真爱情里的骄傲……也正是因为羞怯与勇气的杂糅、纯真与豪情的并存，使得人生的第一场恋爱如此珍贵。二十五岁以后就患得患失了，性情开始让人捉摸不透。三十五岁左右气血开始走下坡路，绽放的就绽放了，没绽放的可能就此枯萎了。四十五岁左右气血要建立新的平衡了。如果身心健康，五十五岁左右会有新的生命机遇，因为这时女人的情感相对稳定成熟了，人也就沉着起来。而男人与女人相比，五十五岁左右的男人会面临两个考验：身体的新平衡建立和事业的转折点，好的会更好；乱了阵脚的，会逐渐积累一些症状，到六十五岁左右身体会走下坡路，发病。由此可见，人一生之情感与身体气血息息相关，好多事情能否左右，除了教养品性，还要看气血。

总之，我们不能在青春时轻易地跌落尘埃，在能飞的时候，我们必须飞那么一会儿。如果没有飞翔的伤痕累累，我们年老时的回忆都暗淡无光。

《诗经》，是诗的青春。后来的文人诗，很沧桑，很中年，那里面的女人很衰疲，没有了少女的纯真和勇气。

比如温庭筠的《菩萨蛮》。

> 小山重叠金明灭，
> 鬓云欲度香腮雪。
> 懒起画蛾眉，弄妆梳洗迟。
> 照花前后镜，花面交相映。
> 新贴绣罗襦，双双金鹧鸪。

如此细腻，如此绵密，依旧很美的女人，但美得病态。"懒起画蛾眉，弄妆梳洗迟。"这时的女性身体弱了，你看她，首先她不想起床，她的情感是被憋的。与《伯兮》里边的女主角相比，虽然那个女子又是头疼又是心疼的，其实内心欢实着呢，她起码没被憋。后来这些女性，是不欢实的，慵懒、倦怠，很美的蛾眉，不知为谁而画。好像还是应该为己容吧，或者是为君容吧，但是整个的生活状态没有活力、没有朝气、没有爱的目标。"美人卷珠帘，深坐颦蛾眉。但见泪痕湿，不知心恨谁。"（李白《怨情》），很美，但是不健康。

所以我感觉《诗经》最感人的，是它的健康，是我们现在生活里所缺乏的那种蓬勃清新的气息，这种朝气是如此美丽和可贵，它把我们带进了一种生机勃勃、充满希望的生活。我们应该再次回到《诗经》时代，先找回身体的健康，然后找回情绪的健康、精神的健康，最后再找回心灵的健康。这种种的健康，就是"无邪"。

第四讲　学诗的益处

学习要讲次第，而"六经"以《诗经》为首就体现了次第。

先守住这个次第，然后慢慢地诵读之、感悟之，眼界渐次而开，胸怀渐次而大。子曰："不学诗无以言，不学礼无以立，诗关乎风化。"子曰："诗，可以兴、可以观、可以群、可以怨，迩之事父，远之事君，多识夫鸟兽草木之名。"

如此，便养了性情，学了知识，还欢喜了众人，岂不妙哉！

"六经"是孔子真正的精华，而非《论语》

一提到孔子，很多人都认为他最有名的著作是《论语》，这是一个误解，其实《论语》不是孔子写的，是孔子去世之后，他的弟子及再传弟子（基本以七十二位贤人为首）怀念他，想着老师在世时说过的话，一人一句地回忆着，连缀而成，诞生了《论语》。

所以说到孔子真正的伟大之处和对整个传统文化的意义，并不在于一本《论语》，而在于对"六经"的删定和再创造。

至汉代汉武帝"罢黜百家，独尊儒术"后，经学大盛，"六经"成为中国士阶层的必读书目，由此，确立了孔子对中国文化的主导地位，并使他一跃而为儒家文化的总设计师和总教头。因此可以说,"六经"的地位和影响力远在《论语》之上。

孔子二十多岁开办私学,把教育推向民间,四十多岁时开始删定《诗》《书》《礼》《乐》,其间几度被迫带弟子周游列国,尤其以五十四岁那次时间最长,直到十四年后孔子六十八岁时才返回鲁国,六十九岁开始继续删定"六经"。孔子在六十八岁以前不得志,一直苦于"人不知",实现理想终归缥缈,虽"不愠",抱负却始终在胸中,尽管不懈地教化学生来传承自己的思想,但六十八岁返回鲁国时,发现时局已乱,礼坏乐崩,而自己也垂垂老矣,甚至连自己的儿子也死了。这时候的孔子深感自己一生之努力已经收获渺茫,原先终日跟各国君王说来说去的治国理想,也无人认可,君王一死,自己的思想就丢了。于是,在将近七十岁之时,他终于可以"随心所欲,不逾矩"了。这位伟大的老人开始把他超然的精神自由落实到"六经"的字里行间,经过对"六经"的精密整理,他完整的知识体系和思想架构得以长存于世,并名垂千古。

"六经",不仅蕴含了孔子一生对生命的觉知,也蕴含了他一生对情感的理解。他要通过对"六经"的整理,完成对先秦文明的高度解读。

孔子有两点是非常超越前人的。一是他的"有教无类"。他第一次把原本只属于贵族子弟的教育推向了整个民间,哪怕你是一介农夫,只要你想学习,他就愿意教化你。二是他的"述而不作",总结整理经典,而不是自说自话,正是他的努力编纂,使我们后人能够完整而系统地看到古人之经典。

我们每一个读书人都应该感恩孔老夫子。他坚持明信与自度。他质朴率真,彰显了普通人性的最高境界,他是永恒的师,永远闪烁着人性的光辉。

孔子"述而不作"的行事作风引领了后人学习和研究经典的态度,使得很多人只是注释传承经典,而非创作。后来注释和解读《诗经》的有四家：齐鲁韩毛，流传至今的、影响最大的就是《毛诗》，一个是毛亨，一个是毛苌，他们对《诗经》的评价是：正得失，动天地，感鬼神，莫近于诗。先王以是经夫妇、成孝敬、厚人伦、美教化、移风俗。

这个评语太高了，动天地，感鬼神，泱泱中国，浩瀚历史，古代能获得这种评价的，也就只有仓颉了，《淮南子》用"天雨粟，鬼夜哭"这样的话语赞过仓颉造字。

但这大概恰恰就是孔子以《诗经》为"六经"之首的原因吧。生活永远是第一位的。夫妇之道在于经营，人伦之道在于厚道。唯有生存之道，才是解决我们心灵之痛的一剂良方，而生存之道的要点，不在于下政令、严管教，而最好是"美教化、移风俗"。美教化，是诗教；移风俗，是在潜移默化中改良人性。

声·音·乐

《论语》记载，孔子有一次站在堂上，他的儿子孔鲤经过堂下时，被孔子撞见了。

子曰："学诗乎？"对曰："未也。"子曰："不学诗，无以言。"鲤退而学诗。（《论语·季氏》）

另一天，孔鲤经过堂下时，又被孔子看到了。

子曰："学礼乎？"对曰："未也。"子曰："不学礼，无以立。"鲤退而学礼。（《论语·季氏》）

即，不学诗，你连说话的资格都没有；不学礼，你便无法在世上安身立命。这，便是孔子对年轻人最严厉的告诫。

孔子认为，人的一生：兴于诗——情动于中，发言为诗；立于礼——人性约束；成于乐——和谐人生。

先说"兴于诗"。所谓兴就是指你和这个世界、和自然的相互感应。如果你对这个世界懵懂无感，对人情也懵懂无感的话，你就无法与这个世界建立某种联系；如果你不能正确地表达情感，你也无法与这个世界建立美好的联系。因为每个人都需要两方面的满足，一个是理智的满足，一个是情感的满足。

诗和诗意，首先是我们与万物相感、相知的表现与再现。风，因我们的感知而柔和，或痛如刀割；雨，因为我们的感知而酣畅淋漓，或愁煞人生……人类情感的表达方式是这样的："歌之为言也，长言之也。说之，故言之；言之不足，故长言之；长言之不足，故嗟叹之；嗟叹之不足，故不知手之舞之，足之蹈之也。"意思是，高兴了，我们会说，语言已经满足不了我们了，我们会啰啰唆唆地长言之；长言之不足就会"啊啊啊"地开始嗟叹，这个时候就开始出现诗似的复调；嗟叹之不足，语言都无法表达之后，手之舞之，足之蹈之。

关于这一点，我在南极的时候深有体会，当面对浩瀚无垠的冰雪世界时，我突然意识到了语言的无力和匮乏，自然的那种至高无上让我臣服的心哑然，仿佛唯有献身才能配得上那一刻的永恒。也就在那一时刻，我忽然懂了人类的舞蹈，为什么我们总是要张开双臂，为什么我们总是仰望上苍……在人生最美的时刻，语言都不够了，音乐也不够了，唯有手之舞之、足之蹈之，才能表达我们对静穆伟大的自然的崇高敬意！总之，我们与物质世界的交往源于感知，而我们对心灵世界的理解源于爱。感知，并爱着，就是诗。

再说"立于礼"。礼是什么？礼是用来约束情感的。人的一生要先明诗、礼、乐之不同——诗用来相悦，礼用来相敬，乐用来相亲。兴于诗，可相悦；立于礼，可相敬，可以懂得距离之美，懂得规矩之美。礼，会让你相对安全地活着，可以让你安静地在世界上谋取一席之地，并有能力去履行你的社会职责。社会关系越复杂越需要规范用礼教，人情越复杂就越需要情感的中庸。礼是大道至简法，有它，我们才可以安住，才可以创造和享受文明。

最后是"成于乐"。是说人生在世，光会表达感情和懂得规矩，是远远不够的，离君子成功之道还有差距。要想成为对社会有贡献的人还要懂"乐"。"乐"是什么？是和谐，只有懂得阴阳之道、和谐之道的人才能真正成功。

关于音乐，《乐记》说：知声而不知音者，禽兽是也；知音而不知乐者，众庶是也；唯君子为能知乐。具体解释就是："声"是本能的号叫，只是简单地传递信息。"音"就复杂些了，是调子，是情绪的表达。但只要是情绪，就有可能走极端。凡不知节制、不知约束自己情感者，为众庶，为普通百姓。"乐"就是调子组合在一起好听了，和谐了，有韵律了，和谐之道叫作"乐"。"乐"比声、音更为高级，是指情感的和谐表达。一切情感的层次和起伏，可以发乎情，但要止乎礼义。能战胜自己情欲的才是君子。"唯君子唯能知乐"，意思是只有君子才能守和谐之道。"乐"既可以念"yuè"，也可以念"lè"，欲望可以让人快乐一时，不可快乐一世，唯有和谐之道，才能产生大乐和永恒的快乐。

关于古代《乐》的消失，我们只能做如下揣测：一是被诗（韵）替代了；二是不好传承；三是汉字太丰富和多义；四是音乐只适宜恋爱、婚礼、葬礼时用，因为这时语言是多余的；五是……

无论如何，天下之事，利害常相伴；有全利而无小害者，唯读书，唯赏乐，唯游山玩水。

诗关乎风化

在春秋战国时代，假如你不学《诗经》的话，你连说话的资格都没有。

那是一个讲究"情动于中而发（言）于外"的年代。那时，学《诗经》可不是一种闲情逸致，而是生活的必需。打仗前，要诵诗以明志；敬酒，要歌咏以言情；哪怕是报国求官，也要用诗来委婉表达，比如《列女传》中记述了管仲小妾的一段故事。

宁戚想求见齐桓公，但一介平民面见国君谈何容易，只得先做家仆。一天，宁戚预先等在东门外，待齐桓公外出时，他击打着牛角唱悲伤的歌。齐桓公诧异地派管仲去询问，宁戚唱道："浩浩乎白水！"管仲一头雾水，一连想了五天都没有想明白宁戚在唱什么。其妾小婧看到管仲面有忧色，问明缘由后，笑着说："人家已经说明白了啊，可惜您不知道哦，古有《白水》之诗。诗云：'浩浩白水，儵儵之鱼，君来召我，我将安居，国家未定，从我焉如。'这是宁戚想要当官报效国家啊！"

大家看《左传》等书时就会发现，古代帝王出游时身边带着的人口才都很好，这些人无论交际或外交用的全部都是《诗经》中的语言。那真是一个诗的美好时代，那时，诗是生活，而不是像我们今天，诗，是我们生活之外的艺术。即便这样，我们现在生活中还是不乏《诗经》里的语言。比如，我们在描述心灵困境时也会说"战战兢兢，如履薄冰"（《诗经·小宛》）；在信誓旦旦时会说"执子之手，与子偕老"（《诗经·击鼓》）；在思念时会说"一日不见，如三月兮"（《诗经·子衿》）；在恐惧时亦知"人之多言，亦可畏也"（《诗经·将仲子》）……其简练、其凝重，千古传诵。

诗教针对的是人心的教化，礼教针对的是人行为的教化。孔子所重诗教、礼教合二为一即是"文质彬彬"四字，文是外表，质是内涵，表里合一，敦厚从容，则是"彬彬"。如果大家看《礼记》的话，就会大吃一惊，上面告诉人们该从哪个门进屋，进屋之后怎么站，站在什么方位，怎么坐，坐在哪儿，再怎么退出，等等，全部都是规矩，大家会觉得古人好啰唆，这些有什么用啊？会这么想的人，必然不知人之成功、失败皆与行为细节有关——一个习惯迟到的人是忽视别人的感受的人，久之，也必被别人忽视。一个不允许自己迟到的人，至少内心厚道，在如此小事上都能律己的人，一定在大事上更精益求精——我们只有从小事上约束自己，懂进退之道，才有安稳的未来。

现代社会的大多数人，本着生存需求，也很爱学习，且学得多而杂，技能性内容比较受欢迎，管理性质的学科也包含在内。人们以为学了管理学就会管理，就有了安身立命的资本，殊不知这在古人眼里是本末倒置的行为。老祖宗们认为，学"礼"是学习如何管理我们的行为；学"诗"是学习如何管理我们的性情、管理我们的心灵，这才是安身立命的根本大法。管理好自己的性情、情感、性格、心态，不仅可以少得病，而且可以活得好，还能活得美。

孔子用《诗》讲"风化"而不是"教化"，可谓是教育的最高境界。繁体的"風"字，里面有许多小虫，犹如种粒；风，是流动的，可以把万物之种满世界传播。"化"字，是两个颠倒的人，即指把人彻头彻尾地改变。因此，所谓"风化"，就是从最细微处一点一点改变你，像风吹一样，万物皆飘忽，最后，人亦在不知不觉中不露声色地被彻头彻尾改变。如此看来，风化比任何教化都要厉害，风化就是润物细无声，于熏陶中得其质变。

现代管理，靠的是制度；而风化，靠的是情感。

但风化既不是漫无边际、天马行空，也不是死板强制的，是要讲策略的。举例说小孩子的阅读，用《弟子规》教育小孩子，我总觉得会拘束了孩子活泼率真的天性，相比而言我更喜欢让小孩子背诵《笠翁对韵》："天对地，雨对风，大陆对长空。山花对海树，赤日对苍穹……"如此朗朗上口，于胸襟、于胸怀，都不无益处。

中国人很好学。我们现在甚至已经把学习这件艰苦的事放到了生命的起始点——胎教当中，其实这是不对的。现今的胎教表现出了更多急功近利的特点，以灌输知识为主，忽视了孩子的感知能力。

古代胎教的重点是教育母亲，先要让母亲有一个平和的性格，然后由这种平和的性格带来气血平和。母子连心，母亲气血平和，胎儿就有了得以安静生长的土壤。母亲若是温柔平和的煦煦东风，那吹在孩子身上也温熏柔和；母亲若是狂风暴雨，那孩子要么被摧折，要么也猎猎狂风。

据说古代的胎教是从周文王的母亲开始的。通过母亲的教养来熏染腹中的胎儿，达到生子要贤良、长寿、仁义、聪慧，最终对国家能有所贡献的目的。周文王的母亲怀孕后，经常"令瞽颂诗"，就是找了一个盲人专门给她吟诵诗歌。"令瞽颂诗"，短短四个字，里面却蕴含着大学问。为什么找了一个盲人呢？原因是盲人看不见东西，所以内心会特别宁静，他读出来的声音就会很清透，而胎儿比较喜欢安静的环境，这样的声音对胎儿的生长很有好处。这，就是风化之始。

诗，可以兴

通过学诗，可以扩大自己的想象力，可以培养自己的想象力，可以知道怎么委婉地表达自己，知道怎么恰如其分地抒情，这叫"兴"。

《诗经》有三种特定的表现手法：赋、比、兴。朱熹对"赋比兴"的解释是："赋者，敷陈其事而直言之者也"，"比者，以彼物比此物也"，"兴者，先言他物以引起所咏之词也"。

先说"赋"。

"赋"其实很简单，就是直抒胸臆，比如要表达"我爱你"这个概念，可以用一系列排比铺垫：一月我爱你，二月我爱你，一年十二月，月月我爱你。这就是赋。

《国风·豳风·七月》就集中运用了赋的手法,按照季节物候变化的顺序,铺叙了农家一年四季的生活。

豳风·七月(节选)

【原文】	【译文】
六月食郁及薁,	六月食李和葡萄,
七月亨葵及菽。	七月烹葵和豆椒。
八月剥枣,十月获稻。	八月扑打青枣脆,十月收获稻谷香。
为此春酒,以介眉寿。	用它来酿春酒喝,把酒祈愿寿且康。
七月食瓜,八月断壶,	七月食瓜壮身骨,八月架上断葫芦,
九月叔苴。	九月捡取香麻子。
采荼薪樗,食我农夫。	晾好野菜和柴草,寒冬以此养农夫。

再说"比"。

"比",就是打比方,"我爱你,就像老鼠爱大米",这就是打比方。比方打得好不好,直接关系着最后的效果。比如你对一个女孩子说"我爱你,就像老鼠爱大米",虽然很多真话都是以类似这样玩笑的方式说出口的(因为人是害羞的动物),但女孩子听到这样的话,却有可能认为你这种态度是很不认真的,她也完全可以用玩笑对之。所以两个人闹来闹去,到最后有可能就真是一场玩笑。不学诗无以言,学不好诗、语言表达不到位也一样会出问题。

《诗经》里"比"的文学手法用得最著名的一段就是下面这篇《硕人》了。我们现在赞美女子之美,只会说:你真白、你真苗条、你哪哪儿都好……看看《诗经》这段描写庄姜之美的语言,真是令人赞叹!

卫风·硕人（节选）

【原文】　　　【译文】
手如柔荑，　　手指白嫩如新荑，
肤如凝脂，　　皮肤光润拟凝脂，
领如蝤蛴，　　雪颈风情蝤蛴转，
齿如瓠犀。　　齿似瓠籽白又齐，
螓首蛾眉，　　额头方正眉弯细，
巧笑倩兮，　　巧笑还在有酒窝，
美目盼兮。　　美目多情顾盼兮。

其中"柔荑"指白茅的嫩苗，"蝤蛴"就是天牛的幼虫，长、白、有褶儿，用来形容美人儿的脖颈真是妙极了。"瓠犀"是瓠瓜籽，形容女子的牙齿白、饱满、整齐。"螓首蛾眉"，脸很小，额头又方正。"巧笑倩兮，美目盼兮"，"倩"是脸上有酒窝，"盼"是眼珠黑白分明。

古人看女子之美很有讲究。先看手，女子的手若不精致细腻，美丽便打了折扣。然后看皮肤，看脖颈。皮肤，肯定是"一白遮百丑"，但看脖颈就有独到之处了。女人的性感风情与脖子之长、之婉转，颈窝之深不无关联，看此处、爱此处、撩搔此处者，才是个中高手。然后是牙齿、额头、眉毛，女子皓齿整齐，肾气足；额头方正光润，胃气好；眉淡弯细，肺气轻飏，聪慧淡泊。最后是巧笑和美目，有酒窝的女人情深，会笑的女人怡人，眼睛黑白分明的女人精足，顾盼流彩者神旺。如此如此，一个美人儿就活脱脱地展现了光华。

最后是"兴"。

"兴"，兴是很隐晦的一种表达方式，就是不直接说，先说别的事，然后由此景此事引发出自己的情感或一种情愫。先有诗境，即生诗心。比如说"我爱你"这事，诗里不会用这三个字直白表达，而会说下雨了，我想请你吃饭。下雨和吃饭是没有关系的，这二者和"我爱你"也没有直接关联，可是阴天下雨常常引发人的孤独感，细雨缠绵会引发我对你的思念，会引发我对你的依恋，这比"我爱你，就像老鼠爱大米"要深沉、认真和含蓄得多，虽说隐晦，但效果往往会更好。

《诗经》中"兴"的大量运用，把《诗经》提到一个很高级的层面——雅致、深沉、含蓄，其深长隽永，令人回味无穷。

比如下面这篇《蜉蝣》。

曹风·蜉蝣

【原文】	【译文】
蜉蝣之羽，衣裳楚楚。	蜉蝣之羽，鲜明亮丽，
心之忧矣，於我归处？	朝生暮死，与我何异？
蜉蝣之翼，采采衣服。	蜉蝣之翼，光彩夺目，
心之忧矣，於我归息？	百年之忧，白驹过隙。
蜉蝣掘阅，麻衣如雪。	掘阅穿洞，羽翼如雪，
心之忧矣，於我归说？	心忧不已，与我同息！

蜉蝣之羽原本与人心之忧无关，但由蜉蝣之羽的绚丽短命而感及人生短暂，便是触景伤怀——观蜉蝣一刻，得生命真知，纵楚楚、纵采采，也挡不住朝生暮死。人只道蜉蝣可叹，一旦感悟百年不过朝暮，才知人与蜉蝣同归同息，亦可叹可悲。

因此，孔子说"诗，可以兴"，是抓住了诗词表达的最高级形式。"兴"，比"赋"婉转，比"比"跳跃、灵气。"兴"，是诗情的发端，没有感动，就没有诗。能触景生情，能因物、因景、因境而生出无限对人生及生命的喟叹，便是觉知的开始。

诗，可以观

观从繁体字形（觀）上可知，原意是一只睁大眼睛的鸟在俯瞰。"观"就是有高度的观察和觉知。诗之观在于培养我们对世间万物的洞察力。

有一个词叫"观照"，那么观和照有什么区别呢？观，是你用自己的眼睛，用你的眼耳鼻舌身意去觉知万物。照，则像太阳一样照耀温暖大地。观，是有意观之；照，是无心而照。两者境界不同。

学诗，写诗，先是要有感情，随之要培养我们对万事万物的洞察力，洞察力的关键先在于深入，然后还要有从深处跳出来的高度。但光有高度而没有慈悲，便只是个冷静的哲学家，一旦拥有了温煦普照万物的浑厚和慈悲，才是诗人。即如王国维说："诗人对宇宙人生，须入乎其内，又须出乎其外。入乎其内，故能写之；出乎其外，故能观之。入乎其内，故有生气；出乎其外，故有高致。"

诗，可以群

看《左传》等先秦文献，只要是在宴席上，大家似乎都会作诗，或引用现成的诗句互相表达情谊，互相表达自己的志向。但也有一语成谶，因引用不当而断送了自己的霸主地位的，比如当年落难的晋国公子重耳在拜见当时的春秋霸主秦穆公时，为表达对秦国的敬意而诵《小雅·沔水》："沔彼流水，朝宗于海。……心之忧矣，不可弭忘。"——沔水长流啊，以朝拜大海。您对我的恩德啊，永志不忘。重耳在此以河水比喻自己，以大海比喻秦国。被吹捧晕了的秦穆公顺嘴以《小雅·六月》对之："六月栖栖，戎车既饬。……王于出征，以佐天子。"——你不要惶恐不安啦，战车已经准备就绪。借王命而出征，将要辅佐天子。跟随重耳的忠臣赵衰闻听此诗，马上让重耳叩拜，不明就里的秦穆公赶紧下台阶以谢此大礼。赵衰向重耳解释说，他刚才所诵之《六月》，是暗指重耳要（成为新霸主）辅佐周天子，岂能不拜……历史上的事情就是这般有趣，意得志满的人往往口大，就像秦穆公，好端端地就把霸主地位"拱手相送"，因为他万万想不到，那个跪拜自己的人在历尽磨难后会成为晋国新一代英明的国君，成为继他自己之后的春秋第二位霸主。可见，读诗、懂诗，恰当地引用诗句，在人际交往中多么重要。

当然了，后来的文人雅集大多以欢娱和施展才华为主，不像《左传》里的春秋战国时期那么剑拔弩张。无论如何，诗，独居以忧思，嘉会以悦友。"诗，可以群"，是说诗是用来会友的，有益于培养自己的共情能力。

其实，不必人人会写诗，但应会读诗。读诗，可以开阔眼界，改变气质，可以让你在人群中以娴雅之谈吐、悠然之情怀而卓然。诗心，是一种素养，言为心声，文如其人，能在人群中保持诗心之真纯，即是高品。所谓气场，不光显现在河流大川，在人生世相中也可呈现。

有人曾经问过孔子，您认为人际交往的核心是什么呢？孔子回答：忠恕而已。所谓"忠恕"，就是己所不欲，勿施于人，就是你自己不想做的，你不要强迫别人做。现实生活中，很多人"己所不欲，勿施于人"能做到了，可又犯了另一个毛病，就是将己所欲，强加于人，包括情感、喜好等。其实，任何情感胁迫、道德胁迫都是群居社会的大忌。我们身处互联网时代，社会越来越多样化，人也越发多样化，未来还有可能是"圈子"与"圈子"的交往，个人需要的独立空间反而会越来越大，人会很害怕任何情感的挤压，每个人都多一点儿自我空间，这是非常重要的。我们与别人交往时，更要有所节制。这需要我们有某种诗意的简单——己所不欲，勿施于人；己所欲，也勿施于人。

诗，可以怨

大家一看到"怨"这个字，肯定会疑惑，孔子自己不是也说过"人不知而不愠，不亦君子乎？"吗？那为什么还说"诗可以怨"？大家看清楚孔子那句话给君子立的境界哦。"君子"，是孔子认为的一个相对比较高的标准，但是大多数人是普通百姓。普通百姓你再不让他怨，你再天天欺负他，你还让不让他活啊？所以普通人是可以怨的，但这种"怨"，不可以积，不可以结，积怨过深则伤身，结怨过深则伤生活。

《诗经》里有一部分怨妇诗，总体说来，其怨也深，但其悔恨当中亦有反省，即便是抱怨，也都还明大体，有分寸。比如下面这首《召南·小星》。

召南·小星

【原文】
嘒彼小星，三五在东。
肃肃宵征，夙夜在公。
寔命不同！
嘒彼小星，维参与昴。
肃肃宵征，抱衾与裯。
寔命不犹！

【译文】
小星微光，闪烁在东，
匆忙夜路，早晚为公。
不敢怨怒，是命不同！
小星微光，零落参昴，
匆忙夜路，还挟被褥。
怨又如何，是命太苦！

现今人们普遍认为这首诗是下层小吏日夜当差、自叹命薄的怨歌。但令人不解的是小吏当差干吗还背着被褥与床帐？所以还是朱熹《诗经集传》中的解释好一些，朱熹说："盖众妾进御于君，不敢当夕，见星而往，见星而还，故因所见以起兴。"是说宫中有一习俗，为避免专宠，或为君王身体计，不许女人整夜侍寝，故小妾以星光在东方时往，以西方参昴星宿在天时返回，还得抱着被子与床帐，如此辛苦，还不得怨尤！说来说去，还是平民的生活好，一夫一妻一觉到天亮，不必像这样偷情似的抱着被子摸黑跑。

"肃肃宵征，抱衾与裯"，从这句就可以知道这首诗写的不是小吏了。后代的怨妇诗一表达孤寂就说"衾冷"，就是被窝冷的意思，比如秦观的"唤起一声人悄。衾冷梦寒窗晓。瘴雨过，海棠晴，春色又添多少"。再比如赵长卿的《菩萨蛮》："西风转柁兼葭浦。客愁生怕秋闱雨。衾冷梦魂惊。声声滴到明。不眠攲枕听。故故添新恨。新恨有谁知。天寒雁正稀。"如此孤寂凄凉，还不能抱怨，更甚的是：不仅不能抱怨，还得感恩！那就是朱熹后面的解释："遂言其所以如此者，由其所赋之分不同于贵者，是以深以得御于君为夫人之德，而不敢致怨于来往之勤也。"这段解释非常有趣，说白了，就是古之小妾要感念夫人把机会让给你，要安于其命，不要抱怨或伺机上位，这叫作"上好仁而下必好义者也"——既然夫人有仁德，那么姬妾也要讲点儿知恩图报，有义有节，不得随意怨尤！

迩之事父，远之事君

孔子在谈论到学诗益处的时候，第五点就叫作"迩之事父,远之事君"。就是说如果你把《诗经》学好了，在家里对待亲人的态度会有所改变，在外面对别人的态度会有所改变。

先说"事父"。

人生四苦：生、老、病、死。其中，"老"这一苦不同于生之无知，不同于病之真痛，不同于死之无奈。此苦，是气血衰颓带来的软弱和愤怒，是活得明明白白却又到了人生舞台的边缘。

年轻人对待老人经常犯的毛病就是"色难"——如何给老人家一个好脸色是最难的。动物尚有反哺之行为，况人乎？但世事多艰，以人类自私的本性，不免有时疏于职守，在很多疲于奔命的年轻人那里，孝，有时趋于应付，难于和颜悦色。

而诗教的益处在于培养人情绪的稳定性，继而培养丰富的情感，而情感最核心的内容是：亲情、友情、爱情。有趣的是，友情、爱情最终都有可能转化成亲情，当能够友善众生时，便是有了诗者的赤子之心。

"孝顺"二字，"孝"是养老，"顺"是顺从。要了解父母的心意、想法，知道他们真正的需求是什么。我经常讲，所谓孝顺，最关键的是要成就父母，而成就父母的第一条就是先要知道他们的心愿。假如父亲想写本回忆录，想把年轻时候的豪迈表达出来，那么我们可以帮他达成这一愿望，哪怕就印几本给他的朋友传阅，父亲也会很高兴。假如父母最担忧的就是身为儿女的你老不结婚、老不成家、老不立业，那你好好地守时守位，应时而嫁，应时而娶。父母看你自己能够独立生活了，也会很高兴。

"远之事君"是什么呢？

侍奉家人比"事君"容易。跟家人甩脸子，家人了解你，可以不计较。跟领导甩脸子，可能丢了饭碗。所以，古代"事君"讲究讽谏之道，讽，就是暗示，虽言如微风，但也可针砭；谏，用言语纠正尊长的过失。比如最有名的《邹忌讽齐王纳谏》，邹忌曰："臣诚知不如徐公美。臣之妻私臣，臣之妾畏臣，臣之客欲有求于臣，皆以美于徐公。今齐地方千里，百二十城，宫妇左右莫不私王，朝廷之臣莫不畏王，四境之内莫不有求于王：由此观之，王之蔽甚矣。"下属给上司提建议或意见必须讲策略，像邹忌这样以自己为喻是最妙的了，不直接说齐王被蒙蔽了，而是先说自己被大夫人、小夫人、宾客各因其私欲而蒙蔽了，以此让齐王看到自己被蒙蔽的真相。

而《诗经》中也多有对君王的不满与讽刺，比如把那个娶了自己儿媳的卫宣公比喻成癞蛤蟆的《邶风·新台》。

邶风·新台

【原文】

新台有泚，河水瀰瀰。
燕婉之求，蘧篨不鲜。
新台有洒，河水浼浼。
燕婉之求，蘧篨不殄。
鱼网之设，鸿则离之。
燕婉之求，得此戚施。

【译文】

黄河边上新台筑，河水满满暗流动。
齐女本求伋郎配，哪承蛤蟆老又丑！
新台高高黄河边，黄河水浊水接天。
燕婉求嫁美少年，怎奈蛤蟆讨人嫌。
下网只为求鱼鲜，谁知虾蟆落其间。
本想嫁个称心汉，哪知老汉贪美颜！

这是一个令人悲伤的故事。据《毛诗序》，卫宣公为他的儿子伋聘齐女宣姜为妻，听说齐女貌美，就想据为己有，于是在黄河边筑新台迎娶了她。这首《新台》是卫国人以癞蛤蟆比喻卫宣公，而怜悯那年轻貌美的宣姜之作。但事情的结局更令人诧异，宣姜嫁给卫宣公后生了两个儿子寿和朔，为了自己儿子的前程，她竟然与小儿子朔加害公子伋，于是大儿子寿报信给公子伋，公子伋愚忠其父，不忍逃离，寿为了保护公子伋，先跑到卫宣公伏击公子伋的地方，被贼人杀死，公子伋赶来救同父异母之弟，也被杀死。如此看来，年轻貌美之宣姜同其丈夫一样，乃蛇蝎心肠。

多识夫鸟兽草木之名

诗教益处的最后一点就是学诗可以"多识夫鸟兽草木之名"。《诗经》中提到动物四百九十二次，提到植物五百零五次，提到自然现象二百三十五次。这一点在现代诗作中是很少见的。让人惊讶的同时，也让人不得不深思这种差异背后的原因。古人，离自然更近。所以他们要观天文，要察地纪，要亲近万物、感恩万物。而今人，离"人"更近，离物更近。离人近，则缺少"神"性。

工业革命后，人不再像过去那样依赖土地、依赖天意，而是距"人造物"更近，相应地，则越来越自大，不敬畏"神"，也不感恩天。今人拥有的大都是没有情感的制造物，古人拥有的大多是有生命的自然物，所以他们对自然的那种感知力比我们现代人要强很多。这在诗歌里面的表现，就是古人会大量地赞美和使用自然的东西。

一切自然的东西，更风雅。

李时珍在《本草纲目》里记录过一个习俗，"相赠以芍药，相招以文无"。这一习俗在《诗经》时代就有了，那时候男女之间相互调情时会相赠以芍药。

我们都知道的芍药花，在文学中、在古人眼中代表着什么呢？

李时珍的解释非常有趣，他说芍药还有别名，叫作江蓠，谐音"将离"。好面子、情感含蓄的古人欲言分手不便直言，所以用相赠以芍药这种行为表示"我要跟你分手"。这比我们今人要风雅得多，我们现代人说分手，很是粗暴、简单，就是"滚""离我远点儿""滚得再远点儿"，反复都是这种词，很伤情，也很伤面子。而古人给你一个芍药花就够了，给你一个芍药花，没伤你的面子，你知趣地离开就好了，咱们不要吵、不要闹。现代人情感缺失，总是靠吵闹和歇斯底里表达自己的情感，不仅于事无补，也伤肝伤肺。

再来说后面那句，"相招以文无"是什么意思呢？李时珍的解释是"文无"的别名叫"当归"，取其盼归之意。古时妻子盼望丈夫回来，但羞于表白，于是就寄一片当归以表心意，丈夫见此也会心意暖暖。如若夫妻闹气，丈夫离家出走，妻子回心转意，直言相邀又怕被拒绝，也可寄一片当归，若对方不愿，妻子暗自惆怅便是了。不像今人，分手时大闹或恶言相向，连先前的恩义都绝了。

如此看来，古人的生活艺术真是了得，分手的时候给你一个芍药，招你回来的时候给你寄一片当归。你若回来了，就是明白了我的心意；你若执意不回，一片当归也没伤我什么面子。

含蓄多情的古人就这样把生活变成了行为艺术。

中 篇
《诗经》里的生存之道，是解决心灵之痛的良方

能有一段时间把情感固定在某人身上，真是一件值得庆幸和赞美的事情。

第五讲 《周南·关雎》——厚德之极

此诗为"风之始也",风从厚德走。"风天下而正夫妇",即,要想让天下的风气正,先要使夫妇之间的风气正;要正夫妇之间的风气,就要先教育好女人。所以,《诗经》可以说是一门教女人修养自己的学问,男人、女人都应该多听听这门课。

周南·关雎

【原文】

关关雎鸠,在河之洲。
窈窕淑女,君子好逑。
参差荇菜,左右流之。
窈窕淑女,寤寐求之。
求之不得,寤寐思服。
悠哉悠哉,辗转反侧。
参差荇菜,左右采之。
窈窕淑女,琴瑟友之。
参差荇菜,左右芼之。
窈窕淑女,钟鼓乐之。

【译文】

关关和鸣是雎鸠,相拥相眠在沙洲。
曼妙灵性之淑女,君子一生之所求。
参差荇菜左右流,
窈窕淑女寤寐求。
求之不得眠不安,
辗转反侧心亦忧。
参差荇菜左右采,
淑女明慧琴瑟友。
参差荇菜左右芼,
有始有终欢乐足!

《关雎》为什么成为首篇？

读书，第一篇至关重要。

一本书的第一篇，影响全书的定位、格调，开宗明义，统摄全书，是读一本书最初也是最重点的步骤。如何读这第一篇是个讲究的问题。

比如《诗经》的第一篇——赫赫有名的《关雎》。

把这一篇弄懂了，也许我们才能真正地读懂《诗经》，也才能真正地找到《诗经》的脉络，才能慢慢徜徉在诗的最古老的河床里。

初学《诗经》时，我有三点疑惑：孔子为什么把这篇放第一首？这是一首简单的"男追女"的爱情诗篇吗？《毛诗》为什么说这篇主旨是"后妃之德"？正是带着这三个问题，我开始了漫长的《诗经》之旅。

《关雎》以《诗经》首篇的显要位置，历来受人关注。但在《诗经》的研究史上，人们对《关雎》诗义的理解却多有分歧，我的三点疑问也就有了不同的回答。

我在前文中介绍过，孔子删定"六经"，有一个他自己的标准，就是"思无邪"。"思无邪"是从人性的角度、作者的态度和创作动机上说的，而孔子自己说过一句话，也反映了他删定"六经"的标准，即"吾道一以贯之"。

这个"一以贯之"的"一"就是传统文化里最核心的概念：阴阳。更准确地说，是阴阳和谐。地球上的万物，皆以阴阳的形式呈现，而孔子的道德社会的根底就是"阴阳和谐"。如果我们深究孔子所有的文献编著，不难发现，他在删改"六经"时，每一部的开篇都在讲阴阳、讲男女、讲婚姻：

《诗经》开篇《关雎》，讲的是君子淑女之道。

《书》首篇讲的是"舜不告而娶",说的是尧舜禅让的故事:"帝曰:我其试哉!女于时。" 尧为了试探舜的才干,先把两个女儿嫁给他,能齐家者,方能治国平天下。故,《书》开篇讲齐家之道。

《礼》则是"士冠礼第一,士昏礼第二,士相见礼第三,乡饮酒礼第四"……一切"礼",不过是生命发展阶段阴阳气血的外化。因此《礼》讲的是人际相处之道。

《乐》已佚失,但从先秦文献中还是可以一窥端倪。《左传》曾言晋侯有疾,求医于秦,秦伯使医和去诊治。医和看到晋侯说:"这病是因为过度接近女色造成的。"昏庸的晋侯问:"女色不可接近吗?"医和说:"要节制。先王创造音乐,是用来节制百事的,因此音乐有五音,五音和谐后,不容再弹。如果继续弹奏,就会使人心绪烦乱。你现在过度接近女色,就是不守音乐之道,以至于心神大乱,业已形成蛊惑之疾,再也无法治愈了。"由此可知,音乐因为直接作用于神明,更不可大意为之,和谐美好的音乐可以愉悦身心,狂躁不安的音乐可以祸乱心神。故,男女情欲和谐为琴瑟鸾和,不和谐则会造成蛊惑之疾。

《易》首篇讲的是乾坤两卦,也是阴阳。乾卦的精神是自强不息,坤卦的精神是厚德载物,阴阳合德,才能生生不息。

《春秋》首篇讲的是"郑伯克段于鄢"的史实,讲的是父母子女之道。郑伯之母生郑伯时难产,受到惊吓,故偏袒顺产所生的次子而不喜郑伯。弟弟恃母亲之宠而作恶,作为哥哥的郑伯不仅不劝阻弟弟,反而欲擒故纵,说:"多行不义必自毙。"最后,将意欲作乱的弟弟杀死,并幽禁了母亲。郑伯虽为国君,但因不孝敬母亲和不爱护弟弟,故,孔子不称其为"公";郑伯的母亲因偏袒小儿子而陷两个儿子于不义,孔子亦有微词;弟弟共叔段也不敬重兄长,所以孔子也不尊其为公子……寥寥一句"郑伯克段于鄢",把孔子对父母兄弟之道统统阐明,家庭的阴阳和谐在于父慈母严、兄弟孝悌,如不其然,于家于国都是灾难。

总之，阴阳之道即是那个"一"，阴阳之变，万物之统摄也。《内经》有言曰：知其要者，一言而终；不知其要，流散无穷。一句话，阴阳男女夫妇之际，是人道之大伦。这个问题处理好了，人类就可以稳步向前。中国的圣人们并不讳言性或激情会给我们的生活或生命带来困惑和损害，但在这方面，孔子的表述却是委婉含蓄的，他宁愿用音乐、用诗来告诉我们，情感的平缓柔和能给予我们的益处。所以在孔子眼中，"乐而不淫，哀而不伤"的《关雎》正适合作为《诗经》的开篇。

《关雎》是一首单纯的情诗？

在众多对《诗经》的研究中，《毛诗》对它的定语与众不同，"后妃之德也，风之始也，所以风天下而正夫妇也。故用之乡人焉，用之邦国焉。风，风也，教也，风以动之，教以化之。是以关雎，乐得淑女以配君子，忧在进贤不淫色；哀窈窕，思贤才，而无伤善之心焉。是关雎之义也。"

经过这样的解释，这首诗的意义顿时非凡，淑女以配君子这事，不仅是百姓之事，更是邦国之大事。一首单纯的男追女的情诗是无法上升到这个高度的。那么这首诗到底在写什么呢？为什么会达到这样的高度？

我们还是从诗义的诠释开始慢慢领会吧。

关关雎鸠，在河之洲。窈窕淑女，君子好逑。

"关关"实际上是鸟叫的声音。"洲"，水中可居者曰洲。这个"兴"起得好，一幅初春图跃然眼前：带着点儿料峭，又带着点儿喜乐，仿佛冰未全融，但河水已盎然欢腾，雎鸠因水寒而立洲上，欢喜的求偶声此起彼伏，非常好听。

其实，我有点儿反对翻译《诗经》，尤其是庸俗化地翻译《诗经》。《诗经》本身就很美，都是四字四字的，韵律优美，略加注释即可。曾有人把这段译成："一对小鸟呱呱呱，你追我来我追他，美丽的姑娘真漂亮啊，真是君子的好配偶。"一"呱呱呱"，就太喜感，而少美感了。诗毕竟高于生活，即使翻译也要遵守"信达雅"的原则，所以我觉得古人用"关关"即妙，意思完整又收敛含蓄。

窈窕，联绵词，美好舒缓之意。

对淑女而言，追求美好，最重要的是要追求内在的心灵美。心灵美的核心是守其坤德，也就是厚德载物。然而普通人择偶很难把品性放在第一位，反而总会不由自主地首先关注相貌。但君子择偶一定是品行优先，一定要是"淑女"。在君子的择偶观里，少了一些普通人的烟火气，更多的是追求心灵的契合，不论男女，最重要的都是柔情蜜意，都是要那一点点关爱，要那一点点肯定，要那一点点尊敬，无论古今，男人对女子心灵的柔和与包容的要求始终存在。

那么接下来有人会问：古代君子是不是完全不重美貌？大家来看"窕"字，单意指绰约，故君子追求的女子之美好的第二点在这里明确无疑，就是体态要美。婀娜多姿的女人到哪儿都会受欢迎，因为体态最彰显女人的家教和修养。所以古代不是不重美貌，但相貌一事毕竟萝卜青菜各有所爱，而古人观赏美女的原则是：远而欣赏之，不可亵玩之，远观其绰约风姿，更易生恋慕之心。（其实，古人之婚恋，第一要以生育为前提，而从女人的身材也可以看出她是否有旺盛的生育能力。）总之，美好绰约的淑女啊，才是君子的好配偶。

实际上，《关雎》开篇第一句就已经把孔子关于一个好社会的理想彰显出来了。一个好社会，一定是由好男人和好女人组成的。那么什么叫好男人？什么叫好女人？孔子定的标准是：好男人为君子，好女人为淑女。那普通的称呼就是男人和女人，略有敬意的称呼就是男子和女子。

君子和淑女是有特定概念的，淑女，我们讲了，其特性是窈窕，是心灵美和体态美。那么，什么人才可以称为"君子"呢？

结论在《论语》的第一段结尾——"人不知而不愠，不亦君子乎？"。

这里有必要讲一下《论语》的第一段。虽然大家都耳熟能详，但未必像大家想得那么简单，圣人的话，简单，但一定深刻。

"学而时习之，不亦说乎？"，理解这句话的关键点在"时"字和"习"字。我更赞成的诠释是，将"时"理解为"时代"的意思。习（習），原意是白色的羽毛，即小鸟不断地练习飞翔，扇动翅膀之意。这段的意思是：学习了文化并掌握了一定的技能，掌握了一定的智慧，能够在时代当中锻炼，人就会很快乐。这种理解比"要经常复习"这样的常见解释更说得通。因为每个人学习后不断地复习，不见得很快乐，但是要是学有所用，有社会用你，你就会真的很快乐，学好了又有好时代让你得以锻炼，这是一种很大的快乐。孔子学好了，但没人用他，所以这人生的第一种快乐，孔子并没有得到。

那么人生第二大快乐就是"有朋自远方来，不亦乐乎？"。孔子是老师，是圣人，是孤独的人类思想引领者。而人在世上都求懂。懂，有时候比爱更高贵。因为自身的卓绝和所负的使命，这第二大快乐，也许孔子本身的体验也不多。

"人不知而不愠，不亦君子乎？"，哪怕天下没有任何人懂我、天下没有任何人用我，我也不抱怨，这才是君子啊！君子的一个标准就是"不怨"，用他的原话说就是"不愠"。不抱怨是君子的一个标准。

所以，《关雎》作为《诗经》的开篇，暗含了一个好男人的标准：不抱怨，也传达了一个好女人的标准：温柔大气。这样的好女人就是君子的好配偶，由此而确定一个好婚姻。

那么，什么是"好婚姻"呢？好婚姻对国家的意义又何在呢？让我们接着往下看。

参差荇菜，左右流之。窈窕淑女，寤寐求之。
求之不得，寤寐思服。悠哉悠哉，辗转反侧。

每每读到此，人们都认为这不明摆着是一个男子因对一个女子迷恋而夜不能寐嘛，与《毛诗》之"后妃之德"有什么关系？疑惑之下，我查了很多书，最后在韩诗残卷里找到这样一句"言贤女能为君子和好众妾也"，说出了这首诗的创作原因。

《关雎》这首诗的产生是事出有因的。据说有一天，周康王没上早朝，于是人们就认为这是周康王宠妃的错误。百姓可以睡懒觉，君王睡个懒觉事儿就大了，而君王晚起的首要原因是身边女人无德。好妃子要在每个黎明"夫人鸣璜，行步成声"，用叮叮当当、细细密密的珠翠步摇之声唤醒沉睡的君王，而万万不可"春宵苦短日高起，从此君王不早朝"（白居易《长恨歌》）。看看，就睡觉晚起这事，虽"微"，但要"见微知著"，更要"见几而作"，不小题大做，就要亡国！于是，充满忧患意识的诗人作了这篇《关雎》。

为什么如此小题大做呢？

原来是有历史典故佐证的。在《关雎》产生的年代之前，中国三个王朝的灭亡，几乎都有一个坏女人的故事在里边：夏亡于妹喜、殷亡于妲己、周亡于褒姒。古人认为是这三个美丽风情的妖妇生生灭了三个辉煌的王朝。她们迷惑了君王，让他们疏于治国，然后忠奸不辨，于是，呼啦啦大厦倾，百姓也随之涂炭。

任何一个王国的衰败都会有很多原因，但古人的原因简单而深刻：人，尤其是君王，一旦被欲望、情感所左右，就有可能造成毁灭。婚姻是人生大事，国君的婚姻则是国家之大事。要想让国家良性发展，后宫要有好后妃（淑女），朝廷要有好臣子，二者缺一不可。

什么是贤而有德的后妃呢？讲个小故事吧。

《列女传》中记载了一段：

> 周宣姜后者，齐侯之女也。贤而有德，事非礼不言，行非礼不动。宣王尝早卧晏起（又是一个睡懒觉的故事！），后夫人不出房（后世索性不许侍妾专夜了，完事必须走。不走，太监就在门外敲鼓，一而三，再而三，直到君王不好意思）。姜后脱簪珥（王后自己认为侍妾无罪，罪责在自己调教无方，去掉华饰以谢罪），待罪于永巷，使其傅母通言于王曰："妾不才，妾之淫心见矣，至使君王失礼而晏朝，以见君王乐色而忘德也。夫苟乐色，必好奢穷欲，乱之所兴也（色欲乃欲望之根，此欲起，必穷奢极欲，穷奢极欲则天下乱）。原乱之兴，从婢子起。敢请婢子之罪。"王曰："寡人不德，实自生过，非夫人之罪也。"（这个国王好有觉悟！赞一个！）遂复姜后而勤于政事。早朝晏退，卒成中兴之名。君子谓，姜后善于威仪而有德行。夫礼，后夫人御于君，以烛进。至于君所，灭烛，适房中，脱朝服，衣褖服，然后进御于君。鸡鸣，乐师击鼓以告旦，后夫人鸣佩而去。诗曰："威仪抑抑，德音秩秩。"又曰："隰桑有阿，其叶有幽，既见君子，德音孔胶。"夫妇人以色亲，以德固。姜氏之德行可谓孔胶（特别牢固。孔，特别。胶，牢固）也。

故事讲到此，大家应该有些明白了，孔子所谓的"乐而不淫，哀而不伤"是指君子淑女情感的中庸：欢乐而不过度，哀伤也有节制，不仅于己有益，于国家也有益。而《毛诗》的"后妃之德"，更是强调作为管理整个后宫的王后不仅自身要德行宽厚，要担起挑选贤女以进君王的责任，只为广君王之嗣，而不能迷惑君王而亡国。

好婚姻的标准

后宫如此庞大的女性队伍都要由王后来确定和管理。因此，如何挑选女人，则是王后心中最大的事：要好女人没有错，但被挑选的女人不能僭越王后，更要提防她取而代之。于是，我们就渐渐地看明白"参差荇菜，左右流之"的意思了。表面上是在采一种水草，但一个"左右流之"的"流"，妙不可言。"流"就是表现王后在做选择时的矛盾心情。就是手轻轻在水面上拂过，不知道采哪个好，这样的动作就好像咱老百姓说的"划拉"一样。说明她内心深处不想采，她也是个正常的有私心、想专宠的女人，如此"厚"的德绝对考验人的内心啊。所以，"流之"表达了王后内心感情朦胧之际的混乱，每个诗句里面都是有心情的。"左右流之"，船在慢慢移动，王后的两手不断地犹疑摸索，到底要选谁呢？上哪里找心灵美、体态美的"窈窕淑女"啊，睡着了思于斯，醒来了也思于斯，就是"寤寐求之"。说句实在话，人都是自私的，帮助君王选妃不是一件容易的事，选的这个人不能对她构成威胁，不能嫉妒，和她还要相处得来。"求之不得，寤寐思服"，难找啊，愁得睡不着啊。"悠哉悠哉，辗转反侧"，"悠"通"忧"，忧愁啊忧愁，辗转反侧。

参差荇菜，左右采之。窈窕淑女，琴瑟友之。

"参差荇菜，左右采之"，"采"这个字上面是"爪"，下面是"木"。先前是"流之"，只是犹豫不定，还没有行动，这里开始有具体动作了。后来王公贵族的女儿们等待进宫前的名称就叫"采女"，比如薛宝钗。这里对"左右"的理解很重要，如果真是在描写男追女的话，就成了男的左边找一个，右边再找一个的意思了。所以这里明确在写一个女人内心的痛苦。"采"就是你必须拿起一个来了，必须选择了，而不能再漫不经心地"流"了。必须做出选择了，但这种选择是有标准的，所以她说"窈窕淑女，琴瑟友之"。

讲到"琴瑟"，大家的第一反应肯定是在讲音乐。音乐的核心就是讲和谐，宫商角徵羽，要有规律，不能乱来，否则就不能成为音乐。而在这首诗里讲到琴瑟，就不是单纯地讲音乐，而是用"比"的手法，来表达作者真正想传达的深意。

这里涉及一个好婚姻的标准。我们先前说了<u>《关雎》有两个要点，一个是好男女的标准，好男女的标准就是君子和淑女，那么好婚姻的标准是什么呢？第一要明尊卑，第二要明终始。</u>

所谓"明尊卑"就是这个"琴瑟友之"。古代把琴、瑟、笙、磬、埙这五种乐器按五行有一个匹配，有"南琴北瑟"之说。古代乐器当中，南面为尊，对应的是琴；北面为卑，对应的是瑟；东面对应笙，相传是伏羲所作，代表生发之机，吹笙就是希望国家人口众多、兴旺发达的意思；西面对应磬，由金石所做，代表肃杀之气；中间对应埙。孔子最喜欢的乐器就是埙，守中庸之道嘛。埙是陶土所烧制，虽然外表不起眼，但重要性不可取代，因为埙起着合五音的作用。当五音起伏不定的时候，就是由埙中土的性质来定调的。既然琴代表"尊"，瑟代表的就是"卑"，所以"琴瑟友之"不过是在讲尊卑。

夫妻的尊卑之道，实际上是非常重要的。其实现在很多不好的婚姻大都有一个问题，就是夫妻双方往往欠缺相互尊重，虽说古代"相敬如宾"有点儿过了，但不相敬却是大忌。

人生在世，各有所求，但所有人有一个共同的且最大的"求"，就是求"尊"。所谓"尊"，并不是说古代的制度、阶级，而是可以扩展到现代生活中，广泛适应普通人的需求，就是你要尊重我，包括尊重我的个性、尊重我的个人空间，你可以不爱我，但要尊重我。好婚姻的这第一标准"明尊卑"，就是先学会尊重对方。尊重是对婚姻及一切关系的首要爱护。我们现在很多人把无理地要求对方当作爱，而不是把尊重当作爱，这是一个生活误区。作为女人，如果在两个人的关系里你不会做小女人，到大社会里你想做大女人可能也做不好。这是需要我们很好地去反思的，轻慢丈夫者，丈夫不得好，自己也不会幸福。

都说男人四件事，就是名、利、色、面子，我曾经问过好多朋友，这四个里边，你最看重的是哪个？几乎所有的男人都回答：面子。可想而知"面子"对男人有多重要，可想而知为什么很多男人最后会忍受不了妻子的不给面子，以及女人的轻慢。假如一个丈夫出去应酬，妻子翻来覆去给他打电话追问催逼，男人就会觉得在朋友面前很没面子，以致对"回家"都心生畏惧和厌倦。不要以为"面子"是小事儿，放在尊严的层面上，它便大如天。

其实不仅男人求尊，女人也求尊。《关雎》中的这位王后"采之"的第一个内心诉求就是希望她选择的女子首先要明尊卑，要先懂得如何尊重王后，不可以进门就觊觎王后的位置。

"友"字在古时是这么写的：刊，两个手，手拉手之意。但是王后怎么才能够拉嫔妃的手？你懂得尊卑之道，我就拉你的手；不懂尊卑之道，我是不会拉你的手的。

婚姻的第二个要点是"明始终"。生活要有始有终，不可以动不动就吵着要离婚，不可以动不动就分手，如果这段关系你没处理好，下段关系里这些问题会继续存在。很可惜，现在的"闪婚""闪离"把过去人们一生要沉淀的东西极快速地"闪"没了，这些，实际上就是不明理。因为人的感情是需要慢慢培养的，而现在的人，总想消灭过程，希冀直接拿到结果，但没有时光的煎熬，那果实必然不大、不甜。

> 参差荇菜，左右芼之。窈窕淑女，钟鼓乐之。

"芼"是什么意思呢？朱熹在注释《诗经》的时候，用了一个词叫"熟而荐之"。妙哉！之前的"采"，是我不太了解你，所以我告诉你，我选择你的前提是你要"琴瑟友之"，明尊卑。但到了"芼"这个时候，是"熟而荐之"，就是当我很熟悉你以后，我会把你推荐给某人。要想达到"熟"的程度，就需要感情的培养和酝酿，熟了性情和品质，才能"荐"。推荐一个生人不仅对别人不负责任，对自己也不利，均不是长久之道。

而所谓长久之道、终始之道，中国人通常用"钟鼓"表示，钟鼓楼一般是左鼓右钟，左为生发，用鼓，属于木声；右为收敛，用钟，属于金声。古代打仗也如是，开战前敲鼓鼓舞士气，结束时鸣金收兵。于是，就有了最后一句："窈窕淑女，钟鼓乐之。"我们通常说"晨钟暮鼓"，所以"钟鼓"代表有始有终，今人常说"不忘初心，方得始终"，王后无非是在告诉嫔妃：我把你"采"来"芼"来，不是让你短期在这儿，而是要有终有始的，我们要有共同的理想、共同的目标，也就是安和家国、辅佐君王。这是王后对嫔妃实行的教育，相当于和她建立合作伙伴的关系，这个关系的前提是：我们之间谁也不能损害谁，因为只有有始有终的情感才完整而有意义，才令人快乐。

难怪孔老夫子赞叹《关雎》"乐而不淫，哀而不伤"，一切不过度的情感表达，无非是让人警惕和节制自己情感的泛滥和无理的情感勒索。而《毛诗》的"后妃之德"更指出了本篇的要点：厚道也是道。仁义礼智信之"信"，即源于这中土之厚。不厚者无信。女子之"厚德载物"无非取大地之德，最厚，就是土地。所谓土地之德，就是你给它个种子，它能够使种子发芽、成长、壮大；你给它一堆垃圾，它能够化腐朽为神奇。唯有德厚，才能承载万物，故，"坤极"为王后之别称。

至此，这首《关雎》由先前初春之朦胧清丽到中间的犹疑、忧思、迷惘，到最后的由琴瑟钟鼓带出大气、敦厚，一派美好平和、有礼有节——你要想得到一个好男人或好女人，你就要先明白君子淑女之内在修养；你要想得到一个好婚姻，就要先明尊卑，再守终始。如果你不尊重别人，你就不配享受这份爱与提携。

第六讲　男人的一生

孔子的《诗经》从《国风》开始，强调诗教之风化。朱熹说："凡《诗》之所谓风者，多出于里巷歌谣之作，所谓男女相与咏歌，各言其情者也。"又曰，学诗当"本之二南（周南、召南）以求其端，参之列国以尽其变，正之以雅以大其规，和之于颂以要其止，此学诗之大旨也"。其实，这不只是学诗的宗旨，学任何经典都要先掌握其"正"，再揣摩其"变"。掌握了"正"，就有了格局，得其"变"，就万变不离其宗。如此，有圣人之心，再有忠厚恻隐之意，阅读经典就如同一次美妙的航行——有翱翔天际之志，又有落地安稳之实；既高远又接地气，方为万世不移之经典。

因为我们不可能把《诗经》的三百零五篇全讲了，所以也得找条主线，既然"诗者，持也，在于敦厚之教，自持其心。讽刺之道，可以扶持邦家者也"，那么我们不妨以爱情、婚姻、家庭为主线，挑一些诗来讲。

在爱情里，敢爱敢恨的主角通常是女性；在婚姻家庭里，女子主内，男子主外，可歌可泣的似乎还是女人。所以，在讲女子的一生之前，我们先简短地把男人的一生说一下。

说男子的一生，最好不过孔子的那段话："吾十有五而志于学，三十而立，四十而不惑，五十而知天命，六十而耳顺，七十而从心所欲，不逾矩。"

先存志于学，后成家立业

吾十有五而志于学

古代男子八岁入小学，学习六书、术数、洒扫、应对、进退，掌握人生基本技能。十五岁入大学，学习人生义理。男子二八一十六岁生理成熟，随之带来心理的快速成长，因为是自己的孩子，家长应对起来颇有难处，所以古代有"易子而教"之说。一般而言，男子十五岁时要开始为自己的未来确定目标，大人也要观其才能志向，为其择师而教之。此时师有两种，一为师傅，二为师父。

所谓师傅是来教你本事（技术、手艺）的，比如说这孩子如果喜欢木工活，那么也许他将来就是鲁班，所以你要给他找一个师傅，教他基本的手艺。在一个"学而优则仕"的社会里，人们通常看不起手艺人和劳动者，但真正大师级的手艺人弥足珍贵。

在这里，有个问题不得不说一下，很多父母似乎特别怕孩子平庸，尽管大多数人都过着平庸的生活，但在子女教育上父母会不遗余力地、万分焦灼地希望孩子出人头地。成功学被广泛传播，但很少有人告诉我们：平庸才是生活的常态，健康、愉悦、平静地享受生活，才是生活的真谛。

咱们用"精卵结合"这一伟大的生命现象来说明一下这个问题吧。精卵相合是一个像电影画面一样非常美好、非常惊心动魄的场景。一个健康的男人每次排出的精液里基本上有3亿个活跃的精子，当它们进入女人的身体的时候，就有一半被阴道中的杀精物质给杀死了。另外1.5亿继续向前飞奔，希望能够让自己的基因攫取那生命之珠，这时有100个左右跑在最前面，但毕竟最终只有一个精子能够跟卵子结合。从这一点上来讲，那3亿多个，跟这一个相比，都是属于被浪费掉的。但如果没有它们，也就没有这一个的成功，这就是让我们所有人为之感动和震撼的地方。

其实，我们的生命从初始的那一刻，就有强大的兄弟部队的支持。最为壮烈的是，那占领制高点的精子靠自己的力量是无法突破卵子那厚厚的保护壳的，还是要通过后续上来的兄弟的帮忙才最终得以成功……生命的本性即是如此：即便相对来说，成功者只是极少数，但那又如何呢？我们也沿着那正确的方向奔跑过、努力过，甚至沿途还帮助过别人……从另一个角度讲：精卵结合创造的每一个生命都业已是成功者，剩下的时光就是善待这条生命、完美这条生命，哪怕一株细草，不也是造化的风景吗？

所以我们在教育后代的问题上，真的没有必要把太多的压力给他：你一定要优秀，你一定要成功！这对人生实际上是一种误读。任何一个生命都是漫长的生命链条上的一分子，假如我们能够经营好家庭，能以温柔敦厚之风传宗接代，也是对人类文明的贡献。甘于平庸、享受平庸、在平庸中体会人之大情趣，恰恰是我们的当下和未来。没有孩子不想满足父母的愿望，但假如父母的愿望太不实际、太高远，超出了孩子的能力，那么这个无辜的生命就是拧巴的，这种拧巴的生命有可能导致一生的不幸。

先前我已经说了，古人追求的就是田园风光，就是平淡生活，就是安详如意。从《诗经》那个时代开始，人们的生活就追求安详、快乐、率真、纯真、真实，这个才是最最重要的，而不是非得要惊天动地，老去惊天动地，天地都受不了。

庸常并非不自在。所以，古代的教育从一开始就教育孩子：晨起洒扫庭除，温润地待人接物，最好有一技在身，即便平庸，有一技之长的人也能安守家业，也能把生活过得自得其乐。学技术，就得有师傅，从小跟过师傅的人，有眼力见儿、能吃苦、有耐性，这些品质在任何环境下都是非常重要的。

另一种师父实际上是什么呢？他像父亲一样，给你精神上的指引，在精神上让你重生，这样的师父可遇不可求，如若求之不得，亦可读万卷书、行万里路，以经典、阅历为师，也能在未来的生活中游刃有余。

这，就是"十有五而志于学"，在年轻的时候，要努力学习，要一技在身，不可荒废时光。

三十而立

所谓"立"有两点，一个是成家，一个是立业。

经过十五年的学习、打拼，到三十岁的时候，终于要见一点儿成果啦。古代就是这样，叫作"女子二十而嫁，男子三十而娶"，就是说男子到三十岁的时候，你无论如何要独立生活了。成家这件事是很考验男人的，所谓独立，就是有勇气和一个陌生人开始生活，一切不再是传说和遐想，一切都将细碎而真实。而现在有啃老一族，因为害怕社会，一直在那学啊学啊学啊学，学完了，回家了然后继续啃老，这种现象其实是很可怕的。

"成家""立业"这两个词放在一起，一定是"成家"在前，"立业"在后。我们现在很多的女孩子找婚恋的对象，都希望这个男人先有成就了，可是你不知道如果他不跟你结婚，他没有经过情感上的折磨，他是很难成熟的。婚姻，其实对每个人的人生而言都意义非凡，男女若没结婚，若没有经历从轰轰烈烈到趋于平淡，人在情感上都谈不上成熟。任何成熟都必须事必躬亲，否则就是纸上谈兵。而一个女人的温柔、大气，有可能对男人的一生都很有帮助。成了家以后，立业就具体而迫切了，因为你要承担社会职责了，从此以后你不是一个人独立生活在世界上，你是要照顾好妻子、照顾好孩子、照顾好你的家庭了，所以"立业"的意义在这个时候才彰显出来，这是"三十而立"的意义。

四十而不惑

惑，乱也。人到中年，就该知有所为有所不为了，能放弃、能拒绝，其实就是定力。那些无意义的、浪费生命的事就该淡出了，比如无聊的应酬、虚假的调情等，此时该形成自己的风格，喝自己喜欢的茶，穿自己喜欢的舒适的衣服，沉醉于自己的爱好、兴趣，做自己喜欢的事。不惑，对一个男人是多么的重要。

我原先在讲《黄帝内经》的时候也说了，五八四十，男子的生命节律是跟八有关的，到四十岁的时候，所谓不惑就是说你不再追时髦了，你开始形成自己的生活观、价值观、情感观。假如年轻的时候你喜欢破破烂烂的牛仔裤，那么这个时候你可能因为生活的成熟稳定而开始寻找舒适感，也就是说，你开始给自己的生命做一些主了。

五十而知天命

所谓天命，就是说你自己前半生已经为你的后半生埋单，如果一个男人在五十岁的时候还在怨天怨地、怨父母、怨老婆、怨孩子，那真是没活明白。四个生肖轮回已经完成了你的游戏、你的追求、你的实践、你的积淀。后半生该怎么过，过得好不好，都是自己的事了。这就是"五十而知天命"。

六十而耳顺

所谓耳顺真的不是只有耳顺了，而是眼耳鼻舌身意都顺了。其实，一切烦恼都从眼耳鼻舌身意来。人，五十知天命后可能还有不平，还有不甘心，还要最后一搏，兼之老之将至，内心恐慌，于是仓皇之中抓青春、抓稻草，故，有贪的、有病的、有闹离婚的，这种种"闹"，医学名曰"更年期"。但过了十年，猛然一抬头，发现一切皆虚妄，贪的有难，病也越治越多，娶小的有苦难言。于是始知顺遂之道，此时岂止耳顺，眼耳鼻舌身意皆顺遂了。

比如年轻的时候你可能看这人不顺眼、那人不顺眼，那么这个时候，你就没有什么不顺眼的了。你的眼耳鼻舌身意、你的所有感官都不再那么有强烈的分别心了。一切都"可"，或无"不可"。就是说这个时候你顺遂了，不那么我执了，如果到六十岁你还没明白这世界上存在着差异、存在着差距、存在着别人跟你的不同，你还在跟这些东西较劲，那么你就是没有成熟。"六十而耳顺"，就是说你的心真的宽了，真的容了，真的放手了，当你开始放，你开始不要，反而你会有新的美感和幸福感了。

七十而从心所欲，不逾矩

这话说得太好了，好在哪里呢？就是六十岁还是眼耳鼻舌身意的一个改变，而到七十岁的时候，连眼耳鼻舌身意都不依靠了，依靠什么了呢？依靠"心"。"从心所欲"，你这时候的欲念，一切都是以你的心为标准的，规范这颗心的是"不逾矩"，此三字大有意味：矩，为方，取方正之道；从心所欲，为圆融之道；不逾矩，为方正之道。如此，便是自由境界，便是大自在。

任何自由都是有边界的，没有边界规范，谈不上自由。所谓自由，不是无法无天，恰恰是有法有天，就是你知道有些事情是不能做的，但是这个不能做不是说别人要求你不能做，而是你从内心深处就知道这件事是不能做的。当你不再较劲的时候，你也被世界松了绑。就像《黄帝内经》所写的一个境界："居处安静，无为惧惧，无为欣欣，婉然从物。""婉然从物"，就是说随便什么环境，我都能够去适应了，你给我一个圆，我就变成一个圆；你给我一个方，我就变成一个方。我终究是我，但我已"婉然"，可以随万物而变，这就叫"从物"。能"从物"的前提是"从心"，从内。从此，不再受外界干扰，心的本性是愉悦欢喜，心已圆融，行已方正，何患之有？老之将至，胡不归？能在生命的尽头安享这最后的荣光，不亦乐乎！

好，这就是男人。男人的一生其实非常简单，但是要求很高。不是人人到四十岁都不惑了，而是不惑时，你的心理年龄四十岁了；不是人人到五十岁都知天命了，而是知天命时，心理成熟到五十岁了；不是人人到六十岁都能耳顺了，六十岁还惑的人现今大把，但也有三十岁就耳顺的，那一定是老灵魂。人生在世，有有形的坎儿，也有无形的栅栏，没事儿远望青山，拍拍栏杆，足矣。每天都有一睡，每天都有一醒，自己睡自己的，自己觉自己的，谁也别说谁。

孔子所言，是人生之次第，先有志于学，然后成家立业，然后不惑，不惑后知天命，知天命后遂顺众生，最后从心之圆融，守行为之方正，而臻至善至圣。

男人的典范——《卫风·淇奥》

一个优秀的男人是什么样子呢？《诗经》中的《卫风·淇奥》篇给了我们一个典范。《毛诗》说此篇"美武公之德也，有文章，又能听其规谏，以礼自防，故能入相于周"。此篇是对男人的最高褒奖，男人的成功无非是做圣君贤相、能臣良将。

卫风·淇奥

【原文】

瞻彼淇奥，绿竹猗猗。
有匪君子，如切如磋，如琢如磨，
瑟兮僴兮，赫兮咺兮。
有匪君子，终不可谖兮。

瞻彼淇奥，绿竹青青。
有匪君子，充耳琇莹，会弁如星。

【译文】

淇水弯弯处，绿竹猗猗青。
君子有盛德，治学如切磋，自修如玉琢。
容颜庄且宽，威仪有明德。
有此君子啊，终生难忘记。

淇水弯弯处，绿竹青且茂。
有此君子啊，耳瑱有美玉，束带石如星。

瑟兮僩兮。赫兮咺兮，　　　　容颜庄且宽，威仪有明德。
有匪君子，终不可谖兮。　　　有此君子啊，终生难忘记。

瞻彼淇奥，绿竹如箦。　　　　淇水弯弯处，绿竹高且直。
有匪君子，如金如锡，如圭如璧。　君子之盛德，如金亦如锡，如圭亦如璧。
宽兮绰兮，猗重较兮。　　　　举止宽缓啊，国之重器兮。
善戏谑兮，不为虐兮。　　　　谑而不虐啊，张弛有道兮。

"瑟兮僩兮"，是其容颜；"宽兮绰兮"，是其举止；"赫兮咺兮"，是其威仪。容颜端正，表情温和，举止舒缓，不言而威……这一切都源于先天的淳厚和后天自我修习的刻苦。不学诗无以言。君子先要学问好，做学问要如切如磋、发愤图强；做人自修要如琢如磨、劳其筋骨。研究圣贤书，如同做玉雕瓷器、如同学手艺，都需如切如磋、如琢如磨。但如切如磋、如琢如磨成本太高，今人已很少有此治学精神，所以，现世也少有如此明德之君子。在快餐文化下，成长和成熟都有揠苗助长之感，感情也都生猛青涩，缺少君子之从容宽缓，以及如金如璧之精粹温润，既难得庄严，也缺少幽默戏谑之趣，由此，生命反而更加抑郁沉重，难成家、难立业、总是惑，不知命，至老未"耳顺"，至死未悟自由，如此这般，令人喟叹不已……

执子之手，与子偕老——《邶风·击鼓》

无论如何，男人，希望事业有成；女人，希冀情感有归属。但无论男人女人，随着年龄的增长、气血的衰颓、心境的稳定，最终都渴望柔情蜜意，都渴望夕阳西下的"执子之手"。其实，这句经典的诗句也源于《诗经》的《邶风·击鼓》。

邶风·击鼓

【原文】　　　　　【译文】

击鼓其镗，踊跃用兵。　击鼓咚咚震天响，操场踊跃齐练兵。
土国城漕，我独南行。　筑城修漕防敌寇，我随部队向南行。

从孙子仲，平陈与宋。　跟随将军孙子仲，陈宋纠纷得平定。
不我以归，忧心有忡。　战事结束我难归，忧心忡忡心不宁。

爰居爰处？爰丧其马？　何处是我归息处？丢失战马在何处？
于以求之？于林之下。　队伍离散人不见，唯愿林下有马嘶。

死生契阔，与子成说。　死生聚散虽有定，与你却有海誓盟。
执子之手，与子偕老。　曾执你手发誓言，期以偕老伴今生。

于嗟阔兮，不我活兮。　感叹分离太久长，此行远征我命殇。
于嗟洵兮，不我信兮。　誓言徒在空回响，再难守信痛肝肠。

此诗描写一个远征的战士与队伍离散后想起与家人的盟誓而肝肠寸断的心情。其中"死生契阔，与子成说。执子之手，与子偕老"是千古名句。战士的事业在战场，可战士的心在家乡。一个男人，再坚强，也有一颗柔软的心，渴望那种能终守一生的温情……

第七讲　女人的春天

只要一谈到诗就不可能不谈到爱情，因为爱情是诗歌的永恒主题。总而言之一句话：天下什么最养人？情最养；天下什么最伤人？情最伤。有情就有了业，这业连缀三世，前世今生来生。

就人之一生而言，恋爱就像诗，是情感的高度凝练，是欲火中烧下不着边际的山盟海誓和癫狂呓语。结婚则像散文，一地鸡毛的生活，收获的全是支离破碎的东西，包括感情也是碎碎屑屑。离婚像什么呢？离婚像小说，必须委曲慢慢道来，要把前因后果、你情我愿全都碎碎念出来，所以离婚是长篇巨著。在《诗经》里，这三者的表现也是如此，恋爱诗很短、很明快、很坚定；家庭情感诗通常有对话、风趣、优美、缠绵；而怨妇诗，一首比一首长，总念当初，而恨当下，反复嗟叹，念叨得人老头白、水黄天黑。

相较于男人的一生，女人的一生更为灵动、丰富，从春心萌动到谈情说爱，从结婚到归宁，再到求子、怀子，从恩爱到怨妇……女人的一生，仿佛华丽乐章，慢板、快板，跌宕起伏，无不与女子之感性、曼妙有关。难怪中国古代文化喜谈阴阳，阴在前，阳在后，阴，可是阳的内部支持，把这个"阴"办好了，"阳"也就好了。

所以下面咱们就要讲讲女人。

女人这一生就是情感要有所归属，情感的次第如同花儿一样，先含苞待放，然后是鲜嫩欲滴，然后绽放、再绽放，然后……一切都有四季，《诗经》反复吟咏光阴四季，不过是说生命也有四季，有春之盎然、夏之热烈、秋之萧瑟、冬之沉寂，把每一阶段都过好了，就是美好人生。

春心荡漾三月三

古代有一个重要的节日，三月三。在周礼里边，三月三这个节日就是"法定私奔日"。《周礼·地官》中记载："以仲春之月，令合男女，于是时也，奔者不禁。若无故而不用令者，罚之。"——阴历三、四月份叫仲春之月，"以仲春之月，令合男女"，就是命令未婚男女必须相会，无故而不执行此命令者，罚之。此命令真是令人讶然！很难想象在三千年前的周代，我们的先辈竟有如此欢乐的节日，并且因为这个节日，产生了大量的诗歌！幸好《诗经》里保留了大量三月三男女应和调情之诗，使得我们得以感受远古那粗豪而强烈的欢乐，甚至能感受到河水的温度与荡漾，感受到那时青年男女的率性与风趣。

总之，三月三是《诗经》无法回避的一个话题。在《诗经》中，我们发现了爱情、发现了活泼健康的少男少女，发现了爱情的犹疑、誓言、背叛和无限欢喜。

大家会觉得好奇怪，周代为什么用国家法律来鼓励男女和合？既然是国家法律，那它必与国家的发展有关。实际上这件事涉及国家的两个问题，一个是人口问题，一个是土地问题（粮食问题），也就是食色问题。此"法定私奔日"只是意在通过阴阳和合而产生新的、更有价值的生命。

首先，以中国思维里的感应观念，要唤醒春天的大地，唯有阴阳和合，万物方能生长。所以上古民俗发明了许多有趣的方法来让大地生发。人们一定要用最简洁、最有力的方式把自己对土地、对种子、对粮食的祈愿尽情宣泄。于是，三月三成了一个重要的节日，后来叫"上巳节"（又称女儿节）。人们为了强调这个节日的重要，最后认定这一天是黄帝的生日，又是真武大帝的生日。杜甫有诗曰："三月三日天气新，长安水边多丽人。"对农业文明而言，这一天必须欢腾，让神仙看到那么多年轻的生命在田间、在水边唱和应答，神仙都快乐！

其次，"法定私奔日"涉及古代的人性化管理。古代有官媒，做媒人这件事，一定是由国家来指定的，官媒负责登记和管理人口，谁家生了小孩，是男孩还是女孩，到了二十岁结没结婚，都会被记录在册。如果女子二十岁未嫁、男子三十岁没娶妻，他就要想办法把这些人的问题解决掉。女子伤春，男子悲秋，会成为国家的不安全因素，对人口的发展也不利。而解决问题的方法就是：

（1）仲春时节鼓励未婚男女自由恋爱，歌儿唱痛快了，情调舒畅了，劳动就有劲儿了。

（2）秋天征兵。去打仗，去建功立业。

（3）秋天订婚。因为不可能人人都去当兵，那剩下的，就给你定亲，所有的定亲物都跟秋天的东西有关，比如大雁啊、白茅啊。先稳住你烦乱的心，等冬闲时就成亲，一步步地，把青年男女搞定，社会也就欢乐祥和了。

那么三月三是个什么场景呢？

执拗、热烈是女子——《郑风·溱洧》

先是男女相邀约，比如《郑风·溱洧》里描绘的场景。

郑风·溱洧

【原文】

溱与洧,方涣涣兮。
士与女,方秉蕳兮。
女曰:"观乎?"
士曰:"既且。"
"且往观乎?"
洧之外,洵订且乐。
维士与女,伊其相谑,
赠之以勺药。

溱与洧,浏其清矣。
士与女,殷其盈兮。
女曰:"观乎?"
士曰:"既且。"
"且往观乎?"
洧之外,洵订且乐。
维士与女,伊其将谑,
赠之以勺药。

【译文】

溱水与洧水,刚刚融化流淌。
男男女女结对,手执蕳草祈祥。
姑娘邀约情郎:去看看吧。
男子对曰:已经去过啦。
女子说:再去一次吧!
洧水岸边,宽敞又欢乐哦,
男男女女打情骂俏,
相互赠以芍药。

溱水与洧水,流水清且亮。
男男女女结对,熙熙攘攘。
姑娘邀约情郎:去看看吧。
男子对曰:已经去过啦。
女子说:再去一次吧!
洧水岸边,宽敞又欢乐哦,
男男女女打情骂俏,
相互赠以芍药。

常说《诗经》里"郑卫风淫",一般而言,《卫风》多男悦女之词,《郑风》多女惑男之语,此篇便是女子颇为主动的一篇。

这首诗涉及的第一个问题与三月三有关,"郑国之俗,三月上巳之辰,采兰、水上,以拔除不祥"(朱熹《诗经集传》)。三月三这一天,不仅是男女和合日,人们还要到河边洗澡,采集泽兰、芍药等香草,以拔除不祥。在古代民俗里，每逢三月三、五月五、七夕、九九这几个大日子，众生都得忙乎忙乎，三月三、五月五，避春瘟，三月三沐浴洗澡就是"发陈"，泽兰祛表邪、芍药除里病；春夏之交的五月五，瘟疫可能会通过水系传播，所以这个时候要在井里边搁一些硫黄，或者喝雄黄酒、挂艾草等。七月七、九月九，防秋瘟，七月七以后要早睡，九月九要登高。总之，生命要跟着天地走、气血要随着节气动，积淀下来，就是民俗。

第二个问题是"赠之以勺药"是什么意思？现代大多数《诗经》的译本都解释为赠送芍药表示"勿相忘"，这是错误的翻译。前面我们说过，"相招以文无，相赠以芍药"，芍药别名"江蓠"，取其谐音"将离"之意，代表分手。所以古代男女之间想分手的时候给对方的东西就是芍药。在这首诗里"赠之以勺药"属于爱情表达的正话反说，明明想在一起，可又羞怯地怕遭到拒绝，于是以玩笑的方式遮挡自己内心的热烈。"维士与女，伊其相谑，赠之以勺药"——"相谑"就是互相开玩笑，女孩说："你不跟我去啊，不跟我去的话，那我可和你分手了啊，我找别人去喽。"显得既娇羞又任性，这，才是女孩子身上最迷人的地方。

爱恨交加难自拔——《郑风·褰裳》

再来一段更任性的，比如《郑风·褰裳》。

郑风·褰裳

【原文】　　　　　【译文】
子惠思我，　　　　你若爱我想我，
褰裳涉溱。　　　　快提起裙子过溱河。

子不我思，	你若不再想我，
岂无他人？	岂无他人爱我？
狂童之狂也且！	你这个傻小子呵！
子惠思我，	你若爱我想我，
褰裳涉洧。	快提起裙子过洧河。
子不我思，	你若不再想我，
岂无他士？	岂无他人爱我？
狂童之狂也且！	你这个傻小子呵！

  通篇只换了"溱"与"洧"两个字，即溱水与洧水。还是那两条河，故事大同小异，情绪却更为强烈。情感越强烈，表示关系越密切。《郑风·溱洧》是男女相谑，是情感试探，《郑风·褰裳》则是爱恨交加了。女孩子向对岸的情郎唱道："子惠思我 褰裳涉溱。"褰的意思是提着；裳，古代是上衣为衣，下衣为裳。直到赵武灵王"胡服骑射"的时候才有裤子，之前无论男女都是裙装。姑娘说：你若爱我想我，你赶紧提着裙子过河来见我，你要不想我，难道没别人想我爱我吗？！你这个傻小子呵！……关于对心上人的称谓有很多，甜腻时叫情哥哥，情浓时叫情郎，唯有"那家伙""傻小子"最让人捉摸不定、心里羞涩，外表还要装女汉子，貌似无情野蛮，内心已然默默相许，爱与恨交织在胸，你傻小子狂什么狂！本姑娘要模样有模样，要歌声又嘹亮，你若放得下我，我也海阔天空！面对如此刁蛮的姑娘，小伙子可能真吓着了。

  其实，通过读《诗经》我们会发现，人类的情感始终都有犹疑、不能尽兴的那一面，对我们每个人而言，我们都未能让自己的情感做到极致，都不得不压抑内心的温柔或愤怒，我们想占有的，都未曾占有；我们想放弃的，也未能放弃。我们拥有的，不过是受挫的生活。且看下面这段《王风·大车》。

自有苦楚在心头——《王风·大车》

王风·大车

【原文】	【译文】
大车槛槛，	大车轰隆渐远，
毳衣如菼。	那人绿色冠冕。
岂不尔思？	岂敢忘记思念，
畏子不敢。	畏你有所不敢。
大车啍啍，	大车重迟如碾，
毳衣如璊，	那人赤衣如火。
岂不尔思？	对你日思夜想，
畏子不奔。	怕你不敢私奔。
榖则异室，	生若与你异室，
死则同穴。	死愿与你同穴。
谓予不信，	你若不信我心，
有如皦日！	我愿对天发誓！

这首《大车》，似乎是一个姑娘爱上了坐在大车里的某位贵族，两人肯定是有过交集的，男子抱怨女子对其情感不够热烈，而女子却自有一段苦楚在心头。并非女子不够热烈，而是女子在与男子的交往中已然觉察到了男子的懦弱。通常，男子所在的那一类贵族家庭约束更多，他们渴望爱

情，但很难为爱情做出更多的牺牲。所以，此诗更像是女子与男子分手后，大车轰隆而过时的三段内心独白。

第一段"大车槛槛，毳衣如菼"，车子正渐行渐远，姑娘的心却无法轻盈，那人的冠冕像春天般青翠，可是却缺乏飞翔的力量。转眼从春天走到了夏天，那人的衣服已换上了夏日般的艳红，但那人依然下不了私奔的决心。最后一段非常强烈，姑娘发了毒誓："榖则异室，死则同穴。谓予不信，有如皦日！"好吧，既然你迟迟没有消息，我便表个态度：活着虽然不能跟你在一起，死我也要跟你同穴！

人们常说：恋爱其实最简单了，只要有爱就够了。可是一路走过来一看，哪有那么简单！因为你面对的是人性的复杂性。荷尔蒙会让我们冲动，但羞涩、犹疑、害怕受伤等却是恋爱中的刹车片，一脚一脚地踩过去，原本美好的爱情，原来也有那么多阴影……

独爱那一个——《郑风·出其东门》

相较于女子热烈执拗的一面，《诗经》里的男子要显得温和、简单得多。比如《郑风·出其东门》，描述三月三东门外虽然美女如云，但只有那朴素的人儿才是我所钟爱。

郑风·出其东门

【原文】　　　　　　　　【译文】

出其东门，有女如云。　　东门外河水清，美女曼妙众多。

虽则如云，匪我思存。　　虽说美女如云，都非我所喜爱。

缟衣綦巾，聊乐我员。　　唯有白衣绿巾，才是我魂所在。

出其闉闍，有女如荼。	出了瓮城东门，美女轻白如花。
虽则如荼，匪我思且。	虽则曼妙可爱，都非我所欲求，
缟衣茹藘，聊可与娱。	唯有白衣茜染，才是我心钟爱。

这首诗得到理学家朱熹的喜爱。他说："是时淫风大行，而其间乃有如此之人，亦可谓能自好而不为时俗所移矣。"他认为这是一篇赞扬男人不为外界所迷惑，只爱自家贫穷且衣着简陋的女子的诗篇。

其实，爱情与色欲的差异就在于爱情把欲念聚集在一个固定的人身上。于是，忠贞成了爱情最重要的品性之一。在无常的世界里，能有一段时间把情感固定在某人身上，真是一件值得庆幸和赞美的事情。在我看来，这首被朱熹赞美"此诗却如此好"的诗，最重要的是它安稳平淡的情绪，能在繁华中发现和钟情那最朴素的，一定是源于天性的朴实和淳厚的修为。而更多的人，被繁华迷惑，忘却了本性。

暗恋之美——《郑风·有女同车》

也不是所有的男人都能保持这种朴实，大多数男子会被美丽打倒，并且快乐地享受这种美好。能真诚而准确地向美女表达这种赞美，也不失为一种美好，比如《郑风·有女同车》。

郑风·有女同车

【原文】	【译文】
有女同车，颜如舜华，	有幸美女同车，颜如木槿之花。

将翱将翔，佩玉琼琚。　　心之且翱且翔，珠翠耀眼光华。
彼美孟姜，洵美且都。　　感叹孟姜之美，静美而又娴雅。

有女同行，颜如舜英，　　有幸此女同行，貌是花中魁首。
将翱将翔，佩玉将将。　　欲与翱翔天际，又恐佩玉锵锵。
彼美孟姜，德音不忘。　　赞叹孟姜之美，美好终生难忘。

此诗描写一男子有幸与美女同车，感叹其美貌和娴雅，虽对其有无限向往和爱慕，但又为其静雅华贵所慑，除了赞美还是赞美，不敢有无礼非分之作为。

寥寥几首短诗，倒也能窥出三月三这个春天的民俗节日，更像是女子的节日，女孩子似乎更大胆、更主动、更率真，而男孩子在女子猛烈的情爱攻势里显得有些拘谨被动，其实这也符合男女的生理成长特点，女孩子要相对早熟些，更何况那是春水荡漾、春意撩人的春天……

其实，这一天也可以称之为古代的情人节，至今广西、云南等少数民族地区依然过"三月三"。那一天，姑娘小伙在河边调情唱歌，唱出感觉了，晚间就在田间地头忙活，以后有感觉了就继续处，没感觉了就谁也不认识谁了，谁也别有什么负担。要是意外怀孕了呢，就由怀孕的女子来为孩子指认个父亲，再由部落头人发婚。男人要是不愿意的话，就赔这女子一些钱物，好让女子养活这没爹的娃。

无论如何，远古有真性情，那时，本能、快乐地活着，是第一位的。现在的人，复杂，焦虑，想快乐地活着实属不易。一想到我们这个民族也曾经如此的纯洁、欢乐、简单过，曾经如此不纠结地活过，生活除了唱歌、恋爱，就是劳动、跳舞，真的令人艳羡和欣慰啊。

第八讲　幽会与相思

总愿永以为好——《卫风·木瓜》

法定私奔日可能只涉及两情相悦，那一天，看对眼了，彼此愉悦，也许就有一场私会，但深入下去，便有了"永以为好"的愿望，比如这首《卫风·木瓜》。

卫风·木瓜

【原文】　　　　　　　　【译文】

投我以木瓜，报之以琼琚。　　赠我以木瓜，回报他美玉。
匪报也，永以为好也！　　　　岂止是报答，愿永结美好。

投我以木桃，报之以琼瑶。　　赠我以木桃，回报他琼瑶。
匪报也，永以为好也！　　　　岂止是报答，愿永结美好。

投我以木李，报之以琼玖。　　赠我以木李，回报他美玉。
匪报也，永以为好也！　　　　岂止是报答，愿永结美好。

任何节日的结束都会是一场狂欢。男子女子在河岸边互掷鲜花，甚至互掷美石美玉，就像草原上的姑娘用皮鞭轻轻抽打自己喜欢上的男人。在欢腾的场面里，情爱有点儿像流星雨，火星四溅。人们投桃报李，互赠礼物，以纪念这快乐、放肆的一天。人赠我以微物，我报之以重宝，只是为了长以为好而勿相忘。

之后，便是一系列的约会。

打情骂俏——《郑风·山有扶苏》

郑风·山有扶苏

【原文】	【译文】
山有扶苏，隰有荷华。	高山之上有扶苏，低洼之下有荷花。
不见子都，乃见狂且。	梦里都是美男子，见面惊见是狂徒！
山有桥松，隰有游龙。	高山之上有乔松，低洼之下有游龙。
不见子充，乃见狡童。	不见梦里子充哥，却见顽劣小狡童。

这首诗也许是写女子在跟男子约会时打情骂俏，但约会后有点儿失望了。古代称美男子为"子都""子充"，可女子怀着美好的梦想去约会时，往往发现那男子的内在不过是狂徒或狡童。

不由得让人想起《阿诗玛》"一朵鲜花鲜又鲜"里的唱词：

青松直又高，宁断不弯腰。
上山能打虎，弯弓能射雕。

跳舞百花开，笛响百鸟来。

这样的人儿，这样的人儿我心爱。

第一句是女孩子对男人品质的要求：正直、高傲；第二句是对男人能力的要求：强壮、威猛；第三句是要求男人还得性情好、有情趣。要求前两项，可；要求最后一项，妙。一个男子若无情趣、爱好，纵然正直强壮，也难博女子一世欢笑。

可惜，人无完人，这样的男子汉越来越少见。爱情，最怕看到外表雪白银亮，里边却是蜡烛的底子。但这还只是"弱"，若看见狂傲与顽劣，则是男人最不堪的品性了。

忐忑即美好——《邶风·静女》

下面这场约会是一个男子写的，单纯的男孩心情忐忑，但最终还是收获了美好。

邶风·静女

【原文】　　　　　　　【译文】

静女其姝，俟我于城隅。　娴雅美淑女，约我在城隅。

爱而不见，搔首踟蹰。　　躲藏寻不见，搔首心踟蹰。

静女其娈，贻我彤管。　　此女甚温婉，赠我红草管。

彤管有炜，说怿女美。　　红草明又亮，令我心欢喜。

093

| 自牧归荑,洵美且异。 | 归程多次看,实在美且异。 |
| 非女之为美,美人之贻。 | 并非红草美,实因美人贻。 |

这大概就是爱屋及乌吧,情人所赠的一株小草都会引发内心的无限喜悦。

绝望犹如黑夜——《陈风·东门之杨》

但也有久候不至的,比如下面这首《陈风·东门之杨》。

陈风·东门之杨

【原文】	【译文】
东门之杨,其叶牂牂。	东门之外有白杨,叶茂根深风轻扬。
昏以为期,明星煌煌。	黄昏相约人不见,等到星空闪闪亮。
东门之杨,其叶肺肺。	白杨影重风声响,疑似玉人携暗香。
昏以为期,明星晢晢。	长夜漫漫人未至,启明星儿亮东方。

这真是一场苦等。青春最怕虚度,绝望犹如黑夜,幸好还有星光,还有风吹树叶沙沙响。但愿他有闲暇的心,在寂寞难耐中画出了二十八星宿里的四象……

也有耐不住寂寞和急迫的,比如《郑风·将仲子》里的少年,就准备攀树翻墙去会姑娘了,吓得姑娘一个劲儿地央求不要这样,并道出了一句名言:人言可畏!

爱有诸多怕——《郑风·将仲子》

郑风·将仲子

【原文】

将仲子兮，无逾我里，无折我树杞。
岂敢爱之？畏我父母。
仲可怀也，父母之言，亦可畏也。

将仲子兮，无逾我墙，无折我树桑。
岂敢爱之？畏我诸兄。
仲可怀也，诸兄之言，亦可畏也。

将仲子兮，无逾我园，无折我树檀。
岂敢爱之？畏人之多言。
仲可怀也，人之多言，亦可畏也。

【译文】

恳请二哥哥啊，不要到我们里弄来，不要攀折我家杞树。
不是心疼那些树啊，是害怕父母的责骂啊。
我真心时刻牵挂你，可是父母的责骂也可怕啊。

恳请二哥哥啊，不要翻墙来我家，不要攀折我家桑树。
不是心疼那些树啊，是害怕家兄的阻挡啊。

我心中时刻把你念，可是兄弟也可怕啊。

恳请二哥哥啊，不要攀登我家后院墙，不要攀折我家檀树。
不是心疼那些树啊，是怕众人舌头长。
我真心时刻把你想，可是闲话也可怕啊。

看来自古如斯，男人可以不管不顾地爱一场，可恋爱中的女子却有诸多怕：父母、兄弟、众人。而且多是冷暴力：言语、眼神……好像全世界都知道女性在他们的掌控之下，不管是以爱的名义，还是以保护的名义。总之，女性不可以自己掌控命运。

人们也许会说不是有奔放的三月三吗？殊不知那只不过是河水岸边的狂欢，玩完了，回到家里，还是有眼睛、有言语管束的。孟子说：不待父母之命，媒妁之言，"父母国人皆贱之"，一切偷偷摸摸的行为，都是要受到谴责的。于是，爱情既是任性的，又是最不能任性的，父母大人虽然经历过爱情，但当他们看到青春男女的痴傻疯癫时，却无时无刻不在忧虑和愤怒，甚至有连他们自己都没察觉到的仇恨……

所以，在《诗经》里，也有女子无奈的抱怨，比如下面这首《鄘风·柏舟》。

鄘风·柏舟

【原文】	【译文】
汎彼柏舟，在彼中河。	柏舟飘摇河中央，犹如我命令人伤。
髧彼两髦，实为我仪，	垂发齐眉俊朗君，实我心仪少年郎，
之死矢靡他。	至死我也只爱他。
母也天只，不谅人只！	怎奈母亲不体谅！

汎彼柏舟，在彼河侧。	柏舟摇荡对岸旁，永失我爱神暗伤。
髧彼两髦，实为我特，	垂发齐眉终难忘，一心愿与他成双，
之死矢靡慝。	至死此念不改变。
母也天只，不谅人只！	怎奈母亲不体谅！

有一种苦叫单相思——《陈风·泽陂》

尽管战战兢兢，尽管长辈百般阻挠，年轻人还是乐此不疲，要经历爱情中的一切苦闷、一切聚散离合，以及一切欢乐。

先是苦恋，比如《陈风·泽陂》。

陈风·泽陂

【原文】	【译文】
彼泽之陂，有蒲与荷。	湖水之堤，蒲草细荷花小。
有美一人，伤如之何！	美男子都，令我身心俱伤。
寤寐无为，涕泗滂沱。	日思夜想，每每涕泗流淌。
彼泽之陂，有蒲与蕳。	湖水之堤，蒲草长莲蓬香。
有美一人，硕大且卷。	美男子都，个子高头发卷。
寤寐无为，中心悁悁。	终日彷徨，渐渐忧闷痴狂。
彼泽之陂，有蒲菡萏。	湖水之堤，蒲草黄荷叶残。
有美一人，硕大且俨。	美男子都，举止闲雅庄严。

寤寐无为，辗转伏枕。　　令我恍惚，翻来覆去皆他。

  这真是个可怜的姑娘，仿佛一场单相思，先是想起对方就流泪，然后是郁闷彷徨，一天到晚不知该做什么，总是丢三落四，成天是剥花生吃了花生壳，却丢了花生这等恍惚的事儿……随着时光的流逝，莲蓬结果儿了，自己的爱情却无着无落；莲叶都残了，那人对自己的情愫也未觉知，自己却越陷越深，难以自拔……每个人的爱情都有过这样的阶段吧，经常是表面平静如水，心底里已翻天覆地，有如煎熬。

  若没有情感的中庸，便缺乏喜乐，便是苦。所以，《诗经》所追求的"思无邪"、真性情，戛戛乎难矣！

食与色——《郑风·狡童》

  还有一种是为情而苦恼。

郑风·狡童

【原文】　　　　　　　　　　【译文】

彼狡童兮，不与我言兮。　　那小子啊，不再与我言语嬉戏。
维子之故，使我不能餐兮。　　为了你啊，我几乎食不下咽。

彼狡童兮，不与我食兮。　　那小子啊，不再与我共进晚餐，
维子之故，使我不能息兮。　　为了你啊，我痛苦得要窒息。

  这是典型的食色篇。痴女爱上狡黠小子，男孩一沉默，姑娘就吃不下

早餐了；坏小子不来共进晚餐了，这姑娘就痛苦得要窒息。通常是，恋人有了前夜的深爱，第二天早餐就安谧、欢喜；而晚餐不过是和合的前戏，这姑娘显然感受到了狡童的冷淡和回避，于是坐卧不宁、食不甘味。爱情就是这样，伤了胃，又伤了心，从早到晚没个停歇。

然后便是无尽无休的猜疑，比如《秦风·晨风》。

秦风·晨风

【原文】

鴥彼晨风，郁彼北林。
未见君子，忧心钦钦。
如何如何？忘我实多。

山有苞栎，隰有六驳。
未见君子，忧心靡乐。
如何如何？忘我实多。

山有苞棣，隰有树檖。
未见君子，忧心如醉。
如何如何？忘我实多。

【译文】

鹰鹞疾飞，掠过树林。
未见情郎，忧心忡忡。
奈何奈何，忘我实多。

山有丛栎，洼有赤李。
未见情郎，心中不乐。
奈何奈何，忘我实多。

上有唐棣，下有山梨。
未见情郎，心醉魂飞。
奈何奈何，忘我实多。

此诗一唱三叹，写得甚美。开篇"鴥彼晨风，郁彼北林"为起兴，鸟名"晨风"，实为鹰鹞，其羽大，犹如黑云遮蔽了树林，也像自己沉郁的心境。第二段之起兴"山有苞栎，隰有六驳"，用高山之丛栎、低洼之赤李，来描绘自己斑驳纷扰的心情，猜不出情郎为何不再前来，生活也变得高一脚低一脚，不甘心却又不敢问，只是怀疑情人已经把自己忘记。第三段最美的一句是"未见君子，忧心如醉"，美丽的棠棣花已尽失颜色，山梨汁吃到嘴里，心酸难耐，一切"醉"，都是借酒消愁愁更愁，君子从此杳无音信，一段难忘的情感从此别过。有时候，久了，人再也不敢追问；更久了，便是不能追问。如何如何？忘我实多。

最美是相思——《陈风·月出》

在爱情里，有时候，最多的、最美的，是相思。

陈风·月出

【原文】　　　　　　　　【译文】

月出皎兮，佼人僚兮。　　月出皎皎啊，那人曼妙啊。
舒窈纠兮，劳心悄兮。　　柔美又安静，劳我心怦然。

月出皓兮，佼人懰兮。　　月儿清亮啊，那人亦幽远。
舒慢受兮，劳心慅兮。　　舒缓又婀娜，令我心忧然。

月出照兮，佼人燎兮。　　月儿空廓啊，美人神飞扬。
舒夭绍兮，劳心惨兮。　　纯净亦高远，劳我心惨然。

此诗是月亮与美人的最原始创作，也是后来望月与思念主题的始作俑者。此空幻虚神之笔，写尽一月、一美、一心，迷离缥缈，至美至柔。把月亮比作女人，是古人最浪漫、最恒久的诗意，她柔美、安静、舒缓、婀娜、纯净、高远，令所有的仰望者怦然忧伤，又高不可攀。她勾魂摄魄，皎洁、温柔，听尽了人间上万年的话，无论多重复，无论多骚多闷，她都只是脉脉无语地为你洗心洗肺。在这个无常的世界里，唯有她，看尽了沧桑和悲欢；也唯有她，一月月地温柔地守候着所有孤独的心，娇柔地展现光华，然后，再娇柔地隐没……

满月十五为"望日"，十六为"既望"，"既"，乃"已经"之意。那两日，潮水猛、满地霜、气血足、精神旺、好遐想、诗性高……吾亦有诗曰：月圆的时候，我温柔地想你。月黑的时候，我想杀了你。

只要月亮还高悬天空，就永远有一种神奇的力量唤醒我们、充盈我们、洗净我们，拯救我们于庸常的灰烬与尘埃。只要我们在月夜徜徉，只要我们呼吸、远望和敬仰，我们便可以发现那个与美融合在一起的自己。

只要她在，夜晚就是美的；只要有她，人生就不会庸常。

还有一种相思，用岁月来丈量。

王风·采葛

【原文】

彼采葛兮，一日不见，如三月兮。

彼采萧兮，一日不见，如三秋兮。

彼采艾兮，一日不见，如三岁兮。

【译文】

那个采葛藤的人儿啊，一日不见，如三月啊。

那个采萧香满身的人儿啊，一日不见，如三秋啊。

那个采艾草的人儿啊，一日不见，如三岁啊。

古之怀人，一唱三叹。一日不见，日如葛藤长；一日不见，祈愿用萧香；一日不见，艾草疗心伤。只是"一日不见"，却如漫漫三月、三秋、三岁，只愿日日相守，看你采葛、织布，陪你采萧、焚萧、闻香，随你采艾，让你用艾草为我疗这思念的伤……

此诗短短的，把思念写苦了，却把岁月写香了、写美了，缭绕着各种味道。

上面这首是男人对女人的思念，下面这首是女人对男人倾慕，有岁月的感慨，也有轻微的抱怨。

自古美人爱斯文——《郑风·子衿》

郑风·子衿

【原文】　　　　　　　　【译文】

青青子衿，悠悠我心。　　衣领青青学子哦，悠悠不忘在我心。
纵我不往，子宁不嗣音？　纵使我不去看你，你也应该有问讯。

青青子佩，悠悠我思。　　佩玉青青少年哦，悠悠不忘在我心。
纵我不往，子宁不来？　　纵使我不去看你，你也应该常探望。

挑兮达兮，在城阙兮。　　来来回回多少遍，城阙盼你现身形。
一日不见，如三月兮。　　纵然一夕不相见，也如煎熬度如年。

爱情一旦发生，人们便渴望呼应，于是一个温暖的感情变成了一个欲望，但这种呼应缺乏应答时，欲望便受阻了。陷入爱情的年轻人喜欢天天黏在一起，因为他们缺乏自性的稳定性，唯恐一时不见，爱人便就此失踪，或变了心。所以说，成熟不过是能够自己和自己在一起，自己的空间越来越大时，时间就不会那么局促了，时光也不会再那么显得漫长和难熬了，因为，每时每刻都美好。

一切邂逅，都是上天美丽的安排——《郑风·野有蔓草》

对年轻人而言，生活瞬息万变，前一刻，也许还在为爱情的不确定性而苦恼，下一刻，一场邂逅、一个腼腆的微笑，也许就灿烂了人生，即他们随时可以从空灵之苦直接坠入尘世的喜悦，就像孤独地在荒原中走久了，一场邂逅，就使人从枯槁立马变得鲜活……《郑风·野有蔓草》，就是描述这样一场邂逅，其美丽的心情溢于言表。

郑风·野有蔓草

【原文】
野有蔓草，零露漙兮。
有美一人，清扬婉兮。
邂逅相遇，适我愿兮。

野有蔓草，零露瀼瀼。
有美一人，婉如清扬。
邂逅相遇，与子偕臧。

【译文】
野有蔓草连连，上有晨露圆圆。
有美一人独行，眉清目秀婉转。
如此不期而遇，深深满足我愿。

蔓草多情牵衣，晨露晶莹香甜。
美人娇羞清丽，动静宛如天仙。
惊喜不期而遇，愿与永结连理。

邂逅，大概是情侣间最能带来惊喜的了，也是两人有无缘分的一种表现。不堪忍受思念之苦的青年男女，不约而同地走出家门，又不约而同地在原野、在街角、在晨光里，或在皎洁的月光下……相遇了，这一刻，他们开始相信命运、相信爱情、相信缘分，他们认定这是老天的安排，他们会急不可待地拥抱，这一刻，最容易打破人生的禁忌……

于是，有一种大胆和冲动，叫邂逅而幽会。如果你尚有犹疑，便感觉战战兢兢。比如下面这首著名的《召南·野有死麕》。

幽会令人心颤——《召南·野有死麕》

召南·野有死麕

【原文】　　　　　　　【译文】
野有死麕，白茅包之。　　射猎獐子在荒郊，白茅裹之作礼包。
有女怀春，吉士诱之。　　少女怀春心忒忒，美男趁机把话挑。

林有朴樕，野有死鹿；　　丛林中有小树木，野地中有只死鹿。
白茅纯束，有女如玉。　　捆束有致白茅秀，美女如玉云出岫。

舒而脱脱兮，　　　　　　请君莫急且舒缓，
无感我帨兮，　　　　　　请君别碰我围裙，
无使尨也吠。　　　　　　切莫惹狗叫汪汪。

今人有一句话：不以结婚为目的的谈恋爱，都是在耍流氓。显然，这首诗里的"吉士"抓住了这个要点。古时男子多以鹿皮作为求爱的礼物，以朴樕（一种灌木）为婚礼上的烛火，这个男子用这两样东西诱惑怀春的姑娘。对恋爱中的女人，最后能收获婚姻是最稳妥的想法。但小伙子的急

迫又让姑娘心存忐忑：他是要我呢，还是只想要"性"？——这，几乎是所有女子心中最混乱、最纠结的地方。所以，最后一段女子的话很是经典，既娇羞又害臊，既怕过分拒绝伤了吉士的心，又担心自己被骗，所言不过是欲拒还迎，既是微微的抗拒，又是温柔的安抚……

相较于女子的多虑，青年男子在恋爱中的诉求往往简单而直接，先要动心，心动为情，心动不止为欲。他的爱里一定有"情欲"，但最终的爱，一定是把情欲固定在一个倾慕的对象上，并因此而温暖自我的生命。在他的爱欲里起初是没有"婚姻"的，除非他只爱"这一个"，并想和她有个孩子。

真情还是戏弄——《邶风·终风》

如何辨别真情还是戏弄？这是女孩子在情爱中遭遇的最大问题。人，毕竟是有尊严的，若爱得低到尘埃里，而最终没能收获真情，心里便时不时地生出懊恼。但女子是重情的，虽懊恼又不能忘怀，就会转而恨自己……且看下一篇《邶风·终风》。

邶风·终风

【原文】　　　　　　【译文】

终风且暴，顾我则笑。　　终日大风且暴，那人嬉笑无常。

谑浪笑敖，中心是悼。　　轻慢放荡狂暴，令我心中暗伤。

终风且霾，惠然肯来。　　终日灰霾黯淡，那人偶尔还来。

莫往莫来，悠悠我思。　　忽来忽往如风，令我捉摸不定。

终风且曀，不日有曀。	终日阴晴不定，那人反复无常。
寤言不寐，愿言则嚏。	躺下忧思无眠，感伤直至有疾。
曀曀其阴，虺虺其雷，	阴天就阴到底，索性雷风暴雨。
寤言不寐，愿言则怀。	切莫软刀割肉，让我又思又恨。

如果所遇非人，如果恋人天性放纵任性，女人就苦不堪言。也许是男人不坏女人不爱吧，诗中的男子既像暴风，又像骤雨，总是阴晴不定，来去匆匆。这个女子不由得感伤气郁，又兼雾霾所袭而致病。民间还有一说法：打喷嚏意味着有人想你。所以这女子一边打喷嚏一边幻想着男子还爱着自己。真是个心意婉转缠绵的女子啊。最后一段是女子也想斩断孽缘，早日摆脱这滥情的男子……

好吧，我等——《邶风·匏有苦叶》

无论如何，青春痴狂，身心健康者方能建筑情感的堤坝。若想让自己不为情所困，还须训练自己"情感的中庸"——情感过于执拗，会吓跑对方；情感过于冷淡，也会错失良机。曾见过愚痴的女子过分黏着男子，男子倦而生恨，欲一走了之。女子惊恐之下，招父兄来给自己帮忙管束，这样做，便是一个错误接上一个错误，只会使情感彻底破裂。情感婚姻是人生最重要的一课，把握分寸、有礼有节，才会收获美好。更何况情欲之河水犹如惊涛骇浪，能平稳地渡过，方为智者。

且看下一首：《邶风·匏有苦叶》。

邶风·匏有苦叶

【原文】
匏有苦叶，济有深涉。
深则厉，浅则揭。

有弥济盈，有鷕雉鸣。
济盈不濡轨，雉鸣求其牡。

雝雝鸣雁，旭日始旦。
士如归妻，迨冰未泮。

招招舟子，人涉卬否。
人涉卬否，卬须我友。

【译文】
匏瓜苦叶不可食，河有深浅要先知。
河水深时寻船渡，河水浅时褰衣过。

水漫之时有渡口，春来之时有鸟鸣。
河边怎能不湿鞋，鸟鸣必是求其偶。

春来天有雁南归，纳采还须旭日时。
男子若想娶妻子，切记要在未泮时。

河边招手唤舟子，你们先走我不走。
无须从众有定力，我要等到我朋友。

《诗经》真是把男女恋爱中的情感写绝了，各种波澜壮阔，各种缠绵悱恻。但这一首却有些独特，好像一首教化诗，教育"男女之际，也当量度礼义而行也"（朱熹）。

此篇以"匏瓜苦叶"开篇，匏瓜剖开可做舟船，其叶甚苦，不可食，叶老时匏瓜才空，才可用来制作舟船。匏瓜未老、河水未深之时，表示时机未到，要量深浅而行。人生亦如是，年纪尚轻，涉世未深，不宜贸然莽撞。第二段讲春来水漫，鸟儿才鸣叫寻偶，水漫才有渡口，求偶有目标，不可胡来。第三段讲娶妻程序，以大雁为聘礼，纳采选良辰。最后一段则说男女在青春时不可纵容情欲，"必待其配偶而相从"（朱熹）。

显然，至此，生命要从炫目的青春走到下一个阶段了，那相思之苦、那相恋之绵、那情欲的火、那等待的酸，通通都要有个结果，都要从热烈走向平稳,从极端走向中庸,情感也要从狂乱中渐渐平复,而呈现平淡、喜悦和温和。

下一讲,讲结婚。

第九讲　爱情可任性，婚姻是天定

无邪的风流与憨痴——《周南·桃夭》

通常，人在痛苦时会写诗，也会觉得时光难熬。在欢乐时就不太写东西了，而是沉溺在享受中，且时光也过得飞快。所以，《诗经》里描绘欢乐的诗并不多，但却写得极为华彩，最著名的就是那首《周南·桃夭》。

周南·桃夭

【原文】　　　　　　　　【译文】

桃之夭夭，灼灼其华。　　晨光映照桃林，桃花妖冶明艳。
之子于归，宜其室家。　　姑娘今日出嫁，其家和顺平安。

桃之夭夭，有蕡其实。　　桃林枝繁叶茂，果实又大又圆。
之子于归，宜其家室。　　姑娘今日出嫁，其家欢乐平安。

桃之夭夭，其叶蓁蓁。　　桃林晚霞斜照，其叶婆娑曼妙。
之子于归，宜其家人。　　姑娘今日出嫁，夫家充满欢笑。

据说，这是一首在婚礼上一定要唱和的诗。想象一下那个场景，新婚夫妇缥裳相对，宾客齐诵此诗为新人贺，如此庄重典雅，非文明古国不能如此。

《毛诗》说此篇为"男女以正，婚姻以时"。男女以正，指婚姻必有媒妁，程序必按"六礼"；婚姻以时；指"女子二十而嫁，男子三十而娶"。如此，才守文明之道；如此，才能国泰民安。

砍柴要斧头，娶妻要媒人——《豳风·伐柯》

先说媒妁。前面说过，周礼有官媒，其实也是人口管理员，在他们的卷簿中，孩子出生就登记在册，待其婚嫁之龄，官媒便要留意为其合婚，过了适婚年龄而未婚的，官媒就要督促青年男女"三月三"去河边唱和以自由恋爱了。

《豳风·伐柯》就是描述媒人重要作用的一首诗，很短，下面展开讲一下。

豳风·伐柯

【原文】	【译文】
伐柯如何？	砍伐木头怎么办？
匪斧不克。	不用斧子可不行。
取妻如何？	要娶妻子怎么办？
匪媒不得。	不用媒人可不成。

伐柯伐柯，	用斧子伐木头啊，
其则不远。	规则其实并不远。
我觏之子，	我观察我妻子啊，
笾豆有践。	祭品排列真美观。

此诗简单一句话，就是：砍柴需要斧头，娶妻需要媒人。其实，媒人并不好做，要明智、谐趣、识人，有语言天分。媒人要促成一个好婚姻，不是说这两个人要多么多么美貌，而是要说这两个人要多么多么般配，一定是品格在先，形象在后。因为品行才是未来生活当中最重要的一点。所以，前边恋爱诗里总是美人儿美人儿地叫着，而进入婚姻生活后，《伐柯》里男人说：看媒人帮我选的媳妇，做事多么规矩、整洁，祭品和食器都摆得整整齐齐。

用一个笑话来赞扬下媒人的智慧吧。说的是媒人带男方家的人去女方家相亲，可惜这男孩有一只眼是瞎的。而被相看的女孩则一直娇羞地坐在灶台前为大家烧火做饭。男方家吃到这个女孩做的食物，赞不绝口，且这女孩子长得也漂亮，不禁诚惶诚恐，心想我们半瞎的儿子居然能娶到这么好的媳妇，做饭又好，又能干，于是赶紧娶进门来。媳妇娶进门来才发现这个女孩有一条腿是瘸的。可结果并无不好，你半斤我八两，这可以说是媒人的绝技，她简直就是个导演，总能编出皆大欢喜的故事。婚姻维系得好，靠的是品性，靠的是你不卑我不亢。世间的婚姻走的是朴实、平实之道，重要的是找一个适合自己的人打发日子，用平庸来收敛精神，用宁静来安抚灵魂。只要勤劳、欢喜、三餐饭香、睡觉安稳，就不失为一段平民的好婚姻。

现代人相亲，一般先看相貌，对不上眼就没了下文，旧人一般在揭盖头时才知相貌，男人的那份忐忑真非寻常。其实，一个男人如果很爱妻子的话，那女人会越变越美，我常说，看一个女人幸福不幸福，从脸上就可以看出来，凡是幸福的女子，脸上一定有一种娇羞，那种平静、安娴和娇羞，就是美。反而有些美妇，随着生活的磨难，最后也许美得有点儿狰狞。

今夕有你，欢喜无比——《唐风·绸缪》

婚姻本来就是文明的产物，而古代从《周礼》起就为婚礼制定了一套程序。"一曰纳采，二曰问名，三曰纳吉，四曰纳征，五曰请期，六曰亲迎。"这就是古代婚礼的六个阶段，俗称"六礼"。

纳采，即议婚，男方派人上女家求婚。采用雁作为贽见礼物。大雁几乎是"六礼"中最重要的礼物了，纳采送雁、纳吉送雁、请期送雁、亲迎送雁，看来以雁为礼，讲究颇多。一般有以下几点象征意义：

（1）雁是有情之物，故雁字里有"人"。且大雁以阴从阳，一夫一妻终生相守，一方逝去，则宁为孤雁，绝不另觅新欢。故用雁来象征男女双方忠贞不渝。

（2）雁有义，护幼、勇敢。

（3）雁有仁，不弃老弱病残。

（4）雁有礼，飞行时人字排开，有序。

（5）雁有信，秋去春来，守时。

（6）大雁有智慧，机警。古人送女子大雁，也是在表仁义礼智信的德性吧。

送大雁还有更深的意义：男人射大雁是需要力气和眼力的。有力气是肾气足、肺气足的体现，眼力好是肝经旺的体现，射得准、时机把握得好是胆气决断力的表现。所以，倒不看能不能唱歌，只要心好、有劲儿、能干活、有决断力就成。

问名，即合婚。男家征求女家同意后，索要女子姓名、生辰八字等信息，用以占卜决断成婚与否、吉凶如何。后世称"换庚帖"。取八字、下帖子目的在于"询察天意"，这一婚俗行为表示"婚姻天定"的观念。爱情可以由着性子来，婚姻可是天定的。

纳吉，相当于订婚。男方准备大雁一只、定帖一份。

纳徵，相当于下聘礼。周朝聘礼"凡嫁女娶妻，入币纯帛，无过五两，士大夫以玄纁束帛，天子加以榖圭，诸侯加以大璋"。即男方准备玄纁二色的束帛五匹（一说玄三纁二）、鹿皮一双。周礼要求，帛和鹿皮必须已经加工，可直接用以制作衣物。周制婚礼的聘礼取其象征意义，不像后世那样看重经济价值。

关于聘礼，也属于古人的生存智慧。现代人在这个问题上正好走了两个极端，性情比较淳厚的女孩子很羞于谈聘礼，觉得一谈钱就俗了；还有一种势利的：你不给够钱，不给够房子，我是不嫁你的。

古代是规定好了一定要有聘礼，甚至曾经在历史上出现过这样的事情：因夫家不给聘礼，女子坚决不嫁，最后被夫家诉讼。但女子因为坚持原则而被载入《列女传》。"召南申女者，申人之女也。既许嫁于酆，夫家礼不备而欲迎之，女与其人言：'以为夫妇者，人伦之始也，不可不正。传曰：正其本，则万物理。失之毫厘，差之千里。是以本立而道生，源治而流清。故嫁娶者，所以传重承业，继续先祖，为宗庙主也。夫家轻礼违制，不可以行。'遂不肯往。夫家讼之于理，致之于狱。女终以一物不具，一礼不备，守节持义，必死不往，而作诗曰：'虽速我狱，室家不足。'言夫家之礼不备足也。君子以为得妇道之仪，故举而扬之，传而法之，以绝无礼之求，防淫欲之行焉。又曰：'虽速我讼，亦不女从。'"——这申女真乃神女，言语有理有据，还会作诗。她把聘礼的意义讲得很清楚：

（1）夫妇者，人伦之始也，不可不正。不正，则不尊。

（2）嫁娶者，所以传重承业，继续先祖，为宗庙主也。夫家轻礼违制，就属于不自重。夫家之礼不备，就是不重视这场婚姻，也不重视家族的繁衍和传承。所有的尊重都是相互的，好婚姻的第一条就是要相互尊敬，最怕的就是相互轻慢。第二条才是忠诚，没有尊重，就没有忠诚。

为什么说聘礼是古人的生存智慧呢？首先源于知道男性的不可靠，万一碰到个花心的男人，聘礼可以作为女性被休回娘家后的家用，毕竟古代资源有限，而女性经济又不独立。其实，对穷人家而言，聘礼可能也就是一点点财物；而对有钱人家的女儿而言，可就不是一点点财物的问题了，通常是要让这个男人在女方家里先干七年活，这种做法真是更加智慧。我们看到童话里经常有这样的故事，就是男人要服七年的劳役，甚至还有更可怕的事情，就是男人要去杀龙，要去除暴，或要去靠自己的聪明才智获取某种宝物。表面上看这是在考验男性的毅力和能力，其实真正的目的是保障婚姻。第一，七年之艰苦，让你明白幸福来之不易，要珍惜。第二，如此七年之艰辛，断了你以后再娶的心。再去另一家服七年劳役，你的体力、智力、勇气恐怕都会不够了。聘礼或七年劳役，说白了，就是中国古人把自保放到婚姻之前的一个行为。

古代女性很多把自保放在婚前；现代女性很多把自保放后面，一旦情绝，就分你家产。爱情一旦破灭，就会因爱而生憎，就恨不得让伤害了自己的男人倾家荡产，一则让你知女人面目可憎，二则已经无钱物再娶他人，实际上就是不给人留后路。此种做法的最大后患是毒害和污染了自己的心灵，因为任何伤害都是互相的，都会引发我们对人性的不信任和厌恶。所以，活明白，于古于今，都是件重要的事儿，有礼、有法、有情，可以让我们活得简单、干净。毕竟人生苦短，有些事，按规矩去做，可以节省出精力和时间做些更有意义的事情。

请期，即订下结婚日期。男方准备：①书写吉日的红纸；②大雁一只；③一些有象征意义的礼品。

亲迎，即婚礼。男方准备：①家宴；②照明用的烛炬若干、亲迎的墨车、带帷幕的彩车等；③大雁等贽见礼。

婚礼上，宾客先要唱诵《桃夭》，然后，夫妻"共牢而食，合卺而酳"，前者为新婚夫妇象征性进食，赞洗爵，赞答拜。后者是以卺酌酒，新婿新妇合卺而饮，卺以红丝相牵相连，饮半卺杯交，换而饮尽。新婿、新妇再答拜。撤去筵席食物。

此时，众友人贺诗《唐风·绸缪》。

唐风·绸缪

【原文】　　　　　　　【译文】
绸缪束薪，三星在天。　　柴薪捆扎紧又紧，心星在东日已昏。
今夕何夕，见此良人。　　今夕到底是何夕，此生有幸见夫君。
子兮子兮，如此良人何！　郎啊郎啊好欢喜，让我如何承君恩！

绸缪束刍，三星在隅。　　柴草缠绵不能分，心星在隅夜已深。
今夕何夕，见此邂逅。　　今夕到底是何夕，今生得遇此良人！
子兮子兮，如此邂逅何！　郎啊郎啊好欢喜，让我如何报情深！

绸缪束楚，三星在户。　　荆楚紧束似情人，星在中天夜已分。
今夕何夕，见此粲者。　　今夕到底是何夕，夫君光粲耀我心。
子兮子兮，如此粲者何！　如此欢喜郎真意，愿与郎君永不离！

"良"字特别有意思，左边加上一个"女"字就是娘，右边加上一个耳朵（"邑"部）就是郎，"邑"是城堡的意思，那么"郎"就是能给人带来城堡般安全感的好人吧。汉字一琢磨就显智慧啊。称丈夫为良人、好人，就是希望丈夫能够做一个好人，先给你界定为良人，你都不好意思做坏人了。

"子兮子兮,如此良人何?"——哎呀哎呀,我该拿你怎么办呢?"子兮子兮,如此粲者何!"——漂亮的人啊,爱你爱得不知如何是好!如此不加掩饰的欢喜,让带来这份喜悦的人也会腼然而笑吧。

如此纯真、喜乐之诗唱诵毕,新人拜谢之。友人回礼。

而后新人携手入洞房。次日拜见舅姑(公婆),三月后告见家庙,从此,新妇正式融入夫家家族……

整个仪式喜乐安详。但安静细致中有一种纯正、优美,令人难忘。一个男人、一个女人,在亲友的祝福下,开始了全新的生活。整场婚礼用了两首诗:《桃夭》和《绸缪》,前者欢乐明艳,后者则展现了新生活带给我们的惊喜与无限遐想……

幸福与否,与豪华婚礼无大关系——《卫风·硕人》

前边我们讲了"男女以正",古人认为婚姻"天定",故男女婚姻依"六礼"办,就是守其正,不依"六礼",则徒增烦恼。现在我们讲一下"婚姻以时",指"女子二十而嫁,男子三十而娶",不守其时,也会有后患。

古代规定男子、女子最迟的结婚年龄,女子不要超过二十岁,男子不要超过三十岁。当时鲁国的国君因为这件事也曾经问过孔子,说既然女孩子十四岁就成熟了,为什么一定要等到二十岁才结婚?男子十六岁就成熟了,为什么还要等到三十岁?

孔子回答:女子从十四岁到二十岁,其中有六年时间,要让女子学一些很重要的东西,比如说如何孝敬公婆、如何做女工、如何照顾家庭。如此她才能应付未来家庭生活。男子情感上相对晚熟,而且其承担的社会义务也更为繁重，所以其教育期要相对地长，大致要十五年。

《周南·桃夭》三段恰恰把"婚姻以时"用三个意象表述得非常生动。第一个意象是"桃之夭夭，灼灼其华"，暗指要在青春最艳丽的时机把自己嫁出去。

唐朝的一首七言诗《金缕衣》说：

> 劝君莫惜金缕衣，
> 劝君惜取少年时。
> 花开堪折直须折，
> 莫待无花空折枝。

所谓成功的一个重要内涵，是抓住时机。

也许有人说季季都有花开时，有人更赞夏花之绚丽、秋花之静美，但若论花儿，还是春花最夭夭。"夭夭"一词妙不可言，有一种无邪的风流和痴憨，有攒了一冬天的猛劲儿，有令人惊艳的热烈和香甜，但自己却无知、无觉、无装、无饰，不像夏花已有成熟的矫饰且经受了热浪的煎熬，不仅让蜜蜂倦怠，也让人倦怠。

晚到的爱情和迟来的婚姻都有一个无法回避的问题：憔悴的心，缺乏激情，容易逃避，无法坚守信任，随时都可以退回到自己的内心，已然没有那种"夭夭"下的无邪与天真。都说人生难得，其实青春亦难得，没容你明白，就已倏忽而过。所以，青春，好好读书，好好癫狂，即无悔。

第二个意象是"桃之夭夭，有蕡其实"，"蕡"是果实硕大的样子，道学家认为这是在形容女子德行的饱满。我更趋向于认为这是在形容女子身形的丰满和红润。想象着一个女孩像个饱满鲜嫩的大果实一样进了家门，这是多么喜庆的感觉。

第三个意象是"桃之夭夭，其叶蓁蓁"，从盛开的花儿，到硕大的果实,再到婆娑繁盛的叶子,时光荏苒,青春倏忽,一切都是留不住的脚步。你可以认为"其叶蓁蓁"是形容女子性情的婆娑,也可以认为是夫家对女子生儿育女、传宗接代的一种渴望……

三段的结尾都是"之子于归,宜其室家"。"归"指女子出嫁。女子出嫁曰归,女子回娘家、回门也为归,只一个"归"字,便流露出女子喜悦中那份惆怅,本是父母跟前娇憨、无邪之少女,一嫁人,便为人妇,上有公婆,中有丈夫,下抚子女……这猛然间的变化和长大,真真让人畏惧和迷惑,也许,从此再无自我,所以,出嫁,宜其夫家;回门,却是对少女生活的怀念。

其实,嫁女儿这件事,于夫家是添人进口,于娘家则是一件失去女儿的事儿。古时婚礼过后,嫁女之家三日不熄烛火,在荧荧火光中思念着远去的女儿;夫家也三日不举乐,安慰着思念双亲的新娘。

据说,旧时嫁女,母亲要做几件事:

(1)结缡。即由母亲将帨巾(类似围裙)系在即将出嫁的女儿身上,称为"结缡"。《诗经·豳风·东山》有:"亲结其缡,九十其仪。"以教育女儿到夫家后要勤勉,侍奉舅姑,操持家务。

(2)送钗。也就是亲自把发簪插在女儿盘起的头发上,同时要密授机宜。此举意味深长:女子初嫁,其母必赠一簪,如男子初夜亡精,以簪力刺长强(尾骶骨的一个穴位),此乃救急妙法,可立止泄精,后人不知之,仅以为饰。有人问会不会扎死人,答曰:死不了人的,姿势决定力度。母亲所赠,非常理性,不勤勉,在夫家便不受尊重;不知人事,一旦夫亡,女儿就成了寡妇。所以,母亲一切要先以女儿未来的幸福为基准、为保障。

父亲呢,赐女婿"如意",这行为暗藏父亲心中的感伤。其实"如意"源自"痒痒挠",脊背有痒,手所不到,用"如意"搔抓,可如人意,因而得名。女儿对父亲意义重大,恰似"如意",可解父亲难解之愁。

嫁之不舍（凭什么便宜了那小子），不嫁又留不得（留久了她闹腾）。送女婿"如意"，就是希望女婿对女儿贴心如"痒痒挠"，解其不舒，快其心意。

母亲嫁女儿送裙钗，多警醒和烦忧，怕女儿新婚之夜成了寡妇，以后便是无人敢娶的黑寡妇。父亲赐女婿"如意"，多心酸和体贴。因此，在婚姻生活中，母亲反而比父亲理性。其实，古代的生活艺术充满了对人性的认知和清醒。今人陷入利益的计较，不知婚姻问题是源于人性的无知，所以才有诸多不了之烦恼。发簪在头，"如意"在手，你恩我爱，多少父母心头肉，就这样一代代传承。散了你的发，呵了你的痒，点点滴滴，不过是冷酷生活中的一抹柔情蜜意，在一个被称为"家"的地方，两个陌生男女共度有温馨也有惨淡的、欲说还休的人生。

无奈之何，古典精致的优雅已然不再，生活艺术化也已悄然不见。现如今，中式婚礼的大红大紫、大吵大闹，已经全无婚姻于人生之庄严、静穆。既少见儿女之责任教育，也少见父母之叮咛嘱咐。而这，在古代则是婚姻生活的教化之重。

所以，我们此节的最后一点是：有哭嫁，才有快乐的归宁。
先描述一场高贵豪华的婚礼吧。

卫风·硕人

【原文】
　　硕人其颀，衣锦褧衣。
　　齐侯之子，卫侯之妻。
　　东宫之妹，邢侯之姨，谭公维私。

手如柔荑，肤如凝脂，
领如蝤蛴，齿如瓠犀。
螓首蛾眉，巧笑倩兮，美目盼兮。

硕人敖敖，说于农郊。
四牡有骄，朱幩镳镳，
翟茀以朝。大夫夙退，无使君劳。

河水洋洋，北流活活。
施罛濊濊，鳣鲔发发，
葭菼揭揭。庶姜孽孽，庶士有朅。

【译文】
高贵高大是庄姜，身着锦裙衣华裳。
齐侯公主卫侯妻，太子之妹邢侯姨，小妹还是谭公妻。

手指白嫩如新荑，皮肤光润拟凝脂，
雪颈风情蝤蛴转，齿似瓠籽白又齐，
额头方正眉弯细，巧笑还在有酒窝，美目多情顾盼兮。

美人西驰嫁卫庄，路途遥遥歇农郊。
四匹雄马高且壮，朱红马饰猎猎飘。
羽车上殿满朝贺，诸臣早退赞国禧，唯愿君主早安歇。

齐与卫间黄河阔，北流入海其声硕。
渔网撒下百鱼欢，金鳣黑鲔又丰年。

蒹葭青青长风过，随行齐女盛装俨，齐国壮士有威严。

此诗第一段盛赞卫庄公夫人庄姜之出身高贵，她本身是齐国公主，又嫁给卫国国王，诸国国君皆与她沾亲带故。第二段盛赞庄姜之美，不必多说了，庄姜是绝顶的女神。第三段是婚礼的盛况，香车宝马，一路上殿，有如史诗般恢宏。最后一段写黄河、写丰收、写庄姜随行的壮士与侍女，既喜悦又庄重，祈愿这场美好的婚姻可以给国家带来吉祥！

也许是庄姜的来头太大了吧，总之，这位美丽夫人婚后的生活并不如意，其丈夫卫庄公后来迷惑于嬖妾而疏远了庄姜，庄姜"美而无子"，国人甚"闵之"。看来，幸福与否，与出身、美丽并无多大关系。

所以，有百姓写了首《陈风·衡门》，来劝诫人们要安贫乐道。非齐姜这等美女不娶的话，只会让自己痛苦。

结婚，合适最好——《陈风·衡门》

陈风·衡门

【原文】　　　　　【译文】
衡门之下，可以栖迟。　柴门屋陋多风雨，可以栖居可以息。
泌之洋洋，可以乐饥。　泌水洋洋长流水，可以喝来可疗饥。

岂其食鱼，必河之鲂？　食鱼何必黄河鲂，
岂其取妻，必齐之姜？　娶妻干吗非齐姜。

岂其食鱼，必河之鲤？　　食鱼何必黄河鲤，
岂其取妻，必宋之子？　　娶妻干吗非宋女。

生活本来如此简单，却因为我们的欲念妄想而过得复杂了。

一旦嫁人，皓齿深藏——《卫风·竹竿》

好了，回到平民生活，接续我们女儿出嫁后对娘家的思念和归宁。《卫风·竹竿》，写女子对娘家的思念。

卫风·竹竿

【原文】	【译文】
籊籊竹竿，以钓于淇。	再细长的竹竿，也难甩到淇水。
岂不尔思？远莫致之。	不是不念家乡，是路途太绵长。
泉源在左，淇水在右。	泉源长流在左，洋洋淇水在右。
女子有行，远兄弟父母。	女子注定远嫁，离开父母弟兄。
淇水在右，泉源在左。	洋洋淇水在右，泉源长流在左。
巧笑之瑳，佩玉之傩。	皓齿巧笑粲粲，佩玉叮当婀娜。
淇水滺滺，桧楫松舟。	淇水哗哗如诉，松桧做桨做舟。
驾言出游，以写我忧。	几度驾船欲行，以解我之乡愁。

想家，是一种独特的情怀。女子通常有两个家：夫家、娘家。在这边想那边，在那边牵挂这边。再细长的竹竿，也难甩到淇水。不是不念家乡，是路途太遥远。在娘家时，是个皓齿巧笑、佩玉叮当的快乐姑娘，那时的生活终生难忘。一旦嫁人，就要皓齿深藏，布衣裙钗，辛苦且端庄。

有德之厚，在于行人之所难——《周南·葛覃》

下面这首诗是《诗经》的第二篇——《周南·葛覃》，描写新媳妇急于归宁回娘家的心情。《毛诗》曰："葛覃，后妃之本也。后妃在父母家，则志在于女功之事，躬俭节用……尊敬师傅，则可以归。安父母，化天下以妇道也。"所以，此篇也是宣导风化天下的重要诗作。

周南·葛覃

【原文】

葛之覃兮，施于中谷，维叶萋萋。
黄鸟于飞，集于灌木，其鸣喈喈。

葛之覃兮，施于中谷，维叶莫莫。
是刈是濩，为絺为绤，服之无斁。

言告师氏，言告言归。薄污我私，
薄澣我衣。害澣害否？归宁父母。

【译文】

葛藤蔓延在中谷，其叶萋萋茂且盛。
黄鸟和鸣在灌木，其声喈喈欢且乐。

葛藤蔓延在中谷，其叶莫莫茂且密。
收割蒸煮织成布，百穿不厌心欢喜。

告假女师且言归，洗净内衣洗礼服。
勤勉只缘心欢喜，我要回家看父母。

《诗经》之开篇《周南》，谓之"正风"，所谓"正风"，即无情感之偏执淫肆，且语气诗意皆平和喜乐，深得孔子"思无邪"之大旨。比如《关雎》，比如《桃夭》，比如这首《葛覃》。朱熹盛赞此无名女诗人："已贵而能勤，已富而能俭，已长而敬不弛于师傅，已嫁而孝不衰于父母，是皆德之厚，而人所难也。"——这几句特别好，女德之厚在于：出身高贵依旧勤勉；身价富有还能节俭；受人尊敬依然心存敬畏；既尊敬公婆又孝顺父母。有德之厚，在于行人之所难。

古代重视妇女教育，《周礼》讲究"妇德、妇言、妇容、妇功"。妇德为贞顺，妇言谓辞令，妇容谓婉娩，妇功谓丝枲。古代有钱人家会请女师（专门教女孩子学习的女教师），专教女子学习妇德、妇言、妇容、妇功等。比如，学习缝纫、女红、礼仪等，使她们掌握一定的持家技能，以及如何孝敬公婆、侍奉丈夫和教育孩子的礼仪、方法，以避免将来嫁入婆家后什么都不懂。

今人嫁女认为女儿是奔幸福而去。古人嫁女则是哭嫁，认为女儿是去受苦。从此以后，女儿再也不是父母膝下撒娇任性的小娇娇，而是要成为端庄、明理、勤劳能干的大女人了。其生存之艰难，其人情之冷暖，从出嫁的那一刻，皆会渐次展开……

古代女孩子从十四岁到二十岁所受的教育，其实不外乎四项。唯有这四项做好了，生活才能安放。

第一，叫作"上孝公婆"，此为"贞顺"。这件事非常重要，如果女孩子不懂得上孝公婆，她就有可能遭丈夫的厌弃。因为古代男人结婚并不离家，新婚夫妇常跟公婆一起生活，男人以畏惧父母为孝，若媳妇与公婆建立良好关系，男人就活得没有压力，否则就会被迫二者选一，通常男人会在母亲的压力下选择抛弃妻子，比如《孔雀东南飞》。婆媳关系的难处，是中国一大特色，但这里边最重要的是男子的态度，若男子懦弱隐忍，婆婆强悍而又嫉妒儿子与媳妇的恩爱，哪怕媳妇贞顺、温婉、勤劳，也会有悲剧发生。所以，可悲的是，古代媳妇进门要先取悦于公婆，才能安稳丈夫，这种教育如果不到位的话，女子的未来总有不安稳处，至少会抑郁不乐。相比而言，西方婚姻的独立对新婚男女的压力较小，也利于男女的成熟和责任心的培养。

第二，要"中敬丈夫"，此为"辞令"。俗话说：良言一句暖三冬。有些人只是因为不会表达，就失去很多。当然，因为孤傲和羞怯而不愿表达是另外一回事。于是，很多美好就这样从我们人生中滑脱……其实，失去总是无可奈何，但结果必是相互失之，吾无奈汝何，汝亦无奈吾何……学习正确的表达，是人生重要的一课。通常我们与外界的沟通还有理性和制约，但我们经常在亲人面前口无遮拦，一言不慎，铸成大错。其实，在婚姻里，不仅女子要会向丈夫表达情感，娘家妈也要会说话，千万不可以任性说什么"要是你丈夫欺负你，你马上回娘家，家里给你撑腰"，说这种话的是最愚蠢的父母。因为女孩子在婚姻的磨合期难免任性，如果她以娘家为最大靠山的话，就很难成熟地应对自己在夫家的生活。

《小雅·小弁》对父母的要求是："靡瞻匪父，靡依匪母。"——不让你高看的不是父亲，不让你依恋的不是母亲。父亲以其意志、德性来提

- 125 -

高儿女对世界的远瞻；母亲以其温柔、智慧来供给儿女悠游于世界的温度。

结婚以后，女子最容易犯的错误是"轻慢丈夫"，如果总是挖苦指责丈夫，男人自然衰颓，女人也得不到幸福。有一种幸福，来源于赞美，来源于臣服，就像先前我们讲的《伯兮》，如果你热爱和真心赞美丈夫的话，男人才会越来越阳刚。其实，说话真是门艺术，同样的话，好着说，就温柔敦厚；狠着说，就剜人心窝，伤害别人的同时，也伤害了自己。俗话说：有理不打笑脸人，你敬着他，他还能打你不成？怕就怕，人过于亲密了，就无所顾忌，把一切狠话都给了亲人。不懂事时，我们总笑夫妻"相敬如宾"太做作，其实那是生活智慧。

第三，是"下抚子女"，此为"婉娩"。据说疼痛的最高级别就是女人生育之痛，临床上女人生育之后的侧切缝针都是无须麻药的，因为跟生育相比，那种疼痛已不足挂齿。从这个角度讲，是男人，就该好好疼爱为自己生娃的女人。后来的养育孩子，也需女人付出极大的心血和精力。所以，女人的一生，真可以以结婚为界，之前，尽是无邪"夭夭"之快乐；之后，尽是绵绵难言之痛楚。难怪女子一旦觉悟，修行更快、悟性更高，这与其痛楚之真、之彻，必有大关联。虽人生有大痛楚，但女子通常有执着于生活的大坚强。她们常常"好了伤疤忘了疼"，生了一个再生一个，看着一个个孩子健康成长，忘了自己渐行渐老……

第四，是"洒扫庭除"。其实就是"妇功"。勤勉，是一种美德。庭院洁净、衣着整齐，意味着美好心情。好女人是家庭的福气，《诗经》里总写"巧笑""美目"，事实上是发现了幸福生活的秘密：一个有笑声的家庭，是因为有个会笑的好女人，她会采集果实，会织布、会做衣、会做饭……一个能无视诸苦，还能给大家带来安抚和快乐的女人，才是"女神"。

所以，我始终坚持赞美女性，坚持认为女子有受教育的权利，认为女性教育永远是所有教育里的教育之重。因为她们隐忍、坚强、宽厚、仁慈，是她们，为这个世界增添了荣光。

  这一节我们讲了简朴干净的婚礼和女子归宁。我们既见证了新人的欢乐，又了然了文明的传承。青春，就此结束，我们要继续前行，寻找更深厚的幸福。

第十讲　琴瑟和鸣

所有人的生活，在经历了青春激情和热烈后，总要渐渐平息下来。那种平息下来的生活，有时平淡，有时甚至令人倦怠，但只要坚持下来，有令人赞叹处，也有令人欢喜时……"执子之手，与子偕老"，是《诗经》里的绝唱。

要江山，还是要美人——《齐风·鸡鸣》

有趣的是，《诗经》描述夫妻恩爱的诗有好几首跟"鸡鸣"有关，经过了一夜的恩爱，在清晨的微光里，他们像小燕子那样依旧偎在巢里呢喃……

齐风·鸡鸣

【原文】　　　　　　　　【译文】

鸡既鸣矣，朝既盈矣。　　女曰天蒙鸡已鸣，恐怕早朝已盈盈。

匪鸡则鸣，苍蝇之声。　　男曰哪里有鸡鸣，不过苍蝇之嘤嘤。

东方明矣,朝既昌矣。　　女曰东方已放亮,朝会大臣已满庭。
匪东方则明,月出之光。　　男曰哪是东方亮,只是月光珠润明。

虫飞薨薨,甘与子同梦。　　男曰莫管虫薨薨,甘愿与你同美梦。
会且归矣,无庶予子憎。　　女曰朝会将结束,你莫后悔把我憎。

　　整首诗是男女在衾被里的对话。女人还是蛮有责任心的,催促男人去早朝,贪睡、贪爱的男人却孩子气地乱找理由,什么蚊子叫啦,什么月光明啦,其实不过是情愿放弃一切而与女人同息同梦,共享此刻的甜蜜与温暖……这首诗,在中国诗歌史上很另类,能够为爱情放弃责任的,后来也就有个唐明皇之"从此君王不早朝",历史上有太多男人为功名利禄放弃了女人,所以后世多闺怨诗,尤其以王昌龄之《闺怨》最为著名。

闺中少妇不知愁,春日凝妆上翠楼。
忽见陌头杨柳色,悔教夫婿觅封侯。

　　相比这个充满幽怨的少妇,《鸡鸣》里的女人多么幸福!《鸡鸣》里的男人多么率真!

夫妻更高境,默契与感恩——《郑风·女曰鸡鸣》

　　再看另一首——《郑风·女曰鸡鸣》。

郑风·女曰鸡鸣

【原文】

女曰:"鸡鸣。",士曰:"昧旦。"
"子兴视夜,明星有烂。"
"将翱将翔,弋凫与雁。"

"弋言加之,与子宜之。
宜言饮酒,与子偕老。
琴瑟在御,莫不静好。"

"知子之来之,杂佩以赠之!
知子之顺之,杂佩以问之!
知子之好之,杂佩以报之!"

【译文】

女曰鸡已鸣,男曰天未亮。
请君推窗看,启明星光璨。
男曰愿为你,翱翔去射雁。

女曰若射中,为你做佳肴。
佳肴配美酒,恩爱永长久。
琴瑟相和合,人生静且乐。

男曰知你爱,杂佩赠你戴。
感你温顺意,慰你美玉环。
知你情意深,明珠系你身。

现今人们最渴望的"与子偕老""岁月静好",皆出于此诗。一个静好的清晨,一个会打猎的男人,一个会做饭的女人,相拥在窗前,进行了一次平淡而温馨的对话,没有山盟海誓,没有咬牙切齿,只求美酒佳肴,琴瑟和鸣;只求岁月静好,与子偕老……我们现今的生活太急促了、太"快餐"了,我们已无法忍受那种小火慢炖,更无暇享受那种慢慢熬出来的甜蜜……

所有对婚姻有美好向往的人一定要清楚,没有耐心,没有一点点俗,没有一点点忍耐,是不可能把这场婚姻进行到底的。在《郑风·女曰鸡鸣》这首诗里,揭示了婚姻生活的两个幸福秘籍,一是夫妻的最高境界不是心灵相通,而是默契;二是要彼此感恩。

先说默契。我们之所以需要婚姻,是要满足人心的两方面需求——理性的满足和情感的满足。所谓理性的满足，是要有人来分担一些责任。恋爱可以昏头昏脑，但联姻却多少有些理性，有财产、房屋等落地要求。因为社会太庞杂，生活太艰辛，有人帮你分担一些工作，你才可以腾出手来干自己最拿手、最喜欢的工作。这叫"搭伙过日子"，各负其责。因此默契比相知更重要，这种默契源于彼此生活习性的建立和熟悉，就像一个盲人熟悉他的居所器具，在黑暗中也能自如地前行。情爱并不源于"懂"，而是源于荷尔蒙的悸动，恋爱可以大谈激情，生活却是柴米油盐。所以不必彻骨地懂，不必总是柔情蜜意地呢喃，只要因习性而约定俗成，并愿意默默地与你的心意契合，就成。就像诗里说的那样，你打猎我做饭，而且你知道我会做哪种食材，我知道你喜欢什么味道……能从琐碎里酿出甜蜜，才是生活的好伴侣。所谓情感满足，是源于人生太孤寂，人需要爱和被爱，每天回家时有人等，离别时有人送，病了时有人端杯水，而不至于叫天天不应叫地地不灵，就成。

　　再说感恩。此诗的最后一段很感人，说的是知道你爱我，杂佩赠你戴；知道你情意深，明珠系你身。因为感受到你的温柔和情意，所以愿用世界上最美好的东西回报你……能够觉察并感恩是一种重要的能力，这世上，又有多少人习惯了"得到"，而忘记了"感恩"！"恩"字上面是个"因"，就已然在谈"因果"，想想上一节我们说到女人生孩子的痛楚，便可以了然夫妻之间"恩重如山"。在生命当中，谁会轻易以生命为代价、以顶级的痛楚来为你们之间的情感买单？可是如此高贵的付出，很多人并无感知，更无法以挚爱来报恩。所以，我常说：情人所重在"情"，夫妇所重在"恩"。而且，恩，比情重。情，飘忽不定；恩，是明了因果后的心念。婚姻，唯有感恩，才能持久。知感恩，念对方的不容易，牵挂、体谅，尽可能地成就对方，才是夫妇之圣境。

　　《史记》曾言："夫妇之际，人道之大伦"。让两个没有任何血缘关系的人缔结了比血缘关系还要亲密和牢固的关系，这件事非同小可，所以有"婚姻天定"的说法。古代的婚姻叫作"成亲"，一开始就说清楚了婚姻的内涵，让陌生人成为亲人，这本身就是奇迹。一切宗教都会谈到爱与慈悲，但很多人对婚姻里的爱与慈悲却视而不见。其实，婚姻也是个大修行，能不能在对别人好之前先对身边的人好一点儿？有人说，未来婚姻制度会灭绝，这话有点儿过了，未来世界尽管多元，但只要人性还不是完整和强大的，以情感为基础的婚姻还是会存在的。婚姻，是对人性的考验，是要用一生去写的作业，若人性太孱弱的话，就无法支撑这个过程。

其实，人生的不同阶段对情感有不同的要求。婚姻就好比双人舞，年轻时玩的是力量、唯美和花哨。中年时玩的是精熟、准确和情感的深沉。到老年，玩的是不夹杂情绪的体贴、互助和坚持，这时就不允许有一点差错了，任何一点差错，都有可能致命。必须小心翼翼、娴熟沉静，唯有如此，才能终老。

谁也不可能年轻的时候就体贴、娴熟。很多年轻姑娘抱怨男人不够体贴，这时候他还像一团火焰，等到能体贴别人的时候，他已然是灰烬的光芒了。所以我们要学会欣赏他的不同阶段，犹如欣赏我们女人不同阶段的光华。

风雨相伴，百脉皆畅——《郑风·风雨》

无论如何，一份好的爱，在风雨飘摇的世界里是一份令人惊喜的馈赠。且看下面这首《郑风·风雨》。

郑风·风雨

【原文】　　　　　　　　【译文】

风雨凄凄，鸡鸣喈喈。　　天昏风雨冷凄凄，小鸡寻伴鸣叽叽。

既见君子，云胡不夷！	猛然得见夫君归，喜出望外忧心息。
风雨潇潇，鸡鸣胶胶。	斜风细雨声潇潇，鸡鸣胶胶我心悄。
既见君子，云胡不瘳！	夫君小别胜新婚，相思之苦顿时消！
风雨如晦，鸡鸣不已。	连天风雨昏如晦，鸡鸣不已人不离。
既见君子，云胡不喜！	此生有幸君相守，欢喜不尽更何求！

　　人在风雨萧瑟中，最易相思。此时若有情人从天而降，那份情不自禁的百脉欢喜，更与何人说？在前面的爱情诗篇里，青年男女还会因为羞涩和拘谨不敢直抒胸臆。在这几首表现夫妇心绪的诗里，情感不再矫饰、不再遮掩，朴素而真挚。这妇人喜出望外的咏叹，让那风雨归来的君子也从心里涌出笑意了吧，能让这么可爱的女人无限欢喜，再辛苦也值得。

夫妻之乐，别有风情——《齐风·东方之日》

　　婚姻生活相较于爱情生活的一大不同，就是情感的成熟、稳定、温润。比如下一篇《齐风·东方之日》，写男子因女子的娇憨而欢喜得心痒。

齐风·东方之日

【原文】

东方之日兮，彼姝者子，在我室兮。
在我室兮，履我即兮。

东方之月兮,彼姝者子,在我闼兮。
在我闼兮,履我发兮。

【译文】
东方微微露晨曦,醒来榻边有娇妻,
美人在我屋里啊,美足踩我膝上啊。

东方青霭云遮月,嬉戏娇憨是娇妻,
美人在我门内啊,美足踩我足跟啊。

此诗将夫妻间的浓情蜜意,以及动于情、止于美的意境展现得淋漓尽致。那任性娇蛮的美人啊,和我在一室之内,要么用脚丫踩着我膝盖,要么用脚趾撩搔我双足。这一切,真真让人沉醉!其率真喜悦,溢于言表。

下面这首《王风·君子阳阳》简直就是上一篇的续篇,男人因撩情而起舞,进而召唤妻子与自己同乐。

居室之乐,永生难忘——《王风·君子阳阳》

王风·君子阳阳

【原文】	【译文】
君子阳阳,	夫君欢且畅,
左执簧,	左手执竹簧,
右招我由房,	右牵我入房,

| 其乐只且！ | 其乐绵又长。 |

君子陶陶，	夫君醉陶陶，
左执翿，	左手执扇翿，
右招我由敖，	邀我翔且翱，
其乐只且！	其乐永难忘！

此诗描写夫妇居室之乐，有音乐有舞蹈。究其根源，音乐与舞蹈的发生大概都与人类的性活动有关。《左传》里曾有个故事，说某君王病了，招来秦国的医生看治，秦医诊断说，此病是因为君王过度接近女色而得，君王率真地问：女色不可接近吗？秦医答：可以，但要"节之"。进而解释说：五音的发明就是为了节制情欲的，凡音不可过，过则亢，亢则衰，五音调和方为正乐。音乐本来是娱人的，如果不知止，则惑乱心智，进而耗精损精，以至于死。也正是因此，夫妻又以"琴瑟"为喻，形容夫妻生活只宜求"好"，不可求"过"。

另外，此诗中的竹黄和扇翿也都是性生活的意象。相传伏羲做"笙"，取其"生育"意；女娲做"簧"，以其中空而受簧也。同时女娲"祷神祠祈而为女媒，因置婚姻"。相传洪水过后，世间只遗伏羲女娲兄妹，"伏羲在左巡行，女娲在右巡行，契许相逢则为夫妇，天遣和合，亦尔相知。伏羲用树叶覆面，女娲用芦花遮面，共为夫妻。今人交礼戴昌妆花，因此而起"。后来婚礼上的盖头、社交场上的扇子皆有此意：用这些东西来遮蔽性引发的羞耻心。

此外，此诗还有三个词暗指"性"，一个是"入房"，即行房意。一个是"翱翔"，像男子行房之动作，《灵枢·刺节真邪篇》曰："茎垂者，身中之机（变化的要点），阴精之候（表现），津液之道也。故饮食不节，喜怒不时，乃下留于睾，血道不通，日大不休，俯仰不便，趋翔不能。"

趋翔，即"翱翔"意。最后一个词"其乐只且"之"且"，此字本是男子生殖器之象形，所以此句的翻译应是"多么快乐啊男欢女爱！"其实，《诗经》中很多"且"都有此意，比如《狡童》中的"狂童之也狂也且！"但后来中国文化之道统以此为禁忌，羞于启齿，于是统言之为语气词。

妻子不焦躁，男子自安康——《周南·芣苢》

如果一个人在内在极充盈、外表色未衰时遇到最好的爱情，身心的绽放会使其领悟圣洁的可贵，并永远拥有心灵与外表的静美。

男人和女人在情感上有很大不同。巴尔扎克认为情欲不等于爱情，情欲是人类的任性，但人生只应该有一次爱情。情欲是欲望，爱情是"宗教"。男人通常可以把情欲和爱情分开，而女人却很难做到。在爱情方面，巴尔扎克渴望有"身居豪华宫殿的意中人，而不是栖身茅屋的布衣荆钗"。这句话充分暴露了男人的感官享受和虚荣心，有钱有教养，既温柔美貌，又勇敢热情的女子才是他们情之所钟。而女作家乔治·桑却与之不同，她不仅一次次地坠入爱河，并屡屡地为爱情牺牲了情欲。

但无论是情欲还是爱情，都有可能有个随赠品出现，就是孩子。女人的情欲一旦转化为母爱，便是另一片光华。

我们来看一下《诗经》是怎么说这件事的。

先是求子，且看《周南·芣苢》。

周南·芣苢

【原文】　　　　　　　　【译文】

采采芣苢，薄言采之。　　采车前啊，在道边啊。

采采芣苢，薄言有之。	采车前啊，用手摘啊。
采采芣苢，薄言掇之。	采车前啊，地上捡啊。
采采芣苢，薄言捋之。	采车前啊，大把捋啊。
采采芣苢，薄言袺之。	采车前啊，衣襟盛啊。
采采芣苢，薄言襭之。	采车前啊，裙子兜啊。

此诗章法奇特，只有六个动词的变化，却写出了平和欢乐。"有"字原意是手里捧着肉，这里是刚开始采摘，用手捧着就可以。后来又是"掇之"，形容越采越快。然后"捋之"，大把大把地采。再然后"袺之"，用上衣襟盛着。最后"襭之"，把裙子边别在腰间，盛放更多的芣苢……行文简单明媚、语调轻松。清人方玉润说："读者试平心静气涵咏此诗，恍听田家妇女，三三五五，于平原绣野、风和日丽中，群歌互答，余音袅袅，若远若近，忽断忽续，不知其情之何以移，而神何以旷，则此诗可不必细绎而自得其妙焉。"（《诗经原始》）

《毛诗》说此诗是赞"后妃之美也。和平则妇人乐而有子矣。"《韩诗》说："芣苢，伤夫有恶疾（人道不通）也。"所以，理解这首诗的关键在于识"芣苢"为何物，为何能使妇人"乐而有子"，为何能治男人"人道不通"。

"芣苢"两字，都有草字头，所以是植物。"芣"字下面是一个"不"字。"不"字在甲骨文里像女子来月经之形，底下加一横，即是月经停止，当古人认识到女子月经停止与怀孕有关时，便以此字为胚胎的"胚"。"苢"字呢，草字头下面的那个字，恰恰就是一个母腹里倒置的小胎儿之像。这真是奇妙啊，"芣苢"二字去掉草字头，就是"胚胎"二字，这让我们不得不叹服仓颉造字之初对生活的稔熟和幽默智慧。所以，"芣苢"，肯定是有助于女子怀妊相关的植物，后人认为此物就是中药里的车前子。

《韩诗》说:"芣苢,伤夫有恶疾(人道不通)也。"而闻一多也认为,从民俗文化的角度来说,"芣苢"具有"宜子"的内涵。那么,结合上一段所说的"芣""苢"二字的字形、《韩诗》和闻一多的观点来看,要说这首诗是一首表现古代妇女结伴采摘车前草、气氛热烈地祈求子孙昌盛的作品,就不难理解了。

我们看到,这首诗采用了《诗经》中常见的形式之一:相近的语句,每句换一个字,不断重复——每一句的开头都是"采采芣苢",然后"采之""有之""掇之""捋之""袺之""襭之",可见芣苢之众多、劳作之持久、收获之丰盛:大家你追我赶,越采摘越熟练,先用手捧,然后用裙子兜着,都不知道放哪儿才好了。同时,这也是一种内心祈愿的加强,祈愿什么呢?子孙兴旺,正如这漫山遍野的芣苢。

在《诗经》成诗的农业社会,人口是非常重要的劳动力和财富,一家一族、一个国家能否兴旺发达,跟人口,尤其是强壮劳动力的多寡息息相关,不像现在,很多工作以脑力劳动为主,大家对此可能没有那么直观的感受。要知道,三千年前的生产条件,与现在云泥之别,现在技术发达,力气已经不是第一要素了,比如机械化生产,女性也可以操作很多工具,以"巧"胜"力";而当时,只有年轻力壮的男子,才能成为生产的主力。因此,在对劳动力的数量、质量依赖程度都很高的农业社会,谁家人丁兴旺,耕地开荒的结果就更有保障,就更有希望吃得饱、有余粮。

所以,我们说《周南·芣苢》既是一首欢快、热烈的劳动之歌,也是一场真诚、朴素的祈愿之旅:愿每一户采摘的人家,都开枝散叶,子强孙壮,一直有红红火火的日子。

夫妻恩爱，子孙满堂——《周南·樛木》

今人与古人相较，有一大不同：古人生活单纯，今人则精神压力甚重，所以今人要先解压。

《周南·苤莒》一诗，不仅让我们"多识夫鸟兽草木之名"，还让我们感到了春光明媚下那些女人平和从容的心情。男人病了，是天天愁眉苦脸在家指责女人，还是自己去想办法解决问题？《毛诗》所言"和平则妇人乐而有子矣"可谓一句道破天机，妇人不平和喜乐，则经脉蹇塞不通，则难有子；即便有子，也难免性情乖戾。妇人若柔和贤淑，气定神闲，悠哉悠哉，男人也会心绪安然，自然渐渐康复。

读这样一首让人情怡神旷的诗，让人感到了远古的温度和春风。所谓传统，不是教条，而是生活的点点滴滴；不是纠结于义理，而是收获了一颗柔美安静的心。这，就是"风化"，清风掠过，美了神，洗了心……

从来都是，要孩子不是目的，人们要的是那种多子多福的快乐生活。所以在《诗经》开篇《周南》竟有两首与生育相关，歌颂那种子孙满堂的生活。

周南·樛木

【原文】　　　　　　【译文】

南有樛木，葛藟累之。　　南山有樛木，树根葛藤缠。

乐只君子，福履绥之。　　快乐如君子，福报让人安。

南有樛木，葛藟荒之。　　樛树木下曲，青青藤葛掩。

乐只君子，福履将之。　　快乐如君子，福禄来扶持。

南有樛木，葛藟萦之。	南山樛木高，藤葛来萦绕。
乐只君子，福履成之。	快乐如君子，福禄成就之。

虽说"南有樛木，葛藟累之"是起兴，但把高高的樛木看成男子，把缠绕樛木的葛藟看成爱恋男子的女子，是民歌的常用说法，比如"从来只见藤缠树，从未见过树缠藤"。都说一个好女人富三代，男子先要好妻，才有福气来跟随。

周南·螽斯

【原文】　　　　　　　【译文】

螽斯羽，诜诜兮。　　　螽螽振其羽，欢歌以相聚。
宜尔子孙，振振兮。　　一生九十子，盛大好福气。

螽斯羽，薨薨兮。　　　螽螽绿羽美，薨薨齐齐飞。
宜尔子孙。绳绳兮。　　子孙多且众，绵绵万代辉。

螽斯羽，揖揖兮。　　　螽螽振其羽，汇聚永不离，
宜尔子孙，蛰蛰兮。　　美好大家庭，和睦心相依。

相传螽斯（螽螽）一生九十九子，真是个了不起的大家庭。朱熹说此诗是赞"后妃不妒忌而子孙众多，故众妾以螽斯之群处和集而子孙众多比之，言其有是德而宜有是福也"（《诗经集传》）。按说要生九十九子，一定非一个老婆所为。但朱熹所言里有一句话值得深思：有是德而宜有是福也。光求福禄是不行的，一定要先有其德，福气、福禄寿等是随德

行而来的。

　　这两首诗非常著名,后人作诗常用此典,比如后来有李群玉作的《哭小女痴儿》。

　　　　平生未省梦熊罴,
　　　　稚女如花坠晓枝。
　　　　条蔓纵横输葛藟,
　　　　子孙蕃育羡螽斯。

　　此诗第一句话也源于《诗经》,说女人怀孕后做胎梦,如梦见熊罴为男儿,梦见蛇是女儿。所以此诗"平生未省梦熊罴,稚女如花坠晓枝"是指这位李先生从未梦到熊罴,生了一堆女儿之意。那么,古代生男生女有什么差别吗?节选《小雅·斯干》中的一段给大家看当年的美好生活。

生了男儿放床上,生了女儿放地上——《小雅·斯干》

小雅·斯干(节选)

【原文】
殖殖其庭,有觉其楹,
哙哙其正,哕哕其冥,
君子攸宁。

下莞上簟,乃安斯寝,
乃寝乃兴,乃占我梦,

吉梦维何？
维熊维罴，维虺维蛇。
大人占之：
维熊维罴，男子之祥。
维虺维蛇，女子之祥。

乃生男子，载寝之床，
载衣之裳，载弄之璋。
其泣喤喤，朱芾斯皇，
室家君王。

乃生女子，载寝之地，
载衣之裼，载弄之瓦。
无非无仪，唯酒食是议。
无父母诒罹。

【译文】
平正大院有深庭，
有廊有柱雕窗棂。
向阳之处花粲粲，
背阴之处闲且静，
君子安身以休宁。

下有草席上竹幔，
良辰还须好安寝。
醒来但觉有一梦，

请来大人占吉祥。
梦熊梦罴怀男儿,
梦虺梦蛇是女郎。

生了男儿放床上,
穿衣戴帽玩玉璋。
男儿哭声多嘹亮,
朱服堂堂似君王。

生了女儿放地上,
穿衣护脚弄瓦当。
不是不敬小女子,
女子主内酿酒浆,
莫让父母空忧伤。

读此诗令人莞尔。生了男孩放床上,生了女孩放地上,男孩从小就弄璋,女孩从小弄瓦……其实,玉有五德:"温润而泽,仁也;缜密以栗,知也;廉而不刿,义也;垂之如坠,礼也;孚尹旁达,信也。"所以,让男孩玩玉,是培养其五德。让女孩玩瓦,是指要学做家务,有点儿像现在的小女孩玩娃娃,培养的也是爱护幼小的妈妈心。孟子的母亲说:女人之礼仪,在于精五饭、酿酒浆、伺候公婆、缝补衣裳,这些都是闺门的修习,所以说:"无非无仪,唯酒食是议。无父母诒罹。"——不是男尊女卑,不是不讲仪礼,是因为女人的职责是养护家庭,把家里的事儿做好了,就不会让父母担心害怕。

下面这首《唐风·椒聊》,是夸肥壮健硕的妇人易于多子。

唐风·椒聊

【原文】

椒聊之实,蕃衍盈升。
彼其之子,硕大无朋。
椒聊且,远条且。

椒聊之实,蕃衍盈匊。
彼其之子,硕大且笃。
椒聊且,远条且。

【译文】

花椒多子簇簇聚,
繁衍茂盛人鼎沸。
那个妇人胖且美,
多子多孙香气垂。

花椒多子团团香,
盈握在怀动心肠。
妇人健硕且笃厚,
多子多孙馨远扬。

中国历史上一次伟大的生育——《大雅·生民》

有能生的,就有不能生的。有一首史诗般的长诗,把古人关于怀妊、生育的神秘体验写得惊心动魄。《大雅·生民》不仅为我们记录了中国历史上一次伟大的生育,而且这历尽艰辛成长起来的孩子,成为我国历史上最著名的人物之一,并且他的后人就是伟大帝国"周"的建立者,而他的母亲就是"姬"姓的高祖——姜嫄。

大雅·生民(节选)

【原文】

厥初生民,时维姜嫄。
生民如何?克禋克祀,以弗无子。
履帝武敏歆,攸介攸止,载震载夙。
载生载育,时维后稷。

诞弥厥月,先生如达。
不坼不副,无菑无害。以赫厥灵。
上帝不宁,不康禋祀,居然生子。

诞寘之隘巷,牛羊腓字之。
诞寘之平林,会伐平林。
诞寘之寒冰,鸟覆翼之。
鸟乃去矣,后稷呱矣。
实覃实訏,厥声载路。

诞实匍匐,克岐克嶷。以就口食。
蓺之荏菽,荏菽旆旆。
禾役穟穟,麻麦幪幪,瓜瓞唪唪。

诞后稷之穑，有相之道。
茀厥丰草，种之黄茂。
实方实苞，实种实褎。
实发实秀，实坚实好。
实颖实栗，即有邰家室。

【译文】
周之始祖曰姜嫄，
当初怀妊甚艰难。
祷告神灵求良子，
履帝足迹有感应，
有孕在身心还惊。
十月怀胎容止端，
产下娇儿曰后稷。

足月初生产程顺，
胞衣不破体混然。
如此灵异心惕惕，
唯恐忤逆天帝意，
不敢养育决意弃。

忍痛弃置在窄巷，
牛羊庇护来哺乳。
无奈再置树林里，
恰逢伐者来砍树。

襁褓又置寒冰上。
鸟儿展翅护佑之。
看来一切是天意,
人要弃来天不弃。
鸟去后稷一声哭,
声音嘹亮裂冰湖,
为娘婆娑人驻足。

匍匐之时显聪慧,
吃喝从不让人愁。
少年种瓜又种豆,
禾苗低垂麻丰收。
瓜迭绵绵麻籽香,
豆子累累麦粒熟。

后稷种植有良道,
爱护禾苗勤除草,
好种还须护幼苗。
拔节抽穗成色好,
颗粒饱满产量高,
封之有邰谢帝尧。

据《史记·五帝本纪》记载:帝喾(实为黄帝之重孙)有四妃,其子皆有天下,元妃姜嫄生后稷(周祖),次妃简狄生契(殷祖),次妃庆都生帝尧,次妃常仪生帝挚。按这个故事说,姜嫄虽是原配,但产子最晚,且因为长期怀不上孕,曾为此祭拜天地,后来因为踩了天帝巨大的脚趾印，而心有所动（其实是女性怀孕时的第一次胎动），怀上身孕。生出孩子后，又胞衣不破，故而弃之郊野。弃之郊野，牛羊哺之；弃之冰湖，鸟儿暖之，因此姜嫄将孩子抱回，名之曰"弃"，"弃"（棄）字之本意就是用簸箕把褓褓抛弃之意。没想到，这个叫"弃"的孩子对农业极有天赋，长大后对此表现出了浓厚的兴趣，发明了很好的种植方法，并培养了各种良种。可以说，中国这个农业大国的开始与"弃"的事迹有密切关系，因而后人赞誉他为"后稷"（后，皇天后土之后；稷，谷物）。并且，弃因为对农业的巨大贡献，被帝尧封于邰地，成为周的始祖。

众所周知，周本姬姓，是最古的姓氏，"从女生"。事实上，我国曾有一个伟大的女性时代，那时，人们关于怀孕的概念，还不知有男人的作用，故"圣人无父"，所以是感生神话，女人们都以胎动之时与天地的感应为重，并因感应而给孩子姓氏。比如，黄帝之母附宝，见大电绕北斗枢星，感而怀孕，二十四月而生黄帝于寿丘，故黄帝称"轩辕氏"，轩辕即北斗车。姜嫄履帝迹而生弃，故以"姬"为姓。简狄食燕卵而生契，故以"子"为姓……因此，姬弃（后稷）为周祖，子契为殷祖。这，才是历史的真相。

但司马迁为了中国的大一统理想，而把历史纳入一个人的怀抱，所有的帝王都成为黄帝的后裔，黄帝的重孙为帝喾，帝喾的继承者先是最小的夫人生的帝挚，帝挚残暴，次妃庆都所生的帝尧继位，继尧者为舜。舜表面上出身寒微，实际上，据司马迁推算，舜乃昌意之第七世孙，即黄帝之第八世孙。然后是次妃简狄所生契的后裔统治殷商，殷商之后是后稷的后裔周……

历史波澜壮阔，帝喾元妃生育孩子的故事也是一篇史诗。历史，可以任人编写杜撰，但一个女人的痛苦却历历在目，令人同情。

第十一讲 "围城"进退

自从钱钟书的《围城》面世,用"围城"一词来比喻婚姻的说法就深入人心。《诗经》中有许多诗篇是从女性的角度来写就,或者以女性为书写对象,展现她们的心理、情感,那么,作为心理活动和情感投寄主要内容的婚姻,必然是许多篇目都会涉及的。

一般而言,人们对婚姻的态度有两种:一是积极主动的,自发寻找、筛选,要自己掌握主动权;一是消极被动的,不会主动寻找、筛选,采取听天由命的态度。这两种心态的女子,在《诗经》的篇目中都有代表。

更进一步地说,积极主动型的女子,不仅在"进入围城"前有自我掌控意识——何时进入、如何进入,"我"即使不能完全决定,也要发出自己的声音;当婚姻出现裂痕时,她们也有勇气主动退出、结束——果断放手、开启新生;而消极被动型的女子,在"进入围城"前,就没有强烈的自我意识,任由父母之命、媒妁之言把自己安排给知之甚少的丈夫和婆家,如果不幸因此跌入了火坑,也"忍字当头",逆来顺受。

客观来讲,古代女性在婚姻上的自我意识和自主权,肯定不能和当代女性相比。当代女性受益于时代的进步,随着自身能力的增强,自食其力、自我实现的程度越来越高,在婚姻中对男性的经济依附性也就逐渐下降,不会再有老话说的"嫁汉嫁汉,穿衣吃饭"的所谓"刚需",而更注重两个人之间是否有精神共鸣,两个人是否能成为灵魂伴侣。所以,当今女性对待婚姻,也许不是主动寻找,但多半都有主动筛选:不会"年龄到了",就急着完成任务一样结婚,组建家庭。

而《诗经》里的女子,如果"年龄到了"还没有成婚,着实是一件伤脑筋的事:当时的女性不像生活在今天的我们,"广阔天地,大有可为",她们的人生价值,主要就是通过在家庭中承担起妻子、母亲的责任来实现的,这是我们读诗也好,读任何文学作品也好,都不可忽略的时代性,不能以现代人的标准,去评价古人的生活。所以,当时的一些到了适婚年纪,还独自一人的女子有"恨嫁"心理,也就不难理解了。比如下面这首《召南·摽有梅》。

嫁不出去急慌慌——《召南·摽有梅》

这是一个令人心酸的姑娘,她已经到了适婚的年纪,且有了心仪的对象,可惜不知对方是比较钝感,还是故意装作不知,令她心急如焚。且看《召南·摽有梅》。

召南·摽有梅

【原文】

摽有梅,其实七兮。
求我庶士,迨其吉兮。

摽有梅,其实三兮。
求我庶士,迨其今兮。

【译文】

梅子已熟落纷纷,树上尚有七八成。
你若有心来追我,切莫错过此良辰。

梅子又落几多多,树上还剩两三成。
你若有意来娶我,今天也算好时辰。

> 摽有梅，顷筐塈之。　　梅子零落已无多，筐子里边三两颗。
> 求我庶士，迨其谓之。　　你若真心爱着我，开口我便跟你走！

唉，看这姑娘急得，可对面仿佛是个闷葫芦！她说：快看树上的梅子已经不多了啊，你要是喜欢我，就赶快挑一个吉利的日子来追我——这是第一句话；第二句话，你要是喜欢我，咱今天就把日子定了；第三句话，你要是喜欢我，现在就赶快说啊！面对她的生猛、急迫，庶士们恐怕要逃之夭夭，而不会跟她"桃之夭夭"。

春天已经远去。桃花之艳与梅子之酸成了两个鲜明的意象，一个夭艳，一个黯淡，犹如生命的不同颜色。有时候，一旦错过，便永远错过。其实，流逝的，不是时光，而是我们……

细读《诗经》，发现里边男女的匹配非常到位，以少女配狡童，熟女配吉士，贫女配庶士，妇人配壮士，淑女配君子——尽显《诗经》之朴拙、华贵、典雅、风情。写有情世界，守其"哀而不伤"之雅韵。男女若要幸福，还得各得其匹，哪怕有哀，也半斤八两，彼此伤不到哪儿去。不得其匹，性情孤傲的，亦有《汉广》《蒹葭》，虽暗自嗟叹，亦美轮美奂。可惜今人，现实里缺了朴拙，浪漫里丢了纯真，故，既哀又伤。

这姑娘的朴拙在于诚实，为了把自己嫁出去，她自动降低了标准，求的是"庶士"，而不是《诗经》惯常说的"吉士"，就是她已经把嫁人的标准降低了，不必是才子、俊男和大款，能好好一起过日子就成。

现今的一些女性，自己学历高、收入高、眼光高，所以可能年龄已经不小了，也不愿让自己"跌入生活的尘埃"，一定非"吉士"不嫁，但最后的结果很容易不尽如人意。

现在的女性找男人的标准是：既有成熟男性的体贴和多金，又有年轻男性的阳光和阳刚。既事业有成，又会甜言蜜语。既会打球，又会做饭。既是奶爸，又是情郎。既这么着，又那么着……这是一种理想主义，能实现的可能性，可以说很小。

有的女性为何不容易找到对象

首先，人不一定非得结婚，如果你的自性非常强大和美好，是可以独享人生之美的。以下所言，不过是对那些想结婚的大龄姑娘说的体己话。

感性的女人都想找成熟男；感性不感性、年龄大与小的男人都渴望着20出头的年轻姑娘（潜意识里，这些小姑娘可能更好控制，并有漫长的生育期）。可是，如果男人不经过女人的精神摧残和温柔细腻的母性爱护，他怎么能成熟？！阳，若没有阴的收敛、捶打，成不了形质；阴，若没有阳的温熏、蒸腾，也宣发不出灵性。

先说迟迟没有合适对象的女性：

（1）太优秀——学历、事业、相貌等，令很多男人望而生畏。

（2）太挑剔——她们都渴望成熟男，但大多数男人只有经历了婚姻，才谈得上真正的成熟。

（3）在某方面（尤其是性情方面）可能有重大缺陷且缺乏自知，很难处理和应对真正的情感问题。有的太痴情，有的太任性，不懂敬畏之道，则无法享受婚姻的神圣，忍受婚姻的无聊。

再说大部分男人的普遍心理：

（1）年龄越大的男人一旦打算结婚，潜意识里越倾向于去寻一个能为他生儿育女的温顺女子，所以大龄女子的生育期跟25岁的女孩子相比，显然已不占优势了。

（2）男人一生随着年龄的变化，最看重的女性特质也会随之改变：

年轻的时候，他们大多会把美女视为首要追求目标；随着年龄的增加、心理的成熟，他们会逐渐意识到，容貌不是最重要的，一个心性稳定、性格好的对象，才是不可多得的人生良伴。

（3）当今社会，男人不必再像过去那样靠征服世界来征服女人，这会导致以下几个问题：①削减了男子气概。②不花气力就能得到的东西，不会珍惜。因为根基不牢，人们对长期生活在一起越来越没有耐心。③会产生更深的孤独感和虚无感。

总之，女人遇到一个好婚姻的概率越来越小；男人越来越难以承担好女人的好，而面对坏女人，男人因为不存在负责的压力而变得更不在乎责任。这些是客观存在的事实，我们没必要避而不谈，相反，只有认清了现实，才有助于做出对的、好的选择，无论是否结婚，都让自己离幸福和自足更近一些。

男人好解说，女人多怨尤——《卫风·氓》

如果一个事物不能让我们内心得到甘美和宁静，我们宁可不要。不是所有的爱情都能坚持到最后，也不是所有的婚姻都能善终，《诗经》里也有大量或主动或被动退出"围城"的女子，她们的付出和反省都值得探究。

其中，最广为人知的一首是《卫风·氓》。

卫风·氓

【原文】　　　　　　　【译文】

氓之蚩蚩，抱布贸丝。　那人前来笑嘻嘻，佯装抱布来换丝。

匪来贸丝，来即我谋。　嘴上说着做生意，其实找我订婚期。

送子涉淇，至于顿丘。	送他渡过淇水河，到了顿丘才分离。
匪我愆期，子无良媒。	非我有意误婚期，缘你迟迟无良媒。
将子无怒，秋以为期。	请你不要发脾气，订下秋天为婚期。

乘彼垝垣，以望复关。	每每登上破城墙，遥望复关盼情郎。
不见复关，泣涕涟涟。	复关寂寂人不见，内心疑虑泪涟涟。
既见复关，载笑载言。	终于盼得郎前来，又说又笑喜开颜。
尔卜尔筮，体无咎言。	你家占卜又问卦，处处没有不吉言。
以尔车来，以我贿迁。	终于婚车来接我，带上嫁妆随你迁。

桑之未落，其叶沃若。	桑树亦有青春时，其叶青青润且盛。
于嗟鸠兮，无食桑葚。	感叹小鸟无嗜葚，食葚多时沉且醉。
于嗟女兮，无与士耽。	嗟叹女子莫情深，与士情深伤也真。
士之耽兮，犹可说也。	男士耽于情与色，说分就分好脱身。
女之耽兮，不可说也。	女子若耽情与爱，缠缠绵绵难摆脱。

桑之落矣，其黄而陨。	桑树亦有秋冬时，其叶枯黄且陨落。
自我徂尔，三岁食贫。	自我嫁你三年多，岁岁食贫苦良多。
淇水汤汤，渐车帷裳。	淇水荡荡送我归，河水忧伤湿车帷。
女也不爽，士贰其行。	为妻做事无甚错，你却变心劈腿多。
士也罔极，二三其德。	男子做事无原则，说变就变少恩德。

三岁为妇，靡室劳矣。	嫁你多年守妇道，事无巨细不辞苦。
夙兴夜寐，靡有朝矣。	起早贪黑为家室，不知春来不知秋。
言既遂矣，至于暴矣。	每每温顺随你意，却得家暴由你欺。
兄弟不知，咥其笑矣。	自家兄弟不知情，见我被弃笑我痴。

静言思之，躬自悼矣。	静夜扪心独自问，自伤自悼难平息。
及尔偕老，老使我怨。	本想与你偕终老，哪知就此两结怨。
淇则有岸，隰则有泮。	淇水再宽也有岸，湿地再大也有畔。
总角之宴，言笑晏晏。	遥想当年少女心，欢笑无边心闲闲。
信誓旦旦，不思其反。	信誓旦旦犹在耳，哪知人心欲无边。
反是不思，亦已焉哉。	事过境迁不必想，人生不过徒劳焉。

人，就是这样，幸福的时候，不会诉说，只是分分钟感动和欢喜；而痛苦，才值得述说，才值得书写，且长篇大论，充满至理名言。

《卫风·氓》里的姑娘只有两段幸福的时光，可还是在惶恐与期待中度过。一句"氓之蚩蚩"，就为后来的生活埋下了伏笔，那"氓"嬉皮笑脸地来求婚，可又迟迟不见动静，这时已显出"氓"不靠谱，可沉溺于爱情的姑娘是盲目的。从第三段开始，就写出了姑娘暗自的愁苦，"士之耽兮，犹可说也。女之耽兮，不可说也"，这可是一句非常经典的话，男人沉溺于情感，终有解脱的那一天，女人则难以解脱，这句写出了男女情感的最大不同。

这姑娘还有一个误区，就是总写自己嫁过去后的辛苦，如同好多离异的女人和她一样，也总念叨自己的辛苦而抱怨男人无情无义。其实，在婚姻里，不是你百般辛劳、百般忍耐就能收获美好的，男人不是大地，他是有欲望、有性格、有品性的人，人心无常，若你眼光不好，所遇非良，你再掏心掏肺，也可能颗粒无收，只是浪费了美好时光……所以姑娘最后想来想去，却也就是长叹：算了算了，遇到这样的人和事，想什么都没有用！

人性大多忘大德，思小怨——《小雅·谷风》

虽说说了没用，可还得说。其实，婚姻生活的恩恩怨怨真的有时难以启齿——有多少夫妇因一件小事儿而渐渐齿冷，因一语不和而勃然大怒？《小雅·谷风》有一句算是戳到了婚姻的痛处："忘我大德，思我小怨。"人们常常因纠结于小小的怨怒而忘记了婚姻所包含的大德。

小雅·谷风

【原文】　　　　　　　　【译文】

习习谷风，维风及雨。　　山谷习习风，云集雨欲来。
将恐将惧，维予与女。　　心中有不安，你与我为仇。
将安将乐，女转弃予。　　将安将乐时，你却欲弃我。

习习谷风，维风及颓。　　山谷习习风，风旋树亦颓。
将恐将惧，置予于怀。　　心中多恐惧，曾拥我于怀。
将安将乐，弃予如遗。　　将安将乐时，却弃我如遗。

习习谷风，维山崔嵬。　　山谷风已大，地动山崔嵬。
无草不死，无木不萎。　　风吹草皆死，山林亦枯萎。
忘我大德，思我小怨。　　你忘我大德，总思我小怨。

这真是一首令人伤痛的诗，一场山谷里的风貌似柔和地吹着，但被弃的女子却感到了情感的风暴即将来临，她恐惧万分，曾经把她温柔抱在怀里的人，将弃她而去，她不明白，为什么即将安乐之时，她却如同垃圾一样要被扔掉了……这一切，让她如同大风中的死草和枯枝，无法再有活下去的勇气。最后的总结却发人深省——"忘我大德，思我小怨。"其实，人性莫不如此，一旦触及自私的本性，人通常会：忘大德，思小怨。

古人云："情最难久，故多情人必至寡情；性自有常，故任性人终不失性。"故，多情人自有不可思议处，任性人自有令人惊异时。因此，从长远计，依赖人之品性比依赖人之情感要靠谱些。当然了，最好是强大和依赖自性。当然了，一个好婚姻的基础也由此而定，即：思大德，忘小怨。

还有一首《邶风·谷风》，更直接说：恩情绝时，哪只是"小怨"，他在"宴尔新昏，如兄如弟"之时，不仅"不念昔者"，还会把前妻比喻成毒虫。

前面我走，后面她来——《邶风·谷风》

邶风·谷风

【原文】　　　　　　　【译文】
习习谷风，以阴以雨。　习习小风从东来，阴阳和合乃成雨。
黾勉同心，不宜有怒。　夫妻黾勉以同心，不宜暴怒出恶语。
采葑采菲，无以下体。　采摘萝卜和菁蔓，岂能要花去根茎。
德音莫违，及尔同死。　昔日良言莫轻弃，曾说愿与同生死。

行道迟迟，中心有违。　遭弃归家脚迟迟，只是心中有多虑。
不远伊迩，薄送我畿。　夫君前门送我走，后门又迎新人来。
谁谓荼苦，其甘如荠。　谁说荼菜苦又苦，在我其甘甜如荠。
宴尔新昏，如兄如弟。　那人新婚正宴乐，二人亲密如兄弟。

- 157 -

泾以渭浊，湜湜其沚。	都说泾清渭水浊，浊水深处亦清清。
宴尔新昏，不我屑以。	新人如花我憔悴，不念我昔尽嫌弃。
毋逝我梁，毋发我笱。	但求勿去我鱼梁，但求勿动我渔网。
我躬不阅，遑恤我后。	转念此身已不保，遑论后事和渔网！

就其深矣，方之舟之。	回想往事多辛劳，水深造船忙摆渡。
就其浅矣，泳之游之。	水浅手脚也用上，一心只想做良妇。
何有何亡，黾勉求之。	不计有来不计亡，只求勤勉家族旺。
凡民有丧，匍匐救之。	但凡别人有难处，匍匐救之不辞劳。

不我能慉，反以我为雠，	那人不能恤养我，反而视我为怨仇。
既阻我德，贾用不售。	每每拒却我善意，宝物在奁从不启。
昔育恐育鞫，及尔颠覆。	昔时穷困又潦倒，与你辛勤共经营。
既生既育，比予于毒。	如今生活已富足，你却视我如毒虫。

我有旨蓄，亦以御冬。	我有积蓄和腌菜，只为与你度寒冬。
宴尔新昏，以我御穷。	不想今日你新婚，却拿我蓄来挡穷。
有洸有溃，既诒我肄。	粗声恶气对付我，让我辛苦你享福。
不念昔者，伊余来塈。	男人从不念过去，恩爱已逝了无际。

　　这首诗里的女主角是个温柔的女强人，开篇打的比方非常好：阴阳和而后雨泽降，夫妇和而后家道兴，还劝丈夫不能一心只恋萝卜花，萝卜才有真价值。可惜，如此识大体，并且与丈夫辛勤创业的好妻子，还是被暴躁、喜新厌旧的丈夫遗弃了。她前脚出门，丈夫后脚就迎娶了新妇。自己的辛劳只换来了衰老和憔悴，人们却在那边夸赞新人美！尽管她愠

怒地喊出："毋逝我梁，毋发我笱。"意即警告新妇：毋居我住所，毋行我之事！但一想到自己已被扫地出门，便感叹如此任性已全无意义……因此，这又是一个所遇非人的可怜的女子。如此说来，好人不一定有好婚姻，爱情也会伤人，但经历爱情时，我们年轻、气血足，有足够的力量苏醒；若被婚姻伤了，我们的气血、我们的绝望，会让我们缺乏力量从伤害中恢复……

其中，还有个根本的不同，即恋人与亲人的不同。结婚为结亲，夫妻即是亲人，为亲人所弃、所伤，则寒冷彻骨。

《毛诗》说此篇"刺夫妇失道也"。那么何为夫妇之道？不过义、恩、礼三字。还是讲个故事吧。晋文公有个女儿，号赵姬。当初文公为公子时，与赵衰逃避国难到了母亲的国家狄国。狄人送二女叔隗、季隗于公子，公子自己娶了季隗，把叔隗嫁给了赵衰，叔隗生了个儿子叫赵盾。等到他们返回晋国，继而称霸诸侯，晋文公又把女儿赵姬嫁给赵衰，赵姬生了三个儿子。赵姬请赵衰迎盾与其母归国，赵衰辞而不敢。姬曰："不可。夫得宠而忘旧，舍义。喜好新人而轻慢故人，无恩。与人相亲于危厄，富贵时却抛弃，无礼。君若舍义、忘恩、无礼，何以做孩子的表率！那样的话，臣妾我也没有必要敬你、爱你了。诗云：'采葑采菲，无以下体，德音莫违，及尔同死。'与人同寒苦，即使有小的过错，也要与之同死而不去，何况你现在安新忘旧乎！诗还曰：'宴尔新婚，不我屑以。'这是最伤害女人的。还是请您把他们娘俩接回来吧！不要以新废旧。"于是赵衰接回了叔隗与盾。赵姬很喜欢赵盾，认为他聪慧、贤良，便又请求赵衰立赵盾为嫡子，让自己的三个儿子为庶出，让叔隗为正妻，自己为妾。——没有足够的自信、贤惠与大气，恐怕谁也学不来赵姬。

赵姬总结的夫妇之道也极为到位：得宠而忘旧，舍义；喜好新人而轻慢故人，无恩；与人相亲于危厄，富贵时却抛弃，无礼。这是婚姻中男人的大忌，但也不是所有男人都这样。我曾见过一对夫妇，男人又高又帅且有身份，旁人都觉得其妻配不上他，但他说：第一，妻子没犯过大错；第二，她对我很好；第三，她孝敬公婆并爱护我的兄弟，我有什么理由抛弃她呢？话很朴实，贴心实用，凡欲离婚者，可以用这三个问题来问下自己，也许心就平了。别以为下一场婚姻会让你得救，没有平常心，哪儿哪儿都是坑。

如果只因为贪恋新欢而抛弃贤淑的妻子，先不必急于道德谴责，从长远看，这种男人将来一定会遭受挫折。因为人不会永远运气那么好，总遇到贤淑之人。其实，男人知道谁对自己好，但总拿不定自己要什么；而女人知道自己要什么，可每每总是选错。说白了就是，男人知道妻子对自己好，可偏偏想要美色；女人知道一生只要爱，但偏偏嫁给了钱……于是，婚姻难免没有悲剧发生。

一个高贵美丽的退出者——《邶风·日月》

且看下面这首控诉诗，据说是《硕人》里那位高贵的庄姜夫人被卫庄公所弃后所作。朱熹《诗经集传》说："庄姜不见答于庄公，故呼日月而诉之。言日月之照临下土久矣，今乃有如是之人，而不以古道相处，是其心志回惑，亦何能有定哉？"

邶风·日月

【原文】　　　　　　　　【译文】

日居月诸，照临下土。　　日升月降交替，光辉照临下土。

乃如之人兮，逝不古处。	所嫁之人多变，不以古道相处。
胡能有定？宁不我顾。	能否心性有定，重新把我眷顾？
日居月诸，下土是冒。	日升月降交替，万物才能生长。
乃如之人兮，逝不相好。	所嫁之人多变，不能相好永伤。
胡能有定？宁不我报。	能否心性有定，回报我心惆怅。
日居月诸，出自东方。	日升月降交替，都是出自东方。
乃如之人兮，德音无良。	所嫁之人多变，东奔西突无良。
胡能有定？俾也可忘。	能否心性有定，使人永不相忘。
日居月诸，东方自出。	日升月降交替，早晚都现东方。
父兮母兮，畜我不卒。	可怜父母双亲，生活不能相终。
胡能有定？报我不述！	世事终难有定，让人欲说还休！

日月每天从东方升起，可人性却从无定性。庄姜既美且贵，最终还是被弃，可见人生缥缈无定。人，痛极必呼父母，因为人是娘身上掉下来的肉；苦极必呼天地，因为心灵如日魂月精。庄姜在此既呼父母，又呼天地，可见痛苦至极。据说庄姜无子，其夫庄公屡屡宠幸他人，在第八讲里有《邶风·终风》一节，即是写庄姜遭遇庄公反复无常而痛苦的诗篇。后来庄姜收了庄公宠妾之一戴妫之子为子，没想到儿子继位后又被庄公另一宠妾之子弑杀。这位美妇人真是命运多舛，遭遇如此事变之后，她目送闺蜜戴妫离去，写了一首著名的送别诗《邶风·燕燕》，号称"千古送别诗之祖"。

千古送别诗之祖——《邶风·燕燕》

邶风·燕燕

【原文】　　　　　　　【译文】

燕燕于飞，差池其羽。　　燕燕上下翻飞，其羽参差不齐。
之子于归，远送于野。　　那人远适他人，执手送别荒野。
瞻望弗及，泣涕如雨。　　登高远望逝车，泣涕泪流如雨。

燕燕于飞，颉之颃之。　　燕燕倏忽飞去，上下不知所以。
之子于归，远于将之。　　那人远适他人，扶之远送郊野。
瞻望弗及，伫立以泣。　　且行且远不见，留我伫立以泣。

燕燕于飞，下上其音。　　燕燕飞于郊野，其音呢喃且哀。
之子于归，远送于南。　　那人远去陈国，陈国在我东南。
瞻望弗及，实劳我心。　　从此再难相见，我心既痛且伤。

仲氏任只，其心塞渊。　　我心信赖妹妹，因为其心敦敏。
终温且惠，淑慎其身。　　相处温柔和顺，性情善良谨慎。
先君之思，以勖寡人。　　愿你思念先君，莫忘姐妹情深！

若将《卫风·硕人》《邶风·终风》《邶风·日月》《邶风·燕燕》几首综合在一起看，几乎看到了一个女人的一生，这个女人出身极高贵、容貌极美丽、性情也极温良。《硕人》里有史诗般高贵的婚礼，《终风》中"谑浪笑敖，中心是悼"可以看出她对丈夫又爱又恨的心理，显然她与庄公之间有过极短暂的幸福。《日月》中"胡能有定？宁不我顾？"，可以看出她对庄公的复杂心情。庄公就是传说中的"坏男人"吧，风流成性，可还让她念念不忘。最后，美丽的庄姜遭遇更惨，儿子被杀，好姐妹远嫁，在郊野目送亲人，泣涕如雨……

　　一个女人，年轻时得到爱，中年时得儿女之喜，老年时得闺蜜相随，该是多么幸福的人生！可是世事终难有定，让人欲说还休！世上就有美如庄姜者，年轻时未得其钟爱、中年无子、老年失友，何其悲也！

微我无酒，以遨以游——《邶风·柏舟》

　　好，让我们再回到"退出围城"这个话题，讲一首我认为写得最有性格的诗：《邶风·柏舟》。

邶风·柏舟

【原文】	【译文】
泛彼柏舟，亦泛其流。	小小柏木舟，漂浮激流中。
耿耿不寐，如有隐忧。	耿耿无眠夜，心底有隐忧。
微我无酒，以遨以游。	不是我无酒，何处可遨游？
我心匪鉴，不可以茹。	我心不是镜，岂可都能容！
亦有兄弟，不可以据。	虽然有兄弟，照样不可依。
薄言往愬，逢彼之怒。	唯恐相诉时，恰逢彼之怒。

我心匪石，不可转也。　　我心不是石，不可随便转！
我心匪席，不可卷也。　　我心不是席，岂任反复卷！
威仪棣棣，不可选也。　　人都有尊严，不可任人欺！

忧心悄悄，愠于群小。　　忧心总缠绕，恨被小人嫉！
觏闵既多，受侮不少。　　终日有谗言，受侮亦不少。
静言思之，寤辟有摽。　　每每静思之，醒来痛难消。

日居月诸，胡迭而微。　　问日又问月，日月轮番微。
心之忧矣，如匪澣衣。　　深忧亦含恨，犹如衣上污。
静言思之，不能奋飞。　　陷此污泥中，如何能奋飞！

　　这首诗的情绪非常强烈，开篇的"泛彼柏舟，亦泛其流"写出了内心的无助和迷惘。"微我无酒，以敖以游"又写出了性情的阔拓和豪放，放到今天，也是"女汉子"一般的人物了。"我心匪鉴，不可以茹""我心匪石，不可转也""我心匪席，不可卷也"，三句像三个小钢炮，炸裂了情感的天空。情感的受挫，逼迫她问天问地，显然她与《氓》和《谷风》里的姑娘不同，她的语汇里没有对自己辛苦的抱怨，也没有对那个男人忘恩负义的指责，她只是觉得这段糟糕的生活就像衣服上洗不掉的污点，玷污了自己，这使她恨得每天醒来都捶胸顿足……她是个充满诗意的姑娘，她渴望飞翔、渴望逃离这个是非之地。

　　我说过，如果你陷在人生观里，则无处不是"我"，纠结痛苦个没完；一旦有了宇宙观，瞬间地球都成了个"点"，"我"更加杳然不见。所以，想天地生死之大事不会损耗身体，若纠缠于"细"，气血经脉顿结，耗精劳神。因此，生命的壮阔在于格局。没有飞翔天际的梦想，生命也许会伤得体无完肤……

越发赞叹孔子编选《诗经》的境界，此篇为"变风"之始，即各诸侯国风的第一篇，相比《诗经》首篇《周南·关雎》的温柔敦厚，此篇刚烈犀利，但二者皆不失大气之风，都可圈可点，读之令人赞叹！

尽管爱情跟年龄无关，但就气血而言，人相感之深，莫如年轻，比如《易经》之咸卦，为少男少女肉体之神秘初识，战战兢兢，心如小兔，由感而悦，由感而动。男女之道不可不感（咸卦），夫妇之道不可不久（恒卦）。前者清新悦动，后者深厚绵长。

诗经说"靡不有初，鲜克有终"，意思是凡事都有开始，但很少有最终有结果的。爱情走到最后，一定已非爱情；婚姻走到最后，一定已非婚姻。时光的强大，在于把一切最终变得面目全非……所以，越来越敬仰一生只钟爱一人的那种人，虽然钝感，抑或窒闷，但这种默默淡淡的相守，到最后，待伊人已逝，才知什么是铭心刻骨。

挚爱先逝，唯苦唯念——《唐风·葛生》

《诗经》里还有一种女人，恩爱一生的人走掉了，剩下自己还独守世间，伊人已亡而自己一息尚存，因此叫自己为"未亡人"。

唐风·葛生

【原文】	【译文】
葛生蒙楚，蔹蔓于野。	葛藤覆盖了荆条，荒野长满野葡萄。
予美亡此，谁与独处！	物有依托我爱亡，何人伴他在荒郊。
葛生蒙棘，蔹蔓于域。	葛藤荆棘相缠绕，野草蔓延墓地旁。

予美亡此，谁与独息！	至爱已逝锥心痛，与谁同息与谁伤？
角枕粲兮，锦衾烂兮。	角枕粲粲做陪葬，锦衾华美盖身上。
予美亡此，谁与独旦！	长夜漫漫思我爱，谁与独处至明旦。
夏之日，冬之夜。	最长还是夏之日，最长还有冬之夜。
百岁之后，归于其居！	煎熬百年时光后，与你同归此居处！
冬之夜，夏之日。	漫漫冬夜总难眠，长长夏昼总思念。
百岁之后，归于其室！	愿君等我百年后，陪你永眠天地间。

全诗无一"思"字，却无处不思。其实，世上除了政治、战争、名利，还有其他，比如野葡萄长满荒野，比如葛藤与荆棘相缠绕……更可贵的，如果你素心坚守，还可能拥有一份无怨而饱满的感情。有今日，就有明日；有明日，就有后日。情事别有开始，有了开始，就缠绵难断，能断的都不是情。

人生在世，生离是苦，死别也是苦，诸多苦，休与他人说。因为，没经历过这一切的人，无法与你感同身受。这是一个妇人在丈夫墓地前的碎碎念，但愿早早熬过这漫漫长夏与冬夜，陪你永眠天地间。

婚姻被弃是痛、是怨；挚爱先逝是苦、是念。这就是为什么人有时会恨不得伤害自己的人死去，唯有死亡，会转"怨"为"念"。人，真是让人伤感的动物啊。

男人睹物才思人——《邶风·绿衣》

再看一首男人对亡妻的思念诗。

邶风·绿衣

【原文】　　　　　【译文】

绿兮衣兮，绿衣黄里。　　又见那件绿衣服，绿衣里面是黄里。
心之忧矣，曷维其已！　　心中伤痛无人知，此恨绵绵终难已。

绿兮衣兮，绿衣黄裳。　　我有绿衣和黄裳，穿在身上暖胸膛。
心之忧矣，曷维其亡！　　手抚旧衣默然伤，一片旧情终难忘。

绿兮丝兮，女所治兮。　　绿衣丝丝温润润，是你亲手裁且缝。
我思古人，俾无訧兮！　　犹念亡妻敦敦语，让我谨慎莫越礼。

絺兮绤兮，凄其以风。　　细葛粗葛密密缝，知冷知暖又挡风。
我思古人，实获我心！　　我念亡妻真知己，事事符合我心意！

相比较女人悼亡的碎碎念，男人通常睹物才思人。女子为阴，喜好收礼，不知男子若有你之信物，偶尔翻出，一定怦然心动。

若论悼亡诗，当推苏东坡之《江城子·乙卯正月二十日夜记梦》为魁首。

十年生死两茫茫。
不思量，自难忘。
千里孤坟，无处话凄凉。
纵使相逢应不识，
尘满面，鬓如霜。

夜来幽梦忽还乡。

小轩窗，正梳妆。

相顾无言，惟有泪千行。

料得年年肠断处，

明月夜，短松冈。

据说当年苏轼南贬，其妾朝云随侍，事后有人问朝云苦不苦，朝云笑曰，随大丈夫，何苦之有？一生得女人挚爱，也挚爱女人的大丈夫给第一个妻子写了这首著名的悼亡词，给第二个妻子写了感人至深的祭文："我曰归哉，行返丘园。曾不少许，弃我而先。孰迎我门，孰馈我田？已矣奈何！泪尽目乾。旅殡国门，我少实恩。惟有同穴，尚蹈此言。呜呼哀哉！"给爱妾朝云墓前六如亭柱上题的楹联是：

不合时宜，唯有朝云能识我；

独弹古调，每逢暮雨倍思卿。

都说"百年修得同船渡，千年修得共枕眠"，同船渡还有上岸的时候，共枕眠可是死要同穴啊。所以，夫妻情缘远远超越了爱情。可惜，这些美好的女人都在苏东坡人生的半路下了车，但这个伟大的男人知道：她们熨帖了他瑰奇动荡的一生，也给他的豪放诗词赋予了婉约的温度……

一切感叹，不过是对生命的哀婉与赞叹，是用自己的噫吁嚱来挽留这世界的苦和美。

第十二讲　远慕·归隐·孤独

爱情之美，在真与纯。婚姻之美，在亲与恩。人生除了这一切，还有别的情愫无法言说。比如远慕，比如孤独……

有时候，世俗生活令人厌倦。所谓的幸福生活一定有对庸俗生活的默许和顺从，但即便你对庸常容了、忍了，也还是在心灵深处有隐隐的痛。每当这样的时候，我们会渴望一种"英雄生活"。所谓英雄生活，是指高尚的心灵绝不屈服于庸常。这是一种逆风而飞、惊涛拍浪、与世隔绝的生活。他眼里的高贵，在世俗的眼里是悲惨抑或悲剧；他孤独的游荡，在世俗眼里是无尽的悲伤；他的绝望与癫狂，会引发庸众的怜悯或嘲笑……但最终，他的七情六欲会在癫狂中升华，会凝粹成一种深湖般的平静。能如此不被理解而又高傲地活着，又何尝不是一种神性！

有一种爱，叫"欲而不得"——《陈风·宛丘》

总有一些人不同寻常。有些人只可远观不可亵玩。有些人爱得娶不得，爱得嫁不得，比如巫女、舞者、诗人，还有天仙……别用人类的尺度去丈量他们，也别用人间的幸福去约束他们，他们在苦难中欣喜地活着，为人类呈现着另类的温暖……

陈风·宛丘

【原文】　　　　　　　　【译文】

子之汤兮，宛丘之上兮。　　那游荡的人啊，舞动宛丘之上。
洵有情兮，而无望兮。　　　真令我陶醉啊，怎敢有所奢望。

坎其击鼓，宛丘之下。　　　鼓声咚咚响啊，舞动宛丘上下。
无冬无夏，值其鹭羽。　　　无论冬寒夏暑，手持鹭羽飘扬。

坎其击缶，宛丘之道。　　　击缶之声沉雄，宛丘大道飞舞。
无冬无夏，值其鹭翿。　　　无论冬寒夏暑，鹭羽面具在头。

宛丘之上的巫女美艳非凡，但她们那种无冬无夏的生活、那种不羁的风度、那种自在野蛮的心性，把你拒绝在外。她们是神的孩子，永远在世俗之外，不属于任何人，她们甚至瞧不起人类的爱情……

也许，在她们眼里，爱情不是终极目标：如果你始终跟一个人转磨磨，你生命的格局就非常小，你就无法缘了。你必须走出来，和更广泛、更美好、更相对永恒的事物建立爱的联系，这样你才能看清爱情的本质，并给自己更多的成长机会。说白了，爱情的方向是落地，而爱的方向是飞升。方向不同，结果就不同。

有一种爱，叫"不必得"——《周南·汉广》

总有一种爱，叫高不可攀。且看下面这首《周南·汉广》。

周南·汉广

【原文】

南有乔木，不可休思；

汉有游女，不可求思。

汉之广矣，不可泳思；

江之永矣，不可方思。

翘翘错薪，言刈其楚；

之子于归，言秣其马。

汉之广矣，不可泳思；

江之永矣，不可方思。

翘翘错薪，言刈其蒌；

之子于归，言秣其驹。

汉之广矣，不可泳思；

江之永矣，不可方思。

【译文】

南方乔木高又高，伐木艰难无休息。

汉江有女如女神，求之不得路迢迢。

河汉宽广游难过，河水长长筏不渡。

错薪高高不可攀，砍柴还是砍荆条。

那人若嫁好人家，我愿为她喂饱马。

河汉太阔又太长，不可渡来不可游。

乔木树枝在顶端，砍柴还是低处选。

那人若得君王嫁，只愿随身秣其马。

汉江堪比银河阔，上天无筏叹若何！

此诗的作者好似樵夫，一边砍柴一边遥想对岸的女神。一心想让女神拥有至高的幸福，而自己只想做她的马夫，只要远远瞻望着，就心满意足……

人们之所以感觉自己不幸福，并不见得是真的不幸福，而是要追求比别人幸福。就像罗素所说：乞丐并不妒忌百万富翁，但是他肯定妒忌收入更高的乞丐。——这，就是人性，因比较而幸福或痛苦。

其实幸福感等于手里的除以心里的。——你能掌控和拥有的越多，而内心的欲望越少，你的幸福感就越大；如果你拥有的极少，而欲望极多，就越发感觉不幸。

因此，这是个幸福的樵夫，他知道河汉之水又宽又长，他与女神的距离犹如银河，他知道游过去或用船筏渡过去都是无意义的冒险。而且，真爱，不必拥有。所以，他只是仰望和祝福，在现实里幸福地砍着柴、唱着歌，并在想象中做个快乐的马夫。

做个安静的旁观者——《邶风·简兮》

很多时候，我们不妨做个远方的遥望者，怀着隐秘的热情，面呈神秘的微笑，如果我们内心不贪婪，我们也可以拥有甜蜜的生活。《邶风·简兮》的作者就是这样一位女性，她远远地赞叹着，美美地享受着。其实，不做主角，做一个安静的旁观者，我们也能得到很多……

邶风·简兮

【原文】　　　　　　　　【译文】
简兮简兮，方将万舞。　　咚咚震天鼓，马上演万舞。
日之方中，在前上处。　　太阳中天照，那人是领舞。

硕人俣俣，公庭万舞。　　硕大且魁梧，王前宫廷舞。
有力如虎，执辔如组。　　御马手柔韧，力大如猛虎。

左手执籥，右手秉翟。　　左手执籥笛，右手舞雉羽。
赫如渥赭，公言锡爵。　　耀眼如赤玉，王公赐之酒。

山有榛，隰有苓。　　　　高山有乔木，低湿有茯苓。
云谁之思？西方美人。　　若问我爱谁，就是那美人。
彼美人兮，西方之人兮。　可惜那美人，远在卫国西。

　　《陈风·宛丘》是巫女，《邶风·简兮》是舞男，他们的一生，注定是超越了世俗的艺术人生，羽毛、乐器和面具是他们特立独行的道具，他们的内心永远是红舞鞋和风之舞，你若强行把他们带进柴米油盐的生活，既毁了他们的灵性，也毁了我们对生活另一面的欣赏和想象。最好是，我们用宽广的爱而不是爱情，来表达对他们的敬意，因为他们用孤独的翱翔将我们的人生诗意化。

心碎，也是一种醉——《秦风·蒹葭》

《诗经》中最唯美、最得诗之风致的，就是《秦风·蒹葭》。

秦风·蒹葭

【原文】	【译文】
蒹葭苍苍，白露为霜。	芦苇茂又长，白露初为霜。
所谓伊人，在水一方。	我有心上人，在那水一方。
溯洄从之，道阻且长。	逆流追随之，道阻且漫长。
溯游从之，宛在水中央。	顺流寻觅之，宛在水中央。
蒹葭凄凄，白露未晞。	蒹葭多凄迷，白露尚未晞。
所谓伊人，在水之湄。	我那心上人，从容在岸湄。
溯洄从之，道阻且跻。	溯洄如心曲，道险且崎岖。
溯游从之，宛在水中坻。	溯游长漫漫，宛在水中坻。
蒹葭采采，白露未已，	蒹葭密且盛，白露已深秋。
所谓伊人，在水之涘。	念那心上人，犹在水之涘。
溯洄从之，道阻且右。	溯洄去寻她，道阻且弯曲。
溯游从之，宛在水中沚。	顺流去迎她，宛在水中沚。

中国应该有最唯美的电影，因为中国有《诗经》，因为《诗经》里有《蒹葭》。可惜，中国的很多导演都不看《诗经》。

"蒹葭苍苍，白露为霜"——从来都是，悲秋比伤春更得诗情画意。春天太软，因它的香软，我曾写过一篇小令：

总这般姹紫嫣红，

春意儿半嗔半怨。

倏忽间，一丝丝，一簇簇，

粉了这边，绿了那边。

一天里，月还寒，日又暖，

颠颠倒倒，乱了心弦。

一壶茶，半盅酒，

苦了心，醉了眼，

一年最软，三四月间。

秋天，就不一样了，得了金气的肃杀和燥气的明朗，一切都开始变得辽阔而沉降，再循着白露霜降渐寒和蟋蟀的秋鸣，人心，也开始重启星空寂寥和未竟的梦想……所谓伊人，可以是个人，也可以是别的，但一定是美好的遥远，一定是不能得到，必须溯洄寻之、溯游求之，必须道阻且长、道阻且右，必须是超凡出世，必须永远在水一方……唯有如此，才心碎；唯有如此，才心醉。

佛说人生有八苦：生、老、病、死、离别、怨憎、所欲不得、五阴盛苦。人生诸苦，求不得，最苦。《诗经》，把这种苦写得最美。

一切看得见摸不着的，都如同精灵。看得见，不就好了吗？这世界的美，透过你的双眸映射到你的心里，难道还不够吗？天上的云，映射到湖面上，天上的黑，也映射到夜的湖面上，这何尝不是一种深沉的拥有？一个远远的注视，难道不是一个最空灵的爱抚？从来都是"一见钟情"，从来没有"一摸钟情"，那一眼，看的绝不是身形，而是两眼对视的一瞬间迸发出的神明……在人群中蓦然的一次注视,能唤醒千年沉睡的心灵,能结束千百年的寻找,能洗净万年的尘埃……

宛在水中央、宛在水中坻,一个"宛"字写尽了曼妙,写尽了我们内心的曲折,一切最好是"仿佛"的存在,过于真实的存在往往会抹杀我们内心的迷离与美感。因为,我们人性深处始终脆弱而敏感,凡得到的、凡抓在手里的,都必将失去,因为我们的双手、我们无常的心,还没有学会坚持……

唯有"仿佛",才能永远。你之所爱会令你失望,并不是他配不上你,而是他配不上你对爱情的那种热爱和想象。

有一种苦,认为"生而无幸"——《小雅·苕之华》

让我们继续在《诗经》的秋天里徜徉,因为它会带给我们不一样的风光与伤感。有时候,一场困顿、一场灾难、一场秋雨、一滴露水,也许就唤醒了我们厌世的出离心。

有一种苦,认为"生而无幸"。《诗经》之《小雅·苕之华》就是这种痛苦的呼号。

小雅·苕之华

【原文】　　　　　　【译文】

苕之华,芸其黄矣。　　凌霄花开花儿极黄,
心之忧矣,维其伤矣!　心之忧矣何其永伤!

苕之华,其叶青青。　　凌霄之花叶儿青青。

| 知我如此，不如无生！ | 痛苦如此不如无生！ |

| 牂羊坟首，三星在罶。 | 羊无食而头大身小，水无鱼而三星在网。 |
| 人可以食，鲜可以饱！ | 人虽有食岂可望饱！ |

此诗词简情哀，道出了诗人的痛不欲生。肉体和灵魂的双重饥渴让他备受折磨。一句"知我如此，不如无生！"，可能是所有厌世者的最后独白吧。

北风呼号我且逃——《邶风·北风》

还有一种逃离世间是为了躲避天灾或人祸，且看《邶风·北风》那种急迫的逃离令读诗的人都惶惑不安。

邶风·北风

【原文】　　　　　　　【译文】
北风其凉，雨雪其雱。　　北风飒飒凉，落雪白茫茫。
惠而好我，携手同行。　　呼朋且唤友，携手急急奔。
其虚其邪？既亟只且！　　劝君莫犹疑，祸患已很急。

北风其喈，雨雪其霏。　　北风且呼号，落雪已霏霏。
惠而好我，携手同归。　　大凡我亲爱，携手同隐归。
其虚其邪？既亟只且！　　劝君莫迟疑，命已在旦夕！

莫赤匪狐，莫黑匪乌。	凶兆已呈现，乌鸦与红狐。
惠而好我，携手同车。	爱我信我者，同车携手奔。
其虚其邪？既亟只且！	君莫再耽搁，大难已逼临。

北风雨雪，气象愁惨，国家危乱将至，总有一些先知先觉者，急急携友唤朋，避入深山密林，才有了后来的《桃花源记》："……乃不知有汉，无论魏晋……黄发垂髫，并怡然自乐。"

为情所困多怨憎——《邶风·式微》

但真正文人式的归隐跟另一首诗有关，就是《邶风·式微》，甚至"式微"一词成了归隐的代名词，屡屡出现在后人的诗作里。

邶风·式微

【原文】	【译文】
式微式微，胡不归？	天黑了天黑了，为何还不归？
微君之故，胡为乎中露？	若不是为了你，哪会夜露沾我衣！
式微式微，胡不归？	天黑黑天黑黑，为何还不归？
微君之躬，胡为乎泥中？	若不是为了你，我何必身陷污泥中！

这场独白令人憔悴，这场抱怨令人心碎。曰归曰归，江山已老。终归有一丝牵挂，让人不能奋飞。

从此，"式微"一词逐渐衍生为中国古典诗歌中的"归隐"意象，如唐代王维"即此羡闲逸，怅然吟式微"。方玉润评此诗云："语浅意深，中藏无限义理，未许粗心人卤莽读过。"

确实不可鲁莽读过。在世俗里陷得深了，人会渐渐忘了回家的路，人会走着走着便没了目标。所以，要先有"胡不归、胡不归"的呼唤，我们在昏暗中才会有方向。

都说"归去来辞"，可是这"归"心一触碰现实的墙，人就犹疑彷徨了。有儿有女有父母，哪能说走就走？常听父母说：若不是为了你们，我们早就怎样怎样了；妻子对丈夫说：若不是为了你，我早就怎样怎样了；儿女对父母说：若不是为了你们，我早就怎样怎样了……原来，每个人没能活出自己，都是因为他者，都是因为亲人！"微君之故，胡为乎中露？微君之躬，胡为乎泥中？"这，就是"怨憎"吧，怨憎亲人给了我们那么多的桎梏！

为什么"来一场说走就走的旅行"那么令人艳羡？因为大多数人缺乏这种落拓，于是我们所怨憎的一切又成了懦弱的借口，这真是锥心之痛啊，令人挥泪如雨……

红尘何须多恋恋——《小雅·鹤鸣》

有一种高傲与决绝，叫鹤鸣于天。且看《小雅·鹤鸣》。

小雅·鹤鸣

【原文】

鹤鸣于九皋，声闻于野。

鱼潜在渊，或在于渚。

乐彼之园，爰有树檀，其下维蘀。
它山之石，可以为错。

鹤鸣于九皋，声闻于天。
鱼在于渚，或潜在渊。
乐彼之园，爰有树檀，其下维榖。
它山之石，可以攻玉。

【译文】
鹤鸣于九曲沼泽，其声远闻于四野。
鱼或深潜于深渊，鱼或游戏于浅滩。
园中有檀高又大，其下败叶也连绵。
莫嫌它山石不美，玉石还须它来磨。

鹤鸣于九曲沼泽，其声远闻于九天。
鱼或游戏于浅滩，鱼或深潜于深渊。
园中檀树高又大，其旁也有恶木榖。
恶石粗粝玉温润，成器还得石来磨。

"鹤鸣于九皋，声闻于野。"古代以鹤喻隐者高士，鹤虽隐于阴湿之地，但其高远之声远闻于四野。

"鱼潜在渊，或在于渚。"——有的鱼深深潜于水底，有的鱼嬉戏于细水湍流。人各有志，不必一等。关键是"乐彼之园"，每个人都喜爱和安享自己的那种生活境地。高大的檀树下有败叶，其旁也有不成材的小木，不必比来比去，就像他山之恶石，虽丑也，但无它之磨砺，美玉也难成器。

世上有隐士之弃世决绝，也有小民之深恋红尘，他们可以相依并存，彼此动心忍性，共同组成世界的风景。

独卧高山独自眠——《卫风·考槃》

好吧，我们如若没有走出去的勇气，也可以回来，安安静静地和自己待在一起，让神与心、心与身合一，找到一种自得其乐的平静。比如《卫风·考槃》里的那位隐者，只不过人家是筑屋在山巅，我们可以以心为宅，但要宅心快乐。

卫风·考槃

【原文】
考槃在涧，硕人之宽。
独寐寤言，永矢弗谖。

考槃在阿，硕人之薖。
独寐寤歌，永矢弗过。

考槃在陆，硕人之轴。
独寐寤宿，永矢弗告。

【译文】
筑屋在山涧，心宽体且胖。
独睡独自言，誓不失此欢。

筑屋在山坳，高士隐此间。
独睡对天歌，誓与世间隔。

筑屋在山巅，此处独盘桓。
独啸且独眠，从此不求天。

在古代，隐士高人可是个大话题。这首诗应该是最早的高士歌了吧。高士、隐士的第一个先决条件是"远"，就是要远离尘世，筑屋在山涧，则为"仙"。第二个是要"独"，独寐寤言、独寐寤歌、独寐寤宿、独自安眠，醒来后对着山水说话、对着山水唱歌，久之，因为没有对话，就会渐渐失语，而会长啸了。第三个是要"乐"，要以山居为乐、以孤独为乐、以自为为乐。

为什么首先要远离尘世？肯定是源于对世事无常的根本性厌倦。他们早早地逃离了普通生活的轮回，试图找到更高的生活目标。我们自古就称这样的人为"高士""隐士"，中国的高士们以与世隔绝为乐。中国的好山好水太多。乐山乐水，再自得其乐，他们总是乐而忘返……

一句话：三千年读史不外功名利禄，九万里悟道终归诗酒田园。早明白一天，早幸福一天。

无室无家令人羡——《桧风·隰有苌楚》

再有，这些高人隐士那么喜欢"独"，反复说"独寤独寐"，莫非，尘世之最累、最困，是家室之累？且看《桧风·隰有苌楚》。

桧风·隰有苌楚

【原文】

隰有苌楚，猗傩其枝。
夭之沃沃，乐子之无知。

隰有苌楚，猗傩其华。
夭之沃沃，乐子之无家。

隰有苌楚，猗傩其实。

夭之沃沃，乐子之无室。

【译文】
低洼之处有羊桃，婀娜其枝漫飞舞。
其枝少壮其叶沃，羡你无知故无忧。

低洼之处羊桃盛，枝蔓轻柔花灼灼。
枝有根来叶光泽，慕你无家无牵挂。

低洼之处苌楚多，累累果实满山坡。
根深叶茂风舒柔，慕你无室亦无愁。

当人开始羡慕动植物无知无识时，一定是不堪忍受人间之苦。有人说，这是国破家亡时，自公族及百姓凡有家有室者，莫不扶老携幼、挈妻抱子，困顿号泣于路，"故有家不如无家之好，有知不如无知之安也"（《诗经原始》），此说甚是。

亲人，对敌方来讲就是人质。对自己来讲，就是软肋。为了他们，我们可以付出很多，甚至所有。但所有付出中最宝贵的，是自我的自由。

不慕公家自在仙——《魏风·汾沮洳》

当生活的一切真相都明明白白摆在那里时，人生没有自由，人生缺乏持久的快乐，如果做不了高士、大隐，我们就只能做一个自食其力的快乐的普通人，就像《魏风·汾沮洳》描绘的那样。

魏风·汾沮洳

【原文】

彼汾沮洳，言采其莫。
彼其之子，美无度。
美无度，殊异乎公路。

彼汾一方，言采其桑。
彼其之子，美如英。
美如英，殊异乎公行。

彼汾一曲，言采其藚。
彼其之子，美如玉。
美如玉，殊异乎公族。

【译文】

汾水低洼处，可以采其莫。
我看采莫人，潇洒美无度。
其美异常人，尤异于公务。

汾水另一方，人们采桑忙。
其中有一人，英豪闪光芒。
那人甚出众，尤异于公行。

汾水弯弯处，可以采藚菜。
那个采藚人，其美如润玉。
美玉自高洁，公族哪堪比。

此诗把理想中的人物反复跟"公家人"相比。先说其"美"异于公务，何为美，美就是神态的从容、面容的平静。再叹其"英"，所谓"英"，就是出众、气势大，且豪爽。最后说其美如玉，玉，就是温润高洁的象征。而这三点，都是"公家人"经由长期的仕途而渐渐消磨殆尽的东西。

世界上很多"公家人"都会渐渐地像契诃夫的小说《套中人》那样，刻板、无趣、暮气、自私。在固定模式下做久了的人，思维、行为、语言，都会模式化，最后可能就只能做程式化的工作，而再也做不了其他事。所谓"人挪活"，就是人若老在一个地方待着，思维渐渐就僵化了，生活习惯也固定了，最可怕的是性格、性情也固化了。待得越久，人越老，气血越弱，越不敢有所变化。所以，趁身强力壮，多出去走走。生活，毕竟不只是眼下，还有诗和远方。

我孤且骄任逍遥——《魏风·园有桃》

其实，无论隐者，还是"公家人"，心中都有一段隐曲。无论采莫，还是领薪水，都各有其忧，各思其愁，只是有境界高低之分，但又不能互通委曲……最后不过都是：其谁知之！其谁知之！知我者，谓我心忧；不知我者，谓我何求。且看《魏风·园有桃》。

魏风·园有桃

【原文】

园有桃，其实之殽。
心之忧矣，我歌且谣。
不我知者，谓我士也骄。
彼人是哉？子曰何其？
心之忧矣，其谁知之！
其谁知之！盖亦勿思！

园有棘，其实之食。
心之忧矣，聊以行国。
不我知者，谓我士也罔极。
彼人是哉？子曰何其？
心之忧矣，其谁知之！
其谁知之！盖亦勿思！

【译文】

园中有桃树，果实可当肴。
我心有忧患，长歌和短谣。
不知我之人，谓我孤也骄。
各人做各事，说我为哪般？
各忧各的事，谁又能知谁！
哪个知我忧，勿思百般消！

园中有酸枣，其实也可食。
心中怀深忧，暂且出国行。
不知我之人，谓我疯且狂。
那人说得对，自己又如何？
彼此内心忧，谁又能知谁！
谁又能知谁！丢开勿再思！

孤独，即永恒——《王风·黍离》

每个人的内心，都有不足为人道的东西，你若跟一个现实的人谈理想、谈无常，定遭人讥笑。所以，忧苦总是"其谁知之"！跟上面那首诗有同样意味，但写得更打动人心的是下面这首著名的《王风·黍离》。

王风·黍离

【原文】

彼黍离离，彼稷之苗。
行迈靡靡，中心摇摇。
知我者，谓我心忧；
不知我者，谓我何求。
悠悠苍天！此何人哉？

彼黍离离，彼稷之穗。
行迈靡靡，中心如醉。
知我者，谓我心忧；
不知我者，谓我何求。
悠悠苍天！此何人哉？

彼黍离离，彼稷之实。
行迈靡靡，中心如噎。
知我者，谓我心忧；
不知我者，谓我何求。

悠悠苍天！此何人哉？

【译文】
黍穗垂垂谷亦苗，
行走迟迟心中摇。
知我者，谓我心忧；
不知我者，谓我何求。
吁天嘘地苍天远，
我却在此独徘徊。

黍粒离离稷有穗，
走走停停心如醉。
知我者，谓我心忧；
不知我者，谓我何求。
故都已荒苍天远，
遗我在此心灰颓。

黍穗垂垂稷已实，
步履沉重心如噎。
知我者，谓我心忧；
不知我者，谓我何求。
时光飞逝苍天黯，
何人解我万古愁！

据说此诗是周大夫行役至故都丰镐，看到过去油烹鼎盛之古都已经遍布荒草、禾黍，不禁感慨世事变迁，痛不能自禁，而作是章。方玉润在《诗经原始》中评:"三章只换六字,而一往情深,低徊无限。"头三个字:苗、穗、实,通过植物的不同阶段写时光的流逝,也可以代指情绪的飘、荡、沉。另外三个字是摇、醉、噎,中心摇摇,忧无所诉,心神不定;中心如醉,情有所钟,忧亦深矣;中心如噎,情不能自已,近乎窒息。

"一切景语皆情语也"(王国维《人间词话》)。"彼黍离离,彼稷之苗",此景与"蒹葭苍苍,白露为霜"一样,开篇即打动人心,一个荒凉,一个沧桑,把人心中之空廓虚神翻出,这种心中之大苦,是说不出、难描摹的,只能"行迈靡靡",只能"中心摇摇",如醉、如噎……一个人如果经常读《诗经》,他的心和行渐渐会变得优雅。好诗,跟素养有关,与学识无关。有学识可写文章,但未必能写诗,因为诗心须有出尘的素雅,有虽深陷泥沼而又浑然不觉的厚朴与天真。这几样,是学不来的。

知我者,谓我心忧;不知我者,谓我何求?其实,这世界,除了墓地和庙宇,永久之地已经少之又少。人之一生,终极追求,是要肉身的墓地,还是要精神的庙宇。

在这一章之前,我们谈了甜蜜的恋爱、庄重的婚礼、夫妻的恩爱等,但我们最终要面临一个问题——孤独。孤独,才是一切热闹背后的本质所在。人为什么追求爱情?为什么讴歌爱情?为什么讴歌亲情?为什么讴歌友谊?因为在我们灵魂深处有一个既令人恐惧又令人骄傲的伟大存在——孤独。我们孤零零地在这个世界上寻觅爱与懂,寻觅那可怜的同情,但最终难免:不知我者,谓我何求?!

我说过:相较于人类的孤独,苍天也孤独,星空也孤独,因为星与星隔着光年,大海也孤独……凡大者,必孤独。宇宙本身就是一个孤独的存在,正是因此,人类懂了苍天、懂了星空、懂了大海……然后,就明白了"孤独",即"永恒"。

其实,无论爱情、婚姻还是友情,都无法拯救我们于孤独。孤独,是骨子里的东西，有时，越热闹越丰厚的现实，反而把我们内在的孤独衬托得越发鲜明。逃避也好，奔跑也好，我们越急急地想甩掉孤独，它越如影相随……一切，都会开始于孤独，然后终结于孤独。

那么，我们该怎么办？

王国维曾经用三句诗总结了人生三境界。第一句就是"独上高楼，望尽天涯路"，这就是"孤独"。唯有孤独，可以让你从世俗中出走，人必须先跳出来，才能见天地，才能体会天地之深远辽阔。

第二句是"衣带渐宽终不悔，为伊消得人憔悴"。第二境界就是痴情，此界为娑婆有情界，无情、无痴之人生，淡然无味。"在这个薄情的世界上深情地活着。"痴情，才会深情，才能如醉如噎，才能如此动情地表达对这个世界的悲悯与同情。

第三句是"众里寻他千百度，蓦然回首，那人却在灯火阑珊处"。一个"蓦然"讲出了人最后一个境界——觉。就是你可以孤独，你可以痴情，但最终你要"觉"。你若不觉，也许会怨恨你的孤独，也许会憎恶你的痴情，因为你无法控制孤独和痴情的尺度，你会滥用你的情感，进而被现实击碎。蓦然一觉之时，夜空都为之绚烂，因为从这一刻起，你可以和天地同享那孤独之美、多情之美，你才能得到真正的宁静和法喜，才能够见自己、见天地、见众生。

因此，从来都是，宁静不会凭空而降，而是基于生活沉甸甸的富足，基于逐渐地成熟，以及自在的、懂得节制的禀赋。而且，最深邃的宁静，一定是安享了广大而从容的孤独。

第十三讲　唯有生活，才是史诗

无论如何，我们逃不掉生活。痛苦也罢，欢乐也罢，我们只能前行。唯有生存之道，才是解决我们心灵之痛的一剂良方。

人生四季皆风景——《豳风·七月》

唯有生活，才是史诗。《豳风·七月》就是这样一首最古老、最详尽的，描述西周百姓全年辛勤劳动过程和生活的叙事长诗。

豳风·七月

【原文】
七月流火，九月授衣。
一之日觱发，二之日栗烈。
无衣无褐，何以卒岁？
三之日于耜，四之日举趾。
同我妇子，馌彼南亩，
田畯至喜。

七月流火,九月授衣。
春日载阳,有鸣仓庚。
女执懿筐,遵彼微行,
爰求柔桑。
春日迟迟,采蘩祁祁。
女心伤悲,殆及公子同归。

七月流火,八月萑苇。
蚕月条桑,取彼斧斨,
以伐远扬,猗彼女桑。
七月鸣鵙,八月载绩,
载玄载黄,我朱孔阳,
为公子裳。

四月秀葽,五月鸣蜩。
八月其获,十月陨蘀。
一之日于貉,取彼狐狸,
为公子裘。
二之日其同,载缵武功,
言私其豵,献豜于公。

五月斯螽动股,六月莎鸡振羽。
七月在野,八月在宇,
九月在户,十月蟋蟀入我床下。
穹窒熏鼠,塞向墐户。

嗟我妇子，曰为改岁，
入此室处。

六月食郁及薁，七月亨葵及菽。
八月剥枣，十月获稻。
为此春酒，以介眉寿。
七月食瓜，八月断壶，
九月叔苴。
采荼薪樗，食我农夫。

九月筑场圃，十月纳禾稼。
黍稷重穋，禾麻菽麦。
嗟我农夫！
我稼既同，上入执宫功：
昼尔于茅，宵尔索绹，
亟其乘屋，其始播百谷。

二之日凿冰冲冲，三之日纳于凌阴，
四之日其蚤，献羔祭韭。
九月肃霜，十月涤场。
朋酒斯飨，曰杀羔羊。
跻彼公堂，称彼兕觥，
万寿无疆！

【译文】
七月火星向西行，九月妇女忙缝衣。

十一月北风呼号,十二月寒冬刺骨。
若如无衣又无褐,何以度过此寒冬?
正月里来修农具,二月人牛皆下地。
妻子送饭到田间,此景农官最欢喜。

七月火星向西行,九月妇女忙缝衣。
春日阳光和风暖,黄鸟柳里鸣嫩枝。
青春女子执深筐,沿路采摘求柔桑。
春日昼长春夜暖,白蒿烧茧茧丝长。
女子伤春若有思,欲借春风嫁情郎。

七月流火像西垂,八月采荻和芦苇。
蚕月取斧斫修桑,桑条婀娜桑叶香。
七月伯劳鸣山谷,八月妇女织布忙。
大礼玄衣下裳黄,色彩鲜明公子裳。

四月远志秀长穗,五月长鸣是蝉蜩。
八月庄稼忙收获,十月草木随风落。
十一月时猎狐狸,毛皮制成公子裘。
冬月齐聚打猎忙,大猪献公小猪藏。

五月蚱蜢弹股响,六月莎鸡振羽毛。
七月蟋蟀在野外,八月九月进户宇,
十月就在我床下。
堵堵缝隙熏熏鼠,塞紧窗子和门户。
叹我妇子贺新岁,还是住在这旧屋。

六月食李和葡萄,七月烹葵和豆椒。
八月扑打青枣脆,十月收获稻谷香。
用它来酿春酒喝,把酒祈愿寿且康。
七月食瓜壮身骨,八月架上断葫芦,
九月捡取香麻子。
晾好野菜和柴草,寒冬以此养农夫。

九月围好打谷场,十月粮食进谷仓。
晚熟早熟有黍稷,还有稻豆与麦麻。
叹我农夫农事苦!
农闲还要修官府:
白日野外割茅草,夜深搓麻到天晓,
急上屋顶修屋宇,转眼又到播谷时。

腊月凿冰冲冲响,正月藏鱼于阴凌,
二月开春有春祭,献祭有羔也有荠。
九月金秋肃霜降,十月清扫打谷场。
乡村宴饮酒成双,又杀猪来又宰羊。
手捧美酒登公堂,齐声高呼寿无疆!

　　这种流水账似的生活记录,并没有让人觉得"苦",反而有一种健康的喜乐,在我看来,难道我们现在的生活不是这样吗?按月份去种地、按月份去收割,不辛勤哪儿来的收获!最有争议的就是那一句"女心伤悲,殆及公子同归"。几乎所有人的解释都是:采桑姑娘心悲伤,害怕公子把我抢!这里面有三个字容易产生歧义:(1)此处"殆"应通"迨",是"赶得上"之意。"女心伤悲"指"伤春",是想借女公子出嫁时,自己也及时嫁出去。朱熹也说"预计将及公子同归,而远其父母为悲也"。(2)公子,古代贵族女子也可称"公子"。女公子嫁给公族时一般会带媵妾及傅母,但媵妾也不会是采桑女,更多是带自己的妹妹。(3)"归"在《诗经》里多为出嫁意。那时的社会是孔子都仰慕的大同社会,路不拾遗,夜不闭户,民心淳厚,估计还很少有欺男霸女的恶霸。

因此,这是一首农业文明的赞歌。虽然人类历史从农业文明到工业文明,再到现在的信息网络文明,发生了翻天覆地的变化,但只要我们还得吃饭,就总有一个广袤的、四季分明的农业文明存在。在巨大的城市水泥丛林之外,依旧有女人在采桑、织布,有男人在耕种、打猎……而且,千百年来,人类的情感也没有更多的改变,照样有伤春的女儿和悲秋的男郎,照样有新春的美酒和亲朋的聚会,照样有丰收的百谷和秋天的蝉鸣……鲜活的生活始终延续,亘古不变的,永远是人类关于五谷丰登、瓜瓞绵绵的美好憧憬。

生活的可怕在于重复。每年都有七月,每年的七月,火星都向西低垂;每年都有春天,春天使土地变得潮湿而温暖;每年冬天都有刺骨的寒;每年秋天打谷场上都是金黄的丰收……但,正是因为这种重复,生活有了相对的稳定性,使我们可以预计未来。反正我们已经来了,就像诗里那个蟋蟀,"七月在野,八月在宇,九月在户,十月蟋蟀入我床下。"一个活泼的生命,随着时光的流逝,不断地深入生活……

暂得嘉宾鼓瑟笙——《小雅·鹿鸣》

其实,每个中国人的内心都有对田园生活的美好憧憬。但在中国,很少见古希腊那种真正狂放的"酒神精神",大概中国人秉性温良吧,任何狂热和放纵都会让人心神不定。有人认为,中国有酒神精神,比如老庄的道家哲学。老子的沉雄克制，真谈不上酒神精神。庄子有点儿这个意思，但他身上也没有太多酒神精神的狂热、过度和不稳定。尼采认为，酒神精神喻示着情绪的发泄，是抛弃传统束缚回归原始状态的生存体验，是人类在消失个体与世界合一的绝望痛苦的哀号中获得"生"的极大快意。所以，酒神精神的主旨是接受生命的反复无常，但更赞美生活。酒神精神的推崇者尼采认为，你健康，你就热爱生命，向往人生的欢乐；你羸弱，你就念念不忘死亡，就悲观厌世。一个要在人世间有所建树的人最忌悲观主义，"看破红尘——这是巨大的疲劳和一切创造者的末日"（《尼采全集》）。而中国人，却美妙地走在中庸的道上，比如下面这篇《小雅·鹿鸣》，温文尔雅，唯美端庄。

小雅·鹿鸣

【原文】　　　　　　　　【译文】

呦呦鹿鸣，食野之苹。　　鹿儿呦呦鸣，在野衔草苹。
我有嘉宾，鼓瑟吹笙。　　我有嘉宾客，鼓瑟又吹笙。
吹笙鼓簧，承筐是将。　　吹笙鼓簧片，奉礼满筐行。
人之好我，示我周行。　　众人皆爱我，示我以德行。

呦呦鹿鸣，食野之蒿。　　呦呦鹿鸣声，野外食蒿草。
我有嘉宾，德音孔昭。　　我有嘉宾客，美德独昭昭。
视民不恌，君子是则是效。　待民不轻薄，君子以为则。
我有旨酒，嘉宾式燕以敖。　我有美佳酿，嘉宾乐逍遥。

呦呦鹿鸣，食野之芩。　　鹿儿呦呦鸣，在野食芩草。
我有嘉宾，鼓瑟鼓琴。　　我有嘉宾客，鼓琴又鼓瑟。

鼓瑟鼓琴，和乐且湛。　　　琴瑟悠且美，文雅又和乐。
我有旨酒，以燕乐嘉宾之心。　我有美佳酿，以此宴嘉宾。

此篇影响甚广，不仅有曹操《短歌行》直接引用前四句来表达求贤之心，更从唐代开始，科举考试后宴会上必诵此诗，故称"鹿鸣宴"。

我说过，凡第一篇都值得重视。而此篇，正是《诗经·小雅》的第一篇。小雅，燕飨之乐也。或欢欣和悦，以尽群下之情；或恭敬端庄，以发先王之德。此篇读之，有温柔敦厚之风，用"呦呦鹿鸣，食野之苹"，开雅乐之声；以"我有旨酒，以燕乐嘉宾之心"收尾，来宣雅乐之旨。君王宴请诸臣，垂询治国兴邦之道，有音有乐，鼓瑟吹笙；有礼有节——有礼物、有美酒。最重要的是，有一颗尊敬宾客、宴乐宾客，和宾客一起追求美德的心。

我也说过，要想真正理解孔子，要看他整理的"六经"，而不是《论语》。在《诗经》的选取上，我们可以窥见孔子高尚的理想和纯真的心灵。《诗经》，就是孔子的理想国——也可以称之为君子淑女国。在这里，情欲不是张扬的，而是温和的；思想不是极端的，而是端正无邪的；人性不是拘束的，而是自觉的——他的目的不是强迫你彻底地觉悟，而是要你承载人性的弱点，不断地修正自我，不断地接近圣人（控制自我），要我们安于世间所给予的一切——爱情、家庭、父母、子女……并借由我们的付出、我们自己的完美、我们的诗意，来让这个世界能够更加的美好，这才是我们对这个世界的美的担当和责任。

唯有"思无邪"，你才能真正看清这个世界，而且感激生命赋予你的积极向上的能量，你才能够真正不抱怨，而贡献你的欢乐，"乐而不淫、哀而不伤"，唯有在情感的中庸里，你才能幸福地活着。

民族灵性在诗心——《小雅·都人士》

咱们用《小雅·都人士》来结束此次《诗经》之旅吧,看看在这个理想国里的君子和淑女的美丽与从容,看看我国曾在那么远古的时期所拥有的儒雅和文明。

小雅·都人士

【原文】　　　　　　　　　【译文】

彼都人士,狐裘黄黄。　　　周朝王都之人,衣裘有狐赤黄。
其容不改,出言有章。　　　仪态行为有常,谈吐出言有章。
行归于周,万民所望。　　　每每朝拜于周,君子万民所望。

彼都人士,台笠缁撮。　　　周朝王都之男,美髯缁布冠髻。
彼君子女,绸直如发。　　　周朝王都之女,丝发如绸美颐。
我不见兮,我心不说。　　　如若久不见兮,我心不得欢悦。

彼都人士,充耳琇实。　　　周朝王都之男,美玉充耳为瑱。
彼君子女,谓之尹吉。　　　周朝王都之女,贤淑都如尹吉。
我不见兮,我心苑结。　　　如若久不见兮,我心就要郁结。

彼都人士,垂带而厉。　　　周朝王都之男,垂带飘飘倜傥。
彼君子女,卷发如虿。　　　周朝王都之女,两鬓卷发如妆。
我不见兮,言从之迈。　　　如若久不见兮,得见随之不舍。

匪伊垂之,带则有余。　　　不是故意垂之,而是飘带有余。

匪伊卷之，发则有旟。　　不是故意卷发，而是天生丽质。
我不见兮，云何盱矣。　　如此自然闲美，云何我不叹息！

此篇把君子淑女从形象、容貌、装饰、神态到言语，美美地描述了一下，并发出了真实的赞叹，一切宛如在仙境，可确实就是在人间。男子相貌堂堂，谈吐皆有文章，而且美髯、细黑布冠拢住头发，为"夫"；女子各个都如同出自尹氏吉氏的名门之女，丝发如绸，两鬓外翘如妆……见到如此的儒雅君子和娴雅女子，怎能不让人自觉地跟随？难怪孔子参加过一次周礼祭祀演示后，喟然叹曰：丘未逮之也！我没赶上这美好的时代啊！

但愿我们赶上了。至少，我们通过这远古留下的诗篇知道了什么是美——温文尔雅，自然闲美，淡定从容。有了这样的参照物，只要努力，我们自己就可以成为这样的人。

我们总说中华文明源远流长，是的，我们有最早的历法、有最早的地理志……但，那文明的核心，却是我们有最早的诗歌总集，有最早的"诗心"。这，才是最重要的，因为，唯有"诗心"，才见一个民族的灵性——简洁、率真、思无邪。对生命充满了痛苦的思索，但也对生命致以了最高的敬意和感激。

《诗经》，平民生活（如《七月》），辛勤与欢乐并存；贵族生活（如《鹿鸣》），从容与尊重并存。无论是小小的蟋蟀，还是美丽端庄的牡鹿；无论是"雨雪霏霏"的迷茫，还是"蒹葭苍苍"的感伤；无论是"与子偕老"的契阔，还是"悠悠苍天"的悲愤……总之，《诗经》让我们不仅发现了"诗"，也重温了生命的美。

下 篇
《诗经》精选（曲黎敏译注）

把《诗经》置于群经之首，世界便是美的。

周 南

关 雎

【原文】

关关雎鸠，在河之洲。[1]
窈窕淑女，君子好逑。[2]

参差荇菜，左右流之。[3]
窈窕淑女，寤寐求之。[4]

求之不得，寤寐思服。[5]
悠哉悠哉，辗转反侧。[6]

参差荇菜，左右采之。
窈窕淑女，琴瑟友之。

参差荇菜，左右芼之。[7]
窈窕淑女，钟鼓乐之。

【译文】

关关和鸣是雎鸠,相拥相眠在沙洲。

曼妙灵性之淑女,君子一生之所求。

参差荇菜左右流,窈窕淑女寤寐求。

求之不得眠不安,辗转反侧心亦忧。

参差荇菜左右采,淑女明慧琴瑟友。

参差荇菜左右芼,有始有终欢乐足!

【注释】

[1] 关关:水鸟鸣叫的声音。雎(jū)鸠:一种水鸟。洲:水中的陆地。

[2] 窈窕(yǎo tiǎo)淑女:内心,外貌美好的样子。淑:好,善。好(hǎo):三声,美好。逑(qiú):配偶。

[3] 参差荇菜:参差(cēn cī):长短不齐的样子。荇(xìng)菜:一种多年生的水草,叶子可以食用。

[4] 寤(wù):睡醒。寐(mèi):睡着。

[5] 思:语气助词,没有实义。服:思念。

[6] 悠:忧思的样子。辗转:转动。反侧:翻来覆去。

[7] 芼:拔取。

葛覃

【原文】

葛之覃兮,施于中谷,[1]

维叶萋萋。[2]
黄鸟于飞，集于灌木，[3]
其鸣喈喈。[4]

葛之覃兮，施于中谷，
维叶莫莫。
是刈是濩，为絺为绤，[5]
服之无斁。[6]

言告师氏，言告言归。[7]
薄污我私，薄澣我衣。[8]
害澣害否？[9]
归宁父母。[10]

【译文】
葛藤蔓延在中谷，
其叶萋萋茂且盛。
黄鸟和鸣在灌木，
其声喈喈欢且乐。

葛藤蔓延在中谷，
其叶莫莫茂且密。
收割蒸煮织成布，
百穿不厌心欢喜。

告假女师且言归，

洗净内衣洗礼服。

勤勉只缘心欢喜,

我要回家看父母。

【注释】

[1] 葛:一种多年生蔓草,俗名苎麻,纤维可织布。覃:延长、延伸。施(yì):绵延。

[2] 萋萋:植物茂盛的样子。下文"维叶莫莫"的"莫莫"同此义。

[3] 黄鸟:黄鹂。

[4] 喈喈(jiē):黄鹂相和的叫声。

[5] 刈(yì):刀割。濩(huò):在水中煮。缔(chī):细,细麻布。绤(xì):粗,粗麻布。

[6] 斁(yì):厌恶。

[7] 师氏:负责教育管理女孩子的老师。告:告假。归:回家。

[8] 薄:语气助词,稍稍的意思。污:用作动词,搓揉以去污。私:内衣。澣(huǎn):洗。衣:指见客时穿的礼服。

[9] 害:同"曷",哪些。

[10] 宁:平安,此作问安。

樛　木

【原文】	【译文】
南有樛木,[1]	南山有樛木,
葛藟累之。[2]	树根葛藤缠。
乐只君子,[3]	快乐如君子,

福履绥之。[4]	福报让人安。

南有樛木，	樛树木下曲，
葛藟荒之。	青青藤葛掩。
乐只君子，	快乐如君子，
福履将之。[5]	福禄来扶持。

南有樛木，	南山樛木高，
葛藟萦之。[6]	藤葛来萦绕。
乐只君子，	快乐如君子，
福履成之。[7]	福禄成就之。

【注释】

[1] 樛（jiū）木：木下曲曰樛。

[2] 葛藟累之：藟，葛类植物。累，累累，繁盛。

[3] 只：语气助词。

[4] 履：通"禄"。绥，安也。

[5] 将：扶持，扶助。

[6] 萦：旋转。

[7] 成：成就。

螽 斯

【原文】	【译文】
螽斯羽，[1]	蝈蝈振其羽，

诜诜兮。[2]	欢歌以相聚。
宜尔子孙,	一生九十子,
振振兮。[3]	盛大好福气。
螽斯羽,	蝈蝈绿羽美,
薨薨兮。[4]	薨薨齐齐飞。
宜尔子孙,	子孙多且众,
绳绳兮。[5]	绵绵万代辉。
螽斯羽,	蝈蝈振其羽,
揖揖兮。[6]	汇聚永不离,
宜尔子孙,	美好大家庭,
蛰蛰兮。[7]	和睦心相依。

【注释】

[1] 螽(zhōng)斯:蝗虫。羽:翅膀。传说一生生九十九子。

[2] 诜诜(shēn):同"莘莘",众多的样子。

[3] 振振:繁盛的样子。

[4] 薨薨(hōng):很多虫飞的声音。

[5] 绳绳:延绵不绝的样子。

[6] 揖揖:会聚。

[7] 蛰蛰(zhé):多,聚集。

桃　夭

【原文】

桃之夭夭，[1]
灼灼其华。[2]
之子于归，[3]
宜其室家。[4]

桃之夭夭，
有蕡其实。[5]
之子于归，
宜其家室。

桃之夭夭，
其叶蓁蓁。[6]
之子于归，
宜其家人。

【译文】

晨光映照桃林，
桃花妖冶明艳。
姑娘今日出嫁，
其家和顺平安。

桃林枝繁叶茂，
果实又大又圆。
姑娘今日出嫁，
其家欢乐平安。

桃林晚霞斜照，
其叶婆娑曼妙。
姑娘今日出嫁，
夫家充满欢笑。

【注释】

[1] 夭夭：桃花明艳的样子。

[2] 灼灼（zhuó）：鲜明貌。华：花。

[3] 之子：指出嫁的姑娘。归：女子出嫁曰归。

[4] 宜：和顺，和善。室家：指夫妇。

[5] 蕡（fén）：果实硕大。

[6] 蓁蓁（zhēn）：树叶茂盛的样子。

芣 苢

【原文】　　　　　　　【译文】

采采芣苢，[1]　　　　采车前啊，
薄言采之。[2]　　　　在道边啊。
采采芣苢，　　　　　采车前啊，
薄言有之。[3]　　　　用手摘啊。

采采芣苢，　　　　　采车前啊，
薄言掇之。[4]　　　　地上捡啊。
采采芣苢，　　　　　采车前啊，
薄言捋之。[5]　　　　大把捋啊。

采采芣苢，　　　　　采车前啊，
薄言袺之。[6]　　　　衣襟盛啊。
采采芣苢，　　　　　采车前啊，
薄言襭之。[7]　　　　裙子兜啊。

【注释】

[1] 芣苢（fú yǐ）：植物名称，即车前子，种子和草可作药用。

[2] 薄言：发语词，没有实义。

[3] 有：采得。

[4] 掇（duō）：拾取。

[5] 捋（luō）：用手掌成把地脱取东西。

[6] 袺（jié）：用手提着衣襟兜东西。

[7]襭（xié）：把衣襟别在腰间兜东西。

汉　广

【原文】

南有乔木，不可休思；[1]
汉有游女，不可求思。[2]
汉之广矣，不可泳思；
江之永矣，不可方思。[3]

翘翘错薪，言刈其楚；[4]
之子于归，言秣其马。[5]
汉之广矣，不可泳思；
江之永矣，不可方思。

翘翘错薪，言刈其蒌；[6]
之子于归，言秣其驹。
汉之广矣，不可泳思；
江之永矣，不可方思。

【译文】

南方乔木高又高，伐木艰难无休息。
汉江有女如女神，求之不得路迢迢。
河汉宽广游难过，河水长长筏不渡。

错薪高高不可攀,砍柴还是砍荆条。

那人若嫁好人家,我愿为她喂饱马。

河汉太阔又太长,不可渡来不可游。

乔木树枝在顶端,砍柴还是低处选。

那人若得君王嫁,只愿随身秣其马。

汉江堪比银河阔,上天无筏叹若何!

【注释】

[1] 休:休息,在树下休息。思:语气助词,没有实义。

[2] 汉:指汉水。游女:在汉水岸上出游的女子。

[3] 江:指长江。永:水流很长。方:渡河的木排。这里指乘筏渡河。

[4] 翘翘:树枝挺出的样子。错薪:杂乱的柴草。楚:灌木的名称,即荆条。

[5] 秣(mò):喂马。

[6] 蒌(lóu):草名,即蒌蒿。

召 南

摽有梅

【原文】　　　　　　【译文】

摽有梅,[1]　　　　　梅子已熟落纷纷,

其实七分。[2]	树上尚有七八成。
求我庶士,[3]	你若有心来追我,
迨其吉兮。[4]	切莫错过此良辰。

摽有梅,	梅子又落几多多,
其实三兮。	树上还剩两三成。
求我庶士,	你若有意来娶我,
迨其今兮。[5]	今天也算好时辰。

摽有梅,	梅子零落已无多,
顷筐墍之。[6]	筐子里边三两颗。
求我庶士,	你若真心爱着我,
迨其谓之。[7]	开口我便跟你走!

【注释】

[1] 摽(biào):落下,坠落。有:助词,没有实义。梅:梅树,果实就是梅子。

[2] 七:七成。

[3] 庶:普通,指年轻的未婚男子。

[4] 迨:及时。吉:吉日。

[5] 今:今日,现在。

[6] 顷筐:浅筐。墍(jì):拾取。

[7] 谓:以言相告。

小　星

【原文】

嘒彼小星，三五在东。[1]
肃肃宵征，夙夜在公。[2]
实命不同！[3]

嘒彼小星，维参与昴。[4]
肃肃宵征，抱衾与裯。[5]
实命不犹！[6]

【译文】

小星微光，闪烁在东，
匆忙夜路，早晚为公。
不敢怨怒，是命不同！

小星微光，零落参昴，
匆忙夜路，还挟被褥。
怨又如何，是命太苦！

【注释】

[1] 嘒（huì）：暗淡的样子。三五：用数字表示星星的稀少。
[2] 肃肃：奔走忙碌的样子。宵：夜晚。征：行走。
[3] 实：确实，实在。
[4] 维：语气助词，没有实义。参（shēn）、昴（mǎo）：都是星名。
[5] 抱：抛弃。衾（qīn）：被子。裯（chóu）：被单。
[6] 犹：同，一样。

野有死麕

【原文】

野有死麕，[1]
白茅包之。[2]
有女怀春，

【译文】

射猎獐子在荒郊，
白茅裹之作礼包。
少女怀春心忒忒，

吉士诱之。[3]	美男趁机把话挑。
林有朴樕，[4]	丛林中有小树木，
野有死鹿；	野地中有只死鹿。
白茅纯束，[5]	捆束有致白茅秀，
有女如玉。	美女如玉云出岫。
舒而脱脱兮，[6]	请君莫急且舒缓，
无感我帨兮，[7]	请君别碰我围裙，
无使尨也吠。[8]	切莫惹狗叫汪汪。

【注释】

[1] 麇（jūn）：獐子，与鹿相似，没有角。

[2] 白茅：草名。

[3] 吉士：古时对男子的美称。诱：求，引诱。

[4] 朴樕（sù）：小树。

[5] 纯束：包裹，捆扎。

[6] 舒：慢慢，徐缓。脱脱（duī）：缓慢的样子。

[7] 感（hàn）：同"撼"，意思是动摇。帨（shuì）：围裙。

[8] 尨（máng）：长毛狗，多毛狗。

邶 风

柏 舟

【原文】　　　　　　　【译文】

泛彼柏舟,[1]　　　　　小小柏木舟,
亦泛其流。　　　　　　漂浮激流中。
耿耿不寐,[2]　　　　　耿耿无眠夜,
如有隐忧。[3]　　　　　心底有隐忧。
微我无酒,[4]　　　　　不是我无酒,
以遨以游。　　　　　　何处可遨游?

我心匪鉴,[5]　　　　　我心不是镜,
不可以茹。[6]　　　　　岂可都能容!
亦有兄弟,　　　　　　虽然有兄弟,
不可以据。[7]　　　　　照样不可依。
薄言往愬,[8]　　　　　唯恐相诉时,
逢彼之怒。　　　　　　恰逢彼之怒。

我心匪石,　　　　　　我心不是石,
不可转也。　　　　　　不可随便转!
我心匪席,　　　　　　我心不是席,
不可卷也。　　　　　　岂任反复卷!
威仪棣棣,[9]　　　　　人都有尊严,
不可选也。[10]　　　　 不可任人欺!

忧心悄悄，[11]	忧心总缠绕，
愠于群小。[12]	恨被小人嫉！
觏闵既多，[13]	终日有谗言，
受侮不少。	受侮亦不少。
静言思之，[14]	每每静思之，
寤辟有摽。[15]	醒来痛难消。
日居月诸，[16]	问日又问月，
胡迭而微。[17]	日月轮番微。
心之忧矣，	深忧亦含恨，
如匪澣衣。	犹如衣上污。
静言思之，	陷此污泥中，
不能奋飞。	如何能奋飞！

【注释】

[1] 泛（fàn）：泛，漂浮。柏舟：用柏树做的小船。

[2] 耿耿：有心事的样子。

[3] 隐忧：藏在心底的忧愁。

[4] 微：非，不是。

[5] 鉴：镜子。

[6] 茹：吃，包容。

[7] 据：依靠。

[8] 薄：语气助词。愬（sù）：告诉。

[9] 棣棣（dì）：上下尊卑次序井然。

[10] 选：巽，退让。或说遣，抛开。

[11] 悄悄：忧愁的样子。

[12] 愠（yùn）：怨恨的样子。

[13] 觏（gòu）：遇见。闵：忧患，引申指谗言。

[14] 静：安静。

[15] 寤：睡醒。辟：心口，或说通"擗"，拍胸口。有：又。摽：捶胸的样子。

[16] 居、诸：语尾助词。

[17] 胡：何。

绿　衣

【原文】

绿兮衣兮，
绿衣黄里。[1]
心之忧矣，
曷维其已！[2]

绿兮衣兮，
绿衣黄裳。
心之忧矣，
曷维其亡！[3]

绿兮丝兮，
女所治兮。[4]

【译文】

又见那件绿衣服，
绿衣里面是黄里。
心中伤痛无人知，
此恨绵绵终难已。

我有绿衣和黄裳，
穿在身上暖胸膛。
手抚旧衣默然伤，
一片旧情终难忘。

绿衣丝丝温润润，
是你亲手裁且缝。

| 我思古人，[5] | 犹念亡妻敦敦语， |
| 俾无訧兮！[6] | 让我谨慎莫越礼。 |

絺兮绤兮，	细葛粗葛密密缝，
凄其以风。	知冷知暖又挡风。
我思古人，	我念亡妻真知己，
实获我心！	事事符合我心意！

【注释】

[1] 里：从上下说，衣在上，裳在下；从内外说，衣在外，裳在里。

[2] 已：止。

[3] 亡：停止，或"忘"。

[4] 治：缝制。

[5] 古人：故人。

[6] 俾（bǐ）：使。訧（yóu）：通"尤"，过失、罪过。

燕　燕

【原文】　　　　　　　【译文】

燕燕于飞，[1]	燕燕上下翻飞，
差池其羽。[2]	其羽参差不齐。
之子于归，[3]	那人远适他人，
远送于野。[4]	执手送别荒野。
瞻望弗及，	登高远望逝车，
泣涕如雨。	泣涕泪流如雨。

燕燕于飞，　　　　　　　燕燕倏忽飞去，
颉之颃之。[5]　　　　　　上下不知所以。
之子于归，　　　　　　　那人远适他人，
远于将之。[6]　　　　　　扶之远送郊野。
瞻望弗及，　　　　　　　且行且远不见，
伫立以泣。　　　　　　　留我伫立以泣。

燕燕于飞，　　　　　　　燕燕飞于郊野，
下上其音。[7]　　　　　　其音呢喃且哀。
之子于归，　　　　　　　那人远去陈国，
远送于南。[8]　　　　　　陈国在我东南。
瞻望弗及，　　　　　　　从此再难相见，
实劳我心。　　　　　　　我心既痛且伤。

仲氏任只，[9]　　　　　　我心信赖妹妹，
其心塞渊。[10]　　　　　　因为其心敦敏。
终温且惠，　　　　　　　相处温柔和顺，
淑慎其身。　　　　　　　性情善良谨慎。
先君之思，　　　　　　　愿你思念先君，
以勖寡人。[11]　　　　　　莫忘姐妹情深！

【注释】

[1] 燕燕：鸟名，燕子，或单称燕。

[2] 差池（cī chí）：参差不齐。羽：指翅。诗人所见不止一燕，飞时有先后，或不同方向，其翅不相平行。

[3] 之子：指被送的女子。

[4] 野：读音为 yǔ。

[5] 颉（xié）：上飞。颃（háng）：下飞。

[6] 将：扶持而送。

[7] 下上其音：言鸟声或上或下。

[8] 南（nín）：指南郊。一说"南"和"林"声近字通。林指野外。

[9] 仲氏：弟。诗中于归原型的女子是作者的女弟，所以称之为仲氏。任：可以信托的意思。一说任是姓，此女嫁往任姓之国。只：语助词。

[10] 塞：实。渊：深。塞渊：诚实厚道。

[11] 勖（xù）：勉励。寡人：国君自称之词。

日　月

【原文】

日居月诸，[1]
照临下土。[2]
乃如之人兮，[3]
逝不古处。[4]
胡能有定？[5]
宁不我顾。[6]

日居月诸，
下土是冒。[7]
乃如之人兮，
逝不相好。

【译文】

日升月降交替，
光辉照临下土。
所嫁之人多变，
不以古道相处。
能否心性有定，
重新把我眷顾？

日升月降交替，
万物才能生长。
所嫁之人多变，
不能相好永伤。

胡能有定？	能否心性有定，
宁不我报。[8]	回报我心惆怅？

日居月诸，	日升月降交替，
出自东方。	都是出自东方。
乃如之人兮，	所嫁之人多变，
德音无良。[9]	东奔西突无良。
胡能有定？	能否心性有定，
俾也可忘。	使人永不相忘？

日居月诸，	日升月降交替，
东方自出。	早晚都现东方。
父兮母兮，	可怜父母双亲，
畜我不卒。[10]	生活不能相终。
胡能有定？	世事终难有定，
报我不述！[11]	让人欲说还休！

【注释】

[1] 居、诸：语气助词，没有实义。

[2] 下土：在下面的地方，大地。

[3] 如之人：像这样的人。

[4] 逝：语气词，没有实意。古处：像从前那样相处。

[5] 胡：何，怎么。定：止，停止，止息。

[6] 宁：岂，难道。顾：顾念，顾怜。

[7] 冒：覆盖，普照。

[8] 报：理会，搭理。

[9] 德音：动听的言辞。

[10] 畜：同"慉"，意思是喜好。卒：终，到底。

[11] 述：循，依循。不述：指不遵循义理。

终 风

【原文】

终风且暴，[1]
顾我则笑。[2]
谑浪笑敖，[3]
中心是悼。[4]

终风且霾，
惠然肯来。
莫往莫来，
悠悠我思。

终风且曀，[5]
不日有曀。
寤言不寐，
愿言则嚏。[6]

曀曀其阴，[7]
虺虺其雷。[8]
寤言不寐，

【译文】

终日大风且暴，
那人嬉笑无常。
轻慢放荡狂暴，
令我心中暗伤。

终日灰霾黯淡，
那人偶尔还来。
忽来忽往如风，
令我捉摸不定。

终日阴晴不定，
那人反复无常。
躺下忧思无眠，
感伤直至有疾。

阴天就阴到底，
索性雷风暴雨。
切莫软刀割肉，

愿言则怀。	让我又思又恨。

【注释】

[1] 终风：终日风也。

[2] 顾：回头。

[3] 谑：戏言。浪，放荡。

[4] 悼：伤心。

[5] 曀（yì）：阴天刮风的场景。

[6] 嚏：感伤郁闷，为风霾所袭，则有疾。

[7] 曀曀：阴貌。

[8] 虺虺（huǐ）：雷声隐隐。

击 鼓

【原文】	【译文】
击鼓其镗，[1]	击鼓咚咚震天响，
踊跃用兵。[2]	操场踊跃齐练兵。
土国城漕，[3]	筑城修漕防敌寇，
我独南行。	我随部队向南行。
从孙子仲，[4]	跟随将军孙子仲，
平陈与宋。[5]	陈宋纠纷得平定。
不我以归，[6]	战事结束我难归，
忧心有忡。	忧心忡忡心不宁。

爰居爰处？[7]	何处是我归息处？
爰丧其马？[8]	丢失战马在何处？
于以求之？[9]	队伍离散人不见，
于林之下。	唯愿林下有马嘶。

死生契阔，[10]	死生聚散虽有定，
与子成说。[11]	与你却有海誓盟。
执子之手，	曾执你手发誓言，
与子偕老。[12]	期以偕老伴今生。

于嗟阔兮，[13]	感叹分离太久长，
不我活兮。	此行远征我命殇。
于嗟洵兮，[14]	誓言徒在空回响，
不我信兮。[15]	再难守信痛肝肠。

【注释】

[1] 其：语气助词。镗（tāng）：象声词，敲鼓声。

[2] 踊：平地跳起。

[3] 土：动词，修建土木。漕：卫国属地邑，在今河南滑县东南。

[4] 孙子仲：卫国领兵统帅。

[5] 平：平定。

[6] 不我：不让我。

[7] 爰（yuán）：何处，哪里。处：歇息。

[8] 丧：丢失。

[9] 于以：在何处。

[10] 契：聚。阔：疏远。

[11] 成说：说定、说成，海誓山盟。

[12] 偕：同。

[13] 于嗟：吁嗟，感叹。

[14] 洵：久远。

[15] 信：动词，信守诺言。

谷　风

【原文】

习习谷风，[1]
以阴以雨。
黾勉同心，[2]
不宜有怒。
采葑采菲，[3]
无以下体。[4]
德音莫违，[5]
及尔同死。[6]

行道迟迟，
中心有违。[7]
不远伊迩，[8]
薄送我畿。[9]
谁谓荼苦，[10]
其甘如荠。[11]
宴尔新昏，[12]

【译文】

习习小风从东来，
阴阳和合乃成雨。
夫妻黾勉以同心，
不宜暴怒出恶语。
采摘萝卜和菁蔓，
岂能要花去根茎。
昔日良言莫轻弃，
曾说愿与同生死。

遭弃归家脚迟迟，
只是心中有多虑。
夫君前门送我走，
后门又迎新人来。
谁说荼菜苦又苦，
在我其甘甜如荠。
那人新婚正宴乐，

如兄如弟。	二人亲密如兄弟。

泾以渭浊，[13]	都说泾清渭水浊，
湜湜其沚。[14]	浊水深处亦清清。
宴尔新昏，	新人如花我憔悴，
不我屑以。[15]	不念我昔尽嫌弃。
毋逝我梁，[16]	但求勿去我鱼梁，
毋发我笱。[17]	但求勿动我渔网。
我躬不阅，[18]	转念此身已不保，
遑恤我后。[19]	遑论后事和渔网！

就其深矣，[20]	回想往事多辛劳，
方之舟之。[21]	水深造船忙摆渡。
就其浅矣，	水浅手脚也用上，
泳之游之。[22]	一心只想做良妇。
何有何亡，[23]	不计有来不计亡，
黾勉求之。	只求勤勉家族旺。
凡民有丧，[24]	但凡别人有难处，
匍匐救之。[25]	匍匐救之不辞劳。

不我能慉，[26]	那人不能恤养我，
反以我为仇，[27]	反而视我为怨仇。
既阻我德，[28]	每每拒却我善意，
贾用不售。[29]	宝物在衣从不启。
昔育恐育鞠，[30]	昔时穷困又潦倒，
及尔颠覆。[31]	与你辛勤共经营。

既生既育，[32] 　　如今生活已富足，
比予于毒。[33] 　　你却视我如毒虫。

我有旨蓄，[34] 　　我有积蓄和腌菜，
亦以御冬。　　　只为与你度寒冬。
宴尔新昏，　　　不想今日你新婚，
以我御穷。[35] 　　却拿我蓄来挡穷。
有洸有溃，[36] 　　粗声恶气对付我，
既诒我肄。[37] 　　让我辛苦你享福。
不念昔者，　　　男人从不念过去，
伊余来墍。[38] 　　恩爱已逝了无际。

【注释】

[1] 谷风：东风，或说来自山谷的风。

[2] 黾（mǐn）勉：努力。

[3] 葑（fēng）：蔓菁，俗名大头菜。菲：萝卜一类的菜。

[4] 下体：根茎，此说不会嫌弃根茎在地下。

[5] 德音莫违：好的品质不要背弃。

[6] 及尔同死：与你白头偕老。

[7] 中心有违：心中不情愿。

[8] 迩：近。

[9] 薄：急急忙忙。畿（jī）：门槛。

[10] 荼（tú）：苦菜。

[11] 荠（jì）：荠菜，味甜。

[12] 宴：快乐。昏：婚。

[13] 泾以渭浊：渭水因为泾水的对比显得混浊。泾渭本分明，泾水清，

渭水浑。

[14] 湜（shí）：形容水清见底的样子。沚（zhǐ）：水中小块陆地。

[15] 不我屑以：对我不屑一顾。

[16] 毋：不要。逝：去。梁：拦鱼的水坝。

[17] 发：打开，一说通"拔"，弄乱。笱（gǒu）：捕鱼的竹篓。

[18] 躬：身体。不阅：不被容纳。

[19] 遑：闲暇。恤：操心，顾虑。我后：我的身后事。

[20] 就其深矣：在河水深时。

[21] 方：筏，此作动词用筏渡河。舟：动词，用船渡河。

[22] 泳：潜水渡过。

[23] 何有何亡：无论有还是没有。

[24] 民：人，此指邻。丧：灾难、困难。

[25] 匍匐救之：爬过去救助。匍匐，爬行。

[26] 慉（xù）：爱，此句说不再爱我。

[27] 仇：仇人。

[28] 阻：拒绝。

[29] 贾（gǔ）用：买卖货物。

[30] 昔：过去。育：生活，一说应为"又"。鞫（jū）：穷困。

[31] 颠覆：生活艰难困苦，一说为夫妻交合之事。颠：跌倒。覆：翻倒。

[32] 既：已经。生、育：生活变富裕。

[33] 比予于毒：把我看成毒药。

[34] 旨蓄：美味的腌菜。

[35] 以我御穷：拿我的东西养活你新妻子。

[36] 洸（guāng）：水势汹涌貌，此处形容凶暴。溃：水冲破堤防貌，此处形容发怒的样子。

[37] 既：全部。诒：赠送。肆：辛劳。

[38] 伊余来塈：唯我是爱。伊：唯。余：我。来：是。

匏有苦叶

【原文】

匏有苦叶，[1]
济有深涉。[2]
深则厉，[3]
浅则揭。[4]

有弥济盈，[5]
有鷕雉鸣。[6]
济盈不濡轨，[7]
雉鸣求其牡。

雝雝鸣雁，[8]
旭日始旦。
士如归妻，
迨冰未泮。[9]

招招舟子，[10]
人涉卬否。[11]
人涉卬否，
卬须我友。[12]

【译文】

匏瓜苦叶不可食，
河有深浅要先知。
河水深时寻船渡，
河水浅时褰衣过。

水漫之时有渡口，
春来之时有鸟鸣。
河边怎能不湿鞋，
鸟鸣必是求其偶。

春来天有雁南归，
纳采还须旭日时。
男子若想娶妻子，
切记要在未泮时。

河边招手唤舟子，
你们先走我不走。
无须从众有定力，
我要等到我朋友。

【注释】

[1] 匏（páo）：葫芦瓜，挖空后可以绑在人身上漂浮渡河。

[2] 济：河的名称。涉：可以踏着水渡过的地方。

[3] 厉：携匏瓜渡水。

[4] 揭（qì）：褰着衣服渡河。

[5] 弥：水满的样子。盈：满。

[6] 鷕（yǎo），象声词，雌野鸡的鸣叫声。

[7] 濡：被水浸湿。轨：大车的轴头。

[8] 雝雝（yōng）：象声词，雁叫声。

[9] 迨：等到。泮（pàn）：融化。

[10] 招招：船摇动的样子。舟子：摇船的人。

[11] 卬（áng）：俺，我。卬否：我不愿走。

[12] 须：等待。友：指爱侣。

式微

【原文】　　　　　【译文】

式微式微，[1]　　　天黑了天黑了，

胡不归？　　　　　为何还不归？

微君之故，[2]　　　若不是为了你，

胡为乎中露？[3]　　哪会夜露沾我衣！

式微式微，　　　　天黑黑天黑黑，

胡不归？　　　　　为何还不归？

| 微君之躬，[4] | 若不是为了你， |
| 胡为乎泥中？ | 我何必身陷污泥中！ |

【注释】

[1] 式微：天要黑了。式，发语词；微，昏黑。

[2] 微君：不是你。

[3] 中露：露水中，倒置为押韵。

[4] 躬：身体。

简 兮

【原文】

简兮简兮，[1]
方将万舞。[2]
日之方中，[3]
在前上处。[4]

硕人俣俣，[5]
公庭万舞。[6]
有力如虎，
执辔如组。[7]

左手执籥，[8]
右手秉翟。[9]
赫如渥赭，[10]

【译文】

咚咚震天鼓，
马上演万舞。
太阳中天照，
那人是领舞。

硕大且魁梧，
王前宫廷舞。
御马手柔韧，
力大如猛虎。

左手执籥笛，
右手舞雉羽。
耀眼如赤玉，

公言锡爵。[11]	王公赐之酒。
山有榛，[12]	高山有乔木，
隰有苓。[13]	低湿有茯苓。
云谁之思？	若问我爱谁，
西方美人。[14]	就是那美人。
彼美人兮，	可惜那美人，
西方之人兮。	远在卫国西。

【注释】

[1] 简：勇武貌，或说为象声词，表示鼓声。

[2] 方将：就要（开始）。万舞：一种规模宏大的舞蹈，分文舞和武舞。文舞者握雉羽和乐器，模仿翟雉春情；武舞者执盾枪斧等兵器，模仿战斗。

[3] 方中：正中央，指正午。

[4] 前上处：前排上头的地方。

[5] 俣俣（yǔ）：魁梧貌。

[6] 公庭：公堂或庙堂前的庭院。

[7] 辔：驾驭牲口用的嚼子和缰绳。组：丝织的宽带。

[8] 籥（yuè）：古代一种形状像笛的乐器。

[9] 秉：握。翟（dí）：野鸡尾巴上的羽毛。

[10] 赫：红色有光。渥：湿润。赭：红褐色，指红土。

[11] 公：卫国君主。锡：通"赐"。爵，酒。

[12] 榛：落叶乔木，果仁可食。

[13] 隰：低湿的地方。苓：茯苓，寄生在松树根上的菌类植物。

[14] 西方：周国在卫国的西边

北 风

【原文】

北风其凉,
雨雪其雱。[1]
惠而好我,[2]
携手同行。
其虚其邪?[3]
既亟只且![4]

北风其喈,[5]
雨雪其霏。[6]
惠而好我,
携手同归。
其虚其邪?
既亟只且!

莫赤匪狐,
莫黑匪乌。[7]
惠而好我,
携手同车。
其虚其邪?
既亟只且!

【译文】

北风飒飒凉,
落雪白茫茫。
呼朋且唤友,
携手急急奔。
劝君莫犹疑,
祸患已很急。

北风且呼号,
落雪已霏霏。
大凡我亲爱,
携手同隐归。
劝君莫迟疑,
命已在旦夕!

凶兆已呈现,
乌鸦与红狐。
爱我信我者,
同车携手奔。
君莫再耽搁,
大难已逼临。

【注释】

[1] 雨（yù）：动词，"雨雪"就是"落雪"。雱（pāng）：雪盛貌。

[2] 惠：爱。这两句是说凡与我友好的人都离开这里一齐走吧。

[3] 其虚其邪：等于说"还能够犹豫吗？"。邪（xú）：是"徐"的同音假借。"虚徐"或"舒徐"或"狐疑"，在这里都可以通。

[4] 既亟只且：等于说"已经很急了啊"。"既"即"已"。"亟"同"急"。只、且（jū）：语尾助词。

[5] 喈：湝（jiē）的借字，寒。

[6] 霏：犹"霏霏"，雪密貌。

[7] 莫赤匪狐，莫黑匪乌：没有比那个狐更赤，比那个乌更黑的了。狐毛以赤为特色，乌羽以黑为特色。狐、乌比执政者。

静　女

【原文】

静女其姝，[1]
俟我于城隅。[2]
爱而不见，[3]
搔首踟蹰。[4]

静女其娈，
贻我彤管。[5]
彤管有炜，[6]
说怿女美。[7]

【译文】

娴雅美淑女，
约我在城隅。
躲藏寻不见，
搔首心踟蹰。

此女甚温婉，
赠我红草管。
红草明又亮，
令我心欢喜。

自牧归荑，[8]	归程多次看，
洵美且异。[9]	实在美且异。
匪女之为美，	并非红草美，
美人之贻。	实因美人贻。

【注释】

[1] 静：娴雅贞洁。姝：美好的样子。

[2] 城隅：城角。

[3] 爱：同"薆"，隐藏。

[4] 踟蹰（chí chú）：心思不定，徘徊不前。

[5] 贻：赠。彤管：指红管草。

[6] 炜：红色的光彩。

[7] 说怿（yuè yì）：喜悦。

[8] 牧：旷野，野外。归：赠送。荑（tí）：初生之白茅。

[9] 洵：信，实在。异：奇特，别致。

新　台

【原文】　　　　　　　【译文】

新台有泚，[1]　　　　黄河边上新台筑，
河水弥弥。[2]　　　　河水满满暗流动。
燕婉之求，[3]　　　　齐女本求伋郎配，
蘧篨不鲜。[4]　　　　哪承蛤蟆老又丑！

新台有洒，[5]　　　　新台高高黄河边，

河水浼浼。[6]	黄河水浊水接天。
燕婉之求，	燕婉求嫁美少年，
蘧篨不殄。[7]	怎奈蛤蟆讨人嫌。
鱼网之设，[8]	下网只为求鱼鲜，
鸿则离之。[9]	谁知虾蟆落其间。
燕婉之求，	本想嫁个称心汉，
得此戚施。[10]	哪知老汉贪美颜！

【注释】

[1]新台：卫宣公所建，位于今河北省临漳县黄河故道附近。泚（cǐ）：鲜明的样子。

[2]弥：大水弥漫的样子。

[3]燕婉：美好的样子，此指容貌俊俏。

[4]蘧篨（qú chú）：蟾蜍，俗称癞蛤蟆，形容矮胖丑陋的人。

[5]洒：高峻，鲜明。

[6]浼：河水涨满的样子。

[7]殄：本意为灭绝。一说假借为腆、善，或说为珍、美。

[8]设：设置。

[9]鸿：大雁。

[10]戚施：短肩缩颈，丑陋不堪的样子。

鄘 风

柏 舟

【原文】

泛彼柏舟，在彼中河。[1]

髧彼两髦，[2]

实为我仪，[3]

之死矢靡他。[4]

母也天只，不谅人只！[5]

泛彼柏舟，在彼河侧。

髧彼两髦，

实为我特，

之死矢靡慝。[6]

母也天只，不谅人只！

【译文】

柏舟飘摇河中央，犹如我命令人伤。

垂发齐眉俊朗君，

实我心仪少年郎，

至死我也只爱他。

怎奈母亲不体谅！

柏舟摇荡对岸旁，永失我爱神暗伤。

垂发齐眉终难忘,

一心愿与他成双,

至死此念不改变。

怎奈母亲不体谅!

【注释】

[1] 中河:河中。

[2] 髧(dàn):头发下垂的样子。髦(máo):古时未成年男子的发式,即前额头发长齐眉毛,两边分别扎成辫子,称两髦。

[3] 仪:配偶。下文中"特"字同此义。

[4] 之:到。矢:誓。靡他:无他心。

[5] 母也天只:母亲啊,苍天啊。只,语气助词。谅:体谅。

[6] 慝(tè):改变。

卫 风

淇 奥

【原文】　　　　　　【译文】

瞻彼淇奥,[1]　　　　淇水弯弯处,

绿竹猗猗。[2]　　　　绿竹猗猗青。

有匪君子,[3]　　　　君子有盛德,

如切如磋,[4]　　　　治学如切磋,

如琢如磨，[5]
瑟兮僴兮，[6]
赫兮咺兮。[7]
有匪君子，
终不可谖兮。[8]

自修如玉琢。
容颜庄且宽，
威仪有明德。
有此君子啊，
终生难忘记。

瞻彼淇奥，
绿竹青青。[9]
有匪君子，
充耳琇莹，[10]
会弁如星。[11]
瑟兮僴兮。
赫兮咺兮，
有匪君子，
终不可谖兮。

淇水弯弯处，
绿竹青且茂。
有此君子啊，
耳瑱有美玉，
束带石如星。
容颜庄且宽，
威仪有明德。
有此君子啊，
终生难忘记。

瞻彼淇奥，
绿竹如箦。[12]
有匪君子，
如金如锡，
如圭如璧。[13]
宽兮绰兮，[14]
猗重较兮。[15]
善戏谑兮，[16]
不为虐兮。[17]

淇水弯弯处，
绿竹高且直。
君子之盛德，
如金亦如锡，
如圭亦如璧。
举止宽缓啊，
国之重器兮。
谑而不虐啊，
张弛有道兮。

- 240 -

【注释】

[1] 淇奥（yù）：淇水的曲岸。奥，河岸弯曲的地方。内曰奥，外曰隩。

[2] 猗猗（yī）：修长美好的样子。

[3] 匪：斐，文采，或指风度翩翩。

[4] 切、磋：治骨。

[5] 琢、磨：治玉。均形容经过磨炼修为。

[6] 瑟：矜庄貌，矜持庄重。僩（xiàn）：宽大貌。

[7] 赫：光明，明德赫然。咺（xuān）：威仪容止磊落。

[8] 谖（xuān）：忘记。

[9] 青：菁，茂盛的样子。

[10] 充耳：塞耳，古人帽子垂挂在两侧的装饰品。琇（xiù）：一种像玉的石头。莹：色泽光润。

[11] 会（kuài）：帽子缝合的地方，一说指将玉缀于帽缝，天子以玉，诸侯以石弁皮弁束头。弁（biàn）：古时男人戴的一种帽子。

[12] 簀：形容竹子之密如床席。

[13] 圭：古代帝王诸侯举行礼仪时所用的玉器，上尖下方。璧：古代一种玉器，扁平的圆板，中间有孔。

[14] 宽：指宽阔的胸襟。绰：温和、柔和。

[15] 猗：通"倚"，靠。重较：卿士华贵之车。

[16] 戏谑：开玩笑。有容之德，有张有弛。

[17] 虐：刻薄。

考　槃

【原文】

考槃在涧，[1]
硕人之宽。[2]
独寐寤言，[3]
永矢弗谖。[4]

考槃在阿，[5]
硕人之薖。[6]
独寐寤歌，
永矢弗过。[7]

考槃在陆，[8]
硕人之轴。[9]
独寐寤宿，[10]
永矢弗告。[11]

【译文】

筑屋在山涧，
心宽体且胖。
独睡独自言，
誓不失此欢。

筑屋在山坳，
高士隐此间。
独睡对天歌，
誓与世间隔。

筑屋在山巅，
此处独盘桓。
独啸且独眠，
从此不求天。

【注释】

[1]考：筑成。槃：同"盘"，此指木屋。涧：山夹水曰涧。

[2]硕人：当指高士、隐者。

[3]独寐寤言：独自睡、醒、与山水对话。

[4]矢：通"誓"。

[5]阿：山坳。

[6]薖（kē）：窝，或说空貌。

[7]过：来往。

[8] 陆：麓，山脚。

[9] 轴：本义为车轴，此处指中心。

[10] 宿：闻一多《类钞》将此字读为啸。

[11] 告：告诉、宣扬，或请求。

硕　人

【原文】

硕人其颀，[1]
衣锦褧衣。[2]
齐侯之子，[3]
卫侯之妻。[4]
东宫之妹，[5]
邢侯之姨，[6]
谭公维私。[7]

手如柔荑，[8]
肤如凝脂，
领如蝤蛴，[9]
齿如瓠犀。[10]
螓首蛾眉，[11]
巧笑倩兮，[12]
美目盼兮。[13]

硕人敖敖，[14]

【译文】

高贵高大是庄姜，
身着锦裙衣华裳。
齐侯公主，
卫侯妻，
太子之妹，
邢侯姨，
小妹还是谭公妻。

手指白嫩如新荑，
皮肤光润似凝脂，
雪颈风情蝤蛴转，
齿似瓠籽白又齐，
额头方正眉弯细，
巧笑还在有酒窝，
美目多情顾盼兮。

美人西驰嫁卫庄，

说于农郊。[15] 路途遥遥歇农郊。

四牡有骄，[16] 四匹雄马高且壮，

朱帻镳镳，[17] 朱红马饰猎猎飘。

翟茀以朝。[18] 羽车上殿满朝贺，

大夫夙退，[19] 诸臣早退赞国禧，

无使君劳。 唯愿君主早安歇。

河水洋洋， 齐与卫间黄河阔，

北流活活。[20] 北流入海其声硕。

施罛濊濊，[21] 渔网撒下百鱼欢，

鳣鲔发发，[22] 金鳣黑鲔又丰年。

葭菼揭揭。[23] 兼葭青青长风过，

庶姜孽孽，[24] 随行齐女盛装俨，

庶士有朅。[25] 齐国壮士有威严。

【注释】

[1] 硕：身材修长的样子。

[2] 衣锦：穿锦。褧（jiǒng）：罩在外面的单衣，或曰披风。

[3] 齐侯之子：齐庄公的女儿。

[4] 卫侯：卫庄公。

[5] 东宫：齐国太子得臣。古代太子居东宫，因称。

[6] 邢侯：邢国国君。姨：姨妹或者姨姐。

[7] 谭公：谭国国君。维：是。私：女子称姊妹的丈夫，即姐夫或者妹夫。

[8] 荑（tí）：植物初生的叶芽。

[9] 蝤蛴（qiú qí）：天牛的幼虫，身白而长。

[10] 瓠(hù)：瓠瓜，一年生草本植物，茎蔓生，果实为细长的圆筒形，果肉入菜。犀：瓠瓜的籽，洁白整齐。

[11] 蓁(qín)：昆虫，体形像蝉而小，额头宽而方正。

[12] 倩：笑时两颊出现的窝。

[13] 盼：眼珠黑白分明。

[14] 敖敖：身材高的样子。

[15] 说于农郊：意思为停下来和大臣们说话。

[16] 牡：雄性，公马。骄：表示高大的样子。

[17] 幩(fén)：系在马口衔两边装饰用的丝布巾。镳(biāo)：马嚼子，此指装饰的丝巾飘扬的样子。

[18] 翟(dí)：长尾的野鸡。茀(fú)：道路上杂草太多，不便通行，或曰车篷。朝：朝见。此句说穿着野鸡服饰的大臣们穿越草路来朝见。

[19] 夙：早。意即大臣们早些回去，不要让国君太操心。

[20] 活活：流水声。

[21] 罛(gū)：大渔网。濊濊(huò)：撒网入水的声音。

[22] 鱣(zhān)：鲤鱼，一说黄鱼。鲔(wěi)：鲟鱼。发发：鱼在水中跳跃的声音。

[23] 葭：芦苇，水边多年生草本植物，叶披针形，紫色花下有很多丝状绒毛，茎中空光滑，可编席或造纸。菼(tǎn)：荻，水边多年生草本植物，形如芦苇，叶长，花穗紫色，地下茎蔓延，茎可编席。揭揭：修长飘扬貌。

[24] 姜：陪嫁的姜姓女子。孽孽：身材高挑貌或衣饰华贵貌。

[25] 士：随嫁的奴仆。朅(qiè)：威武健壮。

氓

【原文】	【译文】
氓之蚩蚩，[1]	那人前来笑嘻嘻，
抱布贸丝。[2]	佯装抱布来换丝。
匪来贸丝，	嘴上说着做生意，
来即我谋。[3]	其实找我订婚期。
送子涉淇，	送他渡过淇水河，
至于顿丘。[4]	到了顿丘才分离。
匪我愆期，[5]	非我有意误婚期，
子无良媒。[6]	缘你迟迟无良媒。
将子无怒，[7]	请你不要发脾气，
秋以为期。	订下秋天为婚期。
乘彼垝垣，[8]	每每登上破城墙，
以望复关。[9]	遥望复关盼情郎。
不见复关，	复关寂寂人不见，
泣涕涟涟。	内心疑虑泪涟涟。
既见复关，	终于盼得郎前来，
载笑载言。[10]	又说又笑喜开颜。
尔卜尔筮，[11]	你家占卜又问卦，
体无咎言。[12]	处处没有不吉言。
以尔车来，	终于婚车来接我，
以我贿迁。[13]	带上嫁妆随你迁。
桑之未落，	桑树亦有青春时，

其叶沃若。[14]	其叶青青润且盛。
于嗟鸠兮，	感叹小鸟无嗜葚，
无食桑葚。[15]	食葚多时沉且醉。
于嗟女兮，	嗟叹女子莫情深，
无与士耽。[16]	与士情深伤也真。
士之耽兮，	男子耽于情与色，
犹可说也。[17]	说分就分好脱身。
女之耽兮，	女子若耽情与爱，
不可说也。	缠缠绵绵难摆脱。
桑之落矣，	桑树亦有秋冬时，
其黄而陨。[18]	其叶枯黄且陨落。
自我徂尔，[19]	自我嫁你三年多，
三岁食贫。[20]	岁岁食贫苦良多。
淇水汤汤，[21]	淇水荡荡送我归，
渐车帷裳。[22]	河水忧伤湿车帷。
女也不爽，[23]	为妻做事无甚错，
士贰其行。[24]	你却变心劈腿多。
士也罔极，[25]	男子做事无原则，
二三其德。[26]	说变就变少恩德。
三岁为妇，	嫁你多年守妇道，
靡室劳矣。[27]	事无巨细不辞苦。
夙兴夜寐，[28]	起早贪黑为家室，
靡有朝矣。	不知春来不知秋。
言既遂矣，[29]	每每温顺随你意，

至于暴矣。	却得家暴由你欺。
兄弟不知,	自家兄弟不知情,
咥其笑矣。[30]	见我被弃笑我痴。
静言思之,	静夜扪心独自问,
躬自悼矣。[31]	自伤自悼难平息。
及尔偕老,	本想与你偕终老,
老使我怨。	哪知就此两结怨。
淇则有岸,	淇水再宽也有岸,
隰则有泮。[32]	湿地再大也有畔。
总角之宴,[33]	遥想当年少女心,
言笑晏晏。[34]	欢笑无边心闲闲。
信誓旦旦,[35]	信誓旦旦犹在耳,
不思其反。[36]	哪知人心欲无边。
反是不思,	事过境迁不必想,
亦已焉哉。[37]	人生不过徒劳焉。

【注释】

[1] 氓（méng）：民，男子，指那小子。蚩蚩（chī）：憨厚貌。

[2] 贸：贸易，交换。

[3] 即：接近、靠近。谋，商量（婚事）。

[4] 顿丘：地名，在今河南省浚县西。

[5] 匪：不是。愆（qiān），延误、拖延。

[6] 媒：媒人。

[7] 将子无怒：请你别生气。将：请。

[8] 乘：登上。垝（guǐ）垣（yuán）：倒塌的破城墙。

[9] 复关：那人居住的地方。

[10] 载笑载言：又笑又说。载：语气助词。

[11] 尔：你。卜：用火烧龟甲，根据烧出的裂纹判断吉凶。筮：用蓍草五十根依法排列判断吉凶。

[12] 体：卦象。无咎言：没有凶兆。

[13] 以我贿迁：带着我的嫁妆嫁过去。贿：财物，嫁妆。

[14] 沃若：肥硕润泽貌。

[15] 桑葚：桑树的果实。传说鸠食桑葚过多就会昏醉，比喻女子沉湎情爱就不能自拔。

[16] 无与士耽：不要和男子沉溺于情感。耽：沉溺。

[17] 说：脱，解脱。

[18] 黄：枯黄。陨：陨落。

[19] 徂（cú）尔：到你家，嫁给你。

[20] 三岁食贫：多年过苦日子。

[21] 汤汤：荡荡，水流貌。

[22] 渐车帷裳：河水浸湿了我被休回家车上的布幔。

[23] 女也不爽：我没犯什么错。爽：过失、差错。

[24] 士贰其行：男子却改变了行为。贰：改变。

[25] 士也罔极：男子没有道德标准。罔极：没有标准，指品行不端。

[26] 二三其德：前后不一致。

[27] 靡：没有。

[28] 夙兴：早晨起来。

[29] 言既遂矣：言行总是顺遂你。

[30] 咥其笑矣：家里的弟兄都嘲笑我。咥（xī），大笑貌。

[31] 躬：自身。

[32] 淇则有岸，隰则有泮：万事万物都有边界，可人的心性却难以

琢磨。

[33] 总角：古代称小孩头发扎成形似牛角的两个结，此指未成年。宴：快乐。

[34] 晏，也同"宴"。少年是人生最快乐的时候。

[35] 信誓旦旦：誓言诚恳可信。

[36] 不思：想不到。反：违反、变心。

[37] 已：罢了、算了。

竹　竿

【原文】

籊籊竹竿，[1]
以钓于淇。
岂不尔思？[2]
远莫致之。[3]

泉源在左，[4]
淇水在右。
女子有行，[5]
远兄弟父母。

淇水在右，
泉源在左。
巧笑之瑳，[6]
佩玉之傩。[7]

【译文】

再细长的竹竿，
也难甩到淇水。
不是不念家乡，
是路途太绵长。

泉源长流在左，
洋洋淇水在右。
女子注定远嫁，
离开父母弟兄。

洋洋淇水在右，
泉源长流在左。
皓齿巧笑粲粲，
佩玉叮当婀娜。

淇水滺滺，[8]	淇水哗哗如诉，
桧楫松舟。[9]	松桧做桨做舟。
驾言出游，	几度驾船欲行，
以写我忧。	以解我之乡愁。

【注释】

[1] 籊（tì）：细长的样子，一说光滑貌。

[2] 岂不尔思：怎能不思念你。

[3] 致：同至，到达。

[4] 泉源：卫国水名，流向东南与淇水汇合。

[5] 行：出嫁。

[6] 巧笑：乖巧的笑容。瑳（cuō）：玉色洁白，形容开口露齿貌，一说笑的样子。

[7] 傩（nuó）：通"娜"，婀娜，一说有节奏地摆动。

[8] 滺（yōu）：河水荡漾的样子。

[9] 桧：常绿乔木，又名刺柏。楫：船桨。松舟：松木做的船。

伯 兮

【原文】	【译文】
伯兮朅兮，[1]	大哥威武强又壮，
邦之桀兮。[2]	我夫便是国栋梁，
伯也执殳，[3]	手执长矛驾戎马，
为王前驱。[4]	为王前驱没商量。

自伯之东，	自从大哥东征去，
首如飞蓬。[5]	我便首乱如飞蓬。
岂无膏沐？[6]	岂无香膏沐黑发？
谁适为容！[7]	却道为谁化妆容！

其雨其雨，	想你之心如绵雨。
杲杲出日。[8]	爱你之意如烈日。
愿言思伯，[9]	想你之时心如蜜，
甘心首疾。[10]	盼你不归头有疾。

焉得谖草，[11]	哪里能得解忧草，
言树之背。[12]	都说树荫能疗疾。
愿言思伯，	何人解我思君意，
使我心痗。[13]	头痛心痛总难息。

【注释】

[1] 伯：排行老大的称呼，也是周代女子对丈夫的称谓，相当于现在的阿哥、大哥。朅（qiè）：威武貌。

[2] 桀：杰，才智出众的人，或称英雄。

[3] 殳（shū）：古代一种竹木制兵器，长一丈二尺，有棱无刃。

[4] 前驱：即先锋。

[5] 蓬：草本植物，叶细长而散乱，茎干枯易断，随风飞旋。这里形容头发乱糟糟的样子。

[6] 沐：洗头发。这里作名词，指洗发用的米汁，古人用米汁洗头。

[7] 容：修饰容貌。适：适合。女为悦己者容，丈夫不在，没有心思

打扮。

[8] 杲杲（gǎo）：光明貌。

[9] 愿：殷切思念的样子。

[10] 首疾：头痛。

[11] 谖草：萱草，俗称忘忧草，古人以为此草可以使人忘掉忧愁。

[12] 背：偏僻，一说古通"北"。

[13] 痗（mèi）：忧思成病。

木 瓜

【原文】

投我以木瓜，
报之以琼琚。[1]
匪报也，[2]
永以为好也！

投我以木桃，
报之以琼瑶。[3]
匪报也，
永以为好也！

投我以木李，
报之以琼玖。[4]
匪报也，
永以为好也！

【译文】

赠我以木瓜，
回报他美玉。
岂止是报答，
愿永结美好。

赠我以木桃，
回报他琼瑶。
岂止是报答，
愿永结美好。

赠我以木李，
回报他美玉。
岂止是报答，
愿永结美好。

【注释】

[1]琼琚：泛指美玉。琼，赤色玉；琚，佩玉。

[2]匪：非。意即不仅仅是表面的酬谢报答，希望永远相好。

[3]瑶：美玉。

[4]玖：浅黑色玉石。

王 风

黍 离

【原文】

彼黍离离，彼稷之苗。[1]
行迈靡靡，中心摇摇。[2]
知我者，谓我心忧；
不知我者，谓我何求。
悠悠苍天！
此何人哉？

彼黍离离，彼稷之穗。
行迈靡靡，中心如醉。
知我者，谓我心忧；
不知我者，谓我何求。
悠悠苍天！

【译文】

黍穗垂垂谷亦苗，
行走迟迟心中摇。
知我者，谓我心忧；
不知我者，谓我何求。
吁天嘘地苍天远，
我却在此独徘徊。

黍粒离离稷有穗，
走走停停心如醉。
知我者，谓我心忧；
不知我者，谓我何求。
故都已荒苍天远，

此何人哉？	遗我在此心灰颓。

彼黍离离，彼稷之实。	黍穗垂垂稷已实，
行迈靡靡，中心如噎。[3]	步履沉重心如噎。
知我者，谓我心忧；	知我者，谓我心忧；
不知我者，谓我何求。	不知我者，谓我何求。
悠悠苍天！	时光飞逝苍天黯，
此何人哉？	何人解我万古愁！

【注释】

[1] 黍：一年生草本植物，叶子线形，子实淡黄色，去皮后叫黄米，比小米稍大，煮熟后有黏性，可以酿酒做糕，是重要的粮食作物。离离：繁茂的样子。稷：稷为古代一种粮食作物，古人以之为百谷之长；有的说是黍一类的作物；或说为谷子，果实称小米。苗：谷子吐苗。

[2] 迈：行走。靡靡：行动迟缓的样子。摇摇：心神不安的样子。

[3] 噎：食物堵塞食管，形容心中难受，气逆不能呼吸。

君子阳阳

【原文】	【译文】
君子阳阳，[1]	夫君欢且畅，
左执簧，[2]	左手执竹黄，
右招我由房，[3]	右牵我入房，
其乐只且！[4]	其乐绵又长。

君子陶陶，[5]	夫君醉陶陶，
左执翿，[6]	左手执扇翿，
右招我由敖，	招我翔且翱，
其乐只且！	其乐永难忘！

【注释】

[1] 阳阳：洋洋，得意貌。

[2] 簧：笙类乐器。

[3] 招：招呼我跟随乐曲起舞。房：与下文中的"敖"都为一种舞曲。一说"房"表示跟随进房，"敖"表示玩乐。

[4] 只且（jū）：语气助词。

[5] 陶陶：高兴快乐貌。

[6] 翿（dào）：一种用五彩羽毛制作的扇形舞具。

采 葛

【原文】　　　　　　　【译文】

彼采葛兮，[1]　　　　那个采葛藤的人儿啊，

一日不见，　　　　　一日不见，

如三月兮。　　　　　如三月啊。

彼采萧兮，[2]　　　　那个采萧香满身的人儿啊，

一日不见，　　　　　一日不见，

如三秋兮。[3]　　　　如三秋啊。

彼采艾兮，[4]	那个采艾草的人儿啊，
一日不见，	一日不见，
如三岁兮。	如三岁啊。

【注释】

[1] 彼：那，那个。葛：多年生草本植物，茎蔓生，茎皮可抽出纤维织布。采葛，此处指采葛的人。

[2] 萧：草本植物，即艾蒿，有香气，古人用来祭祀。

[3] 三秋：一说三年；一说三月；一说九个月。根据上下文，九个月比较恰当，秋季为三个月，三秋可以理解为三个秋季。

[4] 艾：多年生草本植物，有香气，全草药用，叶可制艾绒，供针灸用，枝叶可熏烟驱蚊蝇。

大 车

【原文】	【译文】
大车槛槛，[1]	大车轰隆渐远，
毳衣如菼。[2]	那人绿色冠冕。
岂不尔思？	岂敢忘记思念，
畏子不敢。	畏你有所不敢。
大车啍啍，[3]	大车重迟如碾，
毳衣如璊，[4]	那人赤衣如火。
岂不尔思？[5]	对你日思夜想，
畏子不奔。[6]	怕你不敢私奔。

穀则异室，[7]	生若与你异室，
死则同穴。	死愿与你同穴。
谓予不信，	你若不信我心，
有如皦日！[8]	我愿对天发誓！

【注释】

[1] 槛槛（jiàn）：车行进发出的声音。

[2] 毳（cuì）衣：冕服，一种绣衣。毳，鸟兽的细毛。菼（tǎn）：初生的荻苇，色嫩绿。

[3] 啍啍（tūn）：车辆沉重，行动滞缓貌。

[4] 璊（mén）：赤色。

[5] 岂不尔思：怎不思尔。

[6] 奔：私奔。

[7] 穀（gǔ）：活着，生。

[8] 皦（jiǎo）：本指玉石之白，引申为明亮。

郑 风

将仲子

【原文】	【译文】
将仲子兮，[1]	恳请二哥哥啊，

无逾我里，[2]	不要到我们里弄来，
无折我树杞。[3]	不要攀折我家杞树。
岂敢爱之？[4]	不是心疼那些树啊，
畏我父母。	是害怕父母的责骂啊。
仲可怀也，[5]	我真心时刻牵挂你，
父母之言，	可是父母的责骂，
亦可畏也。	也可怕啊。

将仲子兮，　　　　　　恳请二哥哥啊，
无逾我墙，　　　　　　不要翻墙来我家，
无折我树桑。　　　　　不要攀折我家桑树。
岂敢爱之？　　　　　　不是心疼那些树啊，
畏我诸兄。　　　　　　是害怕家兄的阻挡啊，
仲可怀也，　　　　　　我心中时刻把你念，
诸兄之言，　　　　　　可是兄弟的话，
亦可畏也。　　　　　　也可怕啊。

将仲子兮，　　　　　　恳请二哥哥啊，
无逾我园，[6]　　　　　不要攀登我家后院墙，
无折我树檀。[7]　　　　不要攀折我家檀树。
岂敢爱之？　　　　　　不是心疼那些树啊，
畏人之多言。　　　　　是怕众人舌头长。
仲可怀也，　　　　　　我真心时刻把你想，
人之多言，　　　　　　可是人们的闲话，
亦可畏也。　　　　　　也可怕啊。

【注释】

[1] 将：请。仲子：仲，排行第二。仲子，即称呼情郎为"二哥哥"。

[2] 逾：从墙上爬过去。里：古时五家为邻，五邻为里，里四周有墙，此指邻里院墙。

[3] 杞：杞柳。

[4] 岂敢爱之：哪里是吝惜我的树。爱，爱惜、爱护，引申为"吝惜"。

[5] 仲可怀也：你令人思念。怀，思念。

[6] 园：果菜园的墙。

[7] 檀：落叶乔木，木质坚硬。

女曰鸡鸣

【原文】

女曰："鸡鸣。"
士曰："昧旦。"[1]
"子兴视夜，[2]
明星有烂。"[3]
"将翱将翔，[4]
弋凫与雁。"

"弋言加之，[5]
与子宜之。[6]
宜言饮酒，
与子偕老。
琴瑟在御，[7]

【译文】

女曰鸡已鸣，
男曰天未亮。
请君推窗看，
启明星光璨。
男曰愿为你，
翱翔去射雁。

女曰若射中，
为你做佳肴，
佳肴配美酒，
恩爱永长久。
琴瑟相和合，

莫不静好。"[8]　　　　　人生静且乐。

"知子之来之,[9]　　　　男曰知你爱,
杂佩以赠之![10]　　　　杂佩赠你戴。
知子之顺之,[11]　　　　感你温顺意,
杂佩以问之![12]　　　　慰你美玉环。
知子之好之,　　　　　　知你情意深,
杂佩以报之!"　　　　　明珠系你身。

【注释】

[1] 昧旦:天色将明未明之际。

[2] 兴:起来。

[3] 明星:启明星。

[4] 将翱将翔:行动快捷的样子,一说指猎雁时逍遥快活的神情。

[5] 弋:将绳系在箭上发射。加:射中。

[6] 宜:"肴也"(《尔雅》),此处作动词,意为烹饪。

[7] 御:奏。

[8] 静:美好。

[9] 来:"读为劳、来之来"(王引之《述闻》),即抚慰。

[10] 杂佩:用各种佩玉组合构成的玉佩。

[11] 顺:顺从、体贴。

[12] 问:赠送。

有女同车

【原文】

有女同车，
颜如舜华，[1]
将翱将翔，[2]
佩玉琼琚。
彼美孟姜，[3]
洵美且都。[4]

有女同行，
颜如舜英，[5]
将翱将翔，
佩玉将将。[6]
彼美孟姜，
德音不忘。[7]

【译文】

有幸美女同车，
颜如木槿之花。
心之且翱且翔，
珠翠耀眼光华。
感叹孟姜之美，
静美而又娴雅。

有幸此女同行，
貌是花中魁首。
欲与翱翔天际，
又恐佩玉锵锵。
赞叹孟姜之美，
美好终生难忘。

【注释】

[1] 舜：木槿，落叶灌木或小乔木。华，同"花"。

[2] 将翱将翔：形容体态轻盈。

[3] 孟姜：姜家大闺女。孟，家中长女称"孟"。

[4] 洵：诚然，实在。都：娴雅。

[5] 英：花。

[6] 将将：锵锵，象声词。

[7] 德音：美好音容。

山有扶苏

【原文】

山有扶苏,[1]

隰有荷华。[2]

不见子都,[3]

乃见狂且。[4]

山有桥松,[5]

隰有游龙。[6]

不见子充,

乃见狡童。[7]

【译文】

高山之上有扶苏,

低洼之下有荷花。

梦里都是美男子,

见面惊见是狂徒!

高山之上有乔松,

低洼之下有游龙。

不见梦里子充哥,

却见顽劣小狡童。

【注释】

[1] 扶苏:小树。

[2] 隰(xí):低洼的湿地。

[3] 子都:与下文中的"子充"都是古时著名的美男子,代指美男,此指情郎。

[4] 狂:狂鲁的人。且:语气助词;或说通"狙",猕猴。

[5] 桥:通"乔",高。

[6] 游龙:漂动的水荭。龙:通"茏",即水荭。

[7] 狡童:小坏蛋。

狡　童

【原文】

彼狡童兮，
不与我言兮。[1]
维子之故，
使我不能餐兮。

彼狡童兮，
不与我食兮。[2]
维子之故，
使我不能息兮。[3]

【译文】

那小子啊，
不再与我言语嬉戏。
因为这个啊，
我几乎食不下咽。

那小子啊，
不再与我共进晚餐，
因为这个啊，
我痛苦得要窒息。

【注释】

[1] 言：说话。
[2] 食：吃饭。
[3] 息：休息，睡觉。

褰　裳

【原文】

子惠思我，[1]
褰裳涉溱。[2]
子不我思，
岂无他人？

【译文】

你若爱我想我，
快提起裙子过溱河。
你若不再想我，
岂无他人爱我？

| 狂童之狂也且！ | 你这个傻小子呵！ |

子惠思我，	你若爱我想我，
褰裳涉洧。[3]	快提起裙子过洧河。
子不我思，[4]	你若不再想我，
岂无他士？	岂无他人爱我？
狂童之狂也且！[5]	你这个傻小子呵！

【注释】

[1]惠：爱慕。

[2]褰（qiān）：提着。裳：下衣为裳。上古男女都是裙装。溱（zhēn）：郑国水名，源出今河南省新密市。

[3]洧（wěi）：郑国水名，即今河南省双洎河，源出河南省登封市，东流经密县与溱水汇合。

[4]我思：思我。

[5]狂童：傻小子。且：此字乃男子生殖器之形，此处有骂人的意思。

风 雨

【原文】	【译文】
风雨凄凄，[1]	天昏风雨冷凄凄，
鸡鸣喈喈。[2]	小鸡寻伴鸣叽叽。
既见君子，	猛然得见夫君归，
云胡不夷！[3]	喜出望外忧心息。

风雨潇潇，[4]	斜风细雨声潇潇，
鸡鸣胶胶。	鸡鸣胶胶我心悄。
既见君子，	夫君小别胜新婚，
云胡不瘳![5]	相思之苦顿时消！
风雨如晦，[6]	连天风雨昏如晦，
鸡鸣不已。	鸡鸣不已人不离。
既见君子，	此生有幸君相守，
云胡不喜！	欢喜不尽更何求！

【注释】

[1] 凄凄：寒冷。

[2] 喈喈（jiē）：与下文中"胶胶"都表示鸡鸣声。

[3] 夷：平，心情平静。

[4] 潇潇：风雨交织。

[5] 瘳（chōu）：病愈。

[6] 晦：昏暗，夜晚。

子　衿

【原文】	【译文】
青青子衿，[1]	衣领青青学子哦，
悠悠我心。[2]	悠悠不忘在我心。
纵我不往，	纵使我不去看你，
子宁不嗣音？[3]	你也应该有问讯。

青青子佩，[4]	佩玉青青少年哦，
悠悠我思。	悠悠不忘在我心。
纵我不往，	纵使我不去看你，
子宁不来？	你也应该常探望。

挑兮达兮，[5]	来来回回多少遍，
在城阙兮。[6]	城阙盼你现身形。
一日不见，	纵然一夕不相见，
如三月兮。	恰似煎熬度如年。

【注释】

[1] 子：男子的美称。衿：衣领。

[2] 悠悠：久远、闲散。

[3] 宁：岂，难道。嗣音：传音讯。《韩诗》作"诒"。"诒，寄也。曾不寄问也。"

[4] 佩：佩玉。

[5] 挑兮达兮：往来轻疾貌。

[6] 在城阙：指等在城楼上。阙，宫门前两边供瞭望的楼。

出其东门

【原文】	【译文】
出其东门，	东门外河水清，
有女如云。	美女曼妙众多。

虽则如云，	虽说美女如云，
匪我思存。[1]	都非我所喜爱。
缟衣綦巾，[2]	唯有白衣绿巾，
聊乐我员。[3]	才是我魂所在。
出其闉阇，[4]	出了瓮城东门，
有女如荼。[5]	美女轻白如花。
虽则如荼，	虽则曼妙可爱，
匪我思且。	都非我所欲求，
缟衣茹藘，[6]	唯有白衣茜染，
聊可与娱。[7]	才是我心钟爱。

【注释】

[1] 存：慰藉。

[2] 缟（gǎo）：未染色的白绢。綦（qí）：暗绿色。

[3] 聊：姑且、稍微。乐：悦，高兴。员：孔颖达《正义》有"云、员古今字，语助词也"。

[4] 闉阇（yīn dū）：城外曲城的重门。

[5] 荼：茅草的白花，形容众多。

[6] 茹藘：茜草，此指红色的衣巾。

[7] 娱：快乐。

野有蔓草

【原文】

野有蔓草,[1]
零露漙兮。[2]
有美一人,
清扬婉兮。[3]
邂逅相遇,[4]
适我愿兮。[5]

野有蔓草,
零露瀼瀼。[6]
有美一人,
婉如清扬。
邂逅相遇,
与子偕臧。[7]

【译文】

野有蔓草连连,
上有晨露圆圆。
有美一人独行,
眉清目秀婉转。
如此不期而遇,
深深满足我愿。

蔓草多情牵衣,
晨露晶莹香甜。
美人娇羞清丽,
动静宛如天仙。
惊喜不期而遇,
愿与永结连理。

【注释】

[1] 蔓:蔓延,茂盛。

[2] 零:落。漙(tuán):水珠圆润。

[3] 婉:妩媚的样子。

[4] 邂逅:偶然遇见。

[5] 适:适合。

[6] 瀼(ráng):形容露水多。

[7] 偕:一同。臧:通"藏"。

溱 洧

【原文】

溱与洧，[1]
方涣涣兮。[2]
士与女，[3]
方秉蕳兮。[4]
女曰："观乎？"[5]
士曰："既且。"[6]
"且往观乎？"[7]
洧之外，
洵訏且乐。[8]
维士与女，[9]
伊其相谑，[10]
赠之以勺药。[11]

溱与洧，
浏其清矣。[12]
士与女，
殷其盈兮。[13]
女曰："观乎？"
士曰："既且。"
"且往观乎？"
洧之外，
洵訏且乐。

【译文】

溱水与洧水，
刚刚融化流淌。
男男女女结对，
手执蕳草祈祥。
姑娘邀约情郎：去看看吧。
男子对曰：已经去过啦。
女子说：再去一次吧！
洧水岸边，
宽敞又欢乐哦，
男男女女，
打情骂俏，
相互赠以芍药。

溱水与洧水，
流水清且亮。
男男女女结对，
熙熙攘攘。
姑娘邀约情郎：去看看吧。
男子对曰：已经去过啦。
女子说：再去一次吧！
洧水岸边，
宽敞又欢乐哦，

维士与女，	男男女女，
伊其将谑，	打情骂俏，
赠之以勺药。	相互赠以芍药。

【注释】

[1] 溱（zhēn）、洧（wěi）：郑国水名。

[2] 方：正在，正当。涣涣：形容水势盛大。

[3] 士与女：小伙与姑娘。

[4] 秉：拿、握。蕑（jiān）：兰草，又名佩兰，古人采之以祛除不祥。

[5] 观乎：去看吗？

[6] 既：已经。且：徂、去、往，指去观看。

[7] 且往观乎：再去看吗？

[8] 洵：确实，实在。訏（xū）：宽大，场面宏大。

[9] 维：语气助词。

[10] 伊其相谑：他们互相戏谑嬉笑。伊，语气词。

[11] 勺药：芍药，多年生草本植物，花大而美丽，有紫红、粉红、白等颜色，供欣赏。根可入药，镇痛通经。

[12] 浏：形容水流清澈。

[13] 殷：众多。

齐 风

鸡 鸣

【原文】　　　　　　　　【译文】

鸡既鸣矣,[1]　　　　　　女曰天蒙鸡已鸣,
朝既盈矣。[2]　　　　　　恐怕早朝已盈盈。
匪鸡则鸣,[3]　　　　　　男曰哪里有鸡鸣,
苍蝇之声。　　　　　　　不过苍蝇之嘤嘤。

东方明矣,　　　　　　　女曰东方已放亮,
朝既昌矣。[4]　　　　　　朝会大臣已满庭。
匪东方则明,　　　　　　男曰哪是东方亮,
月出之光。　　　　　　　只是月光珠润明。

虫飞薨薨,[5]　　　　　　男曰莫管虫薨薨,
甘与子同梦。[6]　　　　　甘愿与你同美梦。
会且归矣,[7]　　　　　　女曰朝会将结束,
无庶予子憎。[8]　　　　　你莫后悔把我憎。

【注释】

[1] 既:已经。

[2] 盈:指朝廷大殿里站满了上朝的大臣。

[3] 则:之,此句说"不是鸡叫,是苍蝇的声音"。

[4] 昌:盛、多。

[5] 薨薨：嗡嗡，象声词，虫飞的声音。

[6] 甘与子同梦：甘愿与你再一起入梦。

[7] 且：将。

[8] 庶：希望。

东方之日

【原文】

东方之日兮，
彼姝者子，在我室兮。[1]
在我室兮，
履我即兮。[2]

东方之月兮，
彼姝者子，在我闼兮。
在我闼兮，[3]
履我发兮。

【译文】

东方微微露晨曦，
醒来榻边有娇妻，
美人在我屋里啊，
美足踩我膝上啊。

东方青霭云遮月，
嬉戏娇憨是娇妻，
美人在我门内啊，
美足踩我足跟啊。

【注释】

[1] 姝：美丽的女子。

[2] 履：踏，或说同"蹑"，放轻（脚）踩。即：一说为"第"的假借字，席子，古人无病不支床，平时在地上铺席，坐卧其上；一说为膝，古人无椅，跪坐席上，因而能踩到膝；一说为就，亲近、跟随、顺从。

[3] 闼（tà）：门，小门。

魏 风

汾沮洳

【原文】　　　　　　　　【译文】

彼汾沮洳，[1]　　　　　汾水低洼处，
言采其莫。[2]　　　　　可以采其莫。
彼其之子，[3]　　　　　我看采莫人，
美无度。　　　　　　　潇洒美无度。
美无度，　　　　　　　其美异常人，
殊异乎公路。[4]　　　　尤异于公务。

彼汾一方，　　　　　　汾水另一方，
言采其桑。　　　　　　人们采桑忙。
彼其之子，　　　　　　其中有一人，
美如英。[5]　　　　　　英俊闪光芒。
美如英，　　　　　　　那人甚出众，
殊异乎公行。[6]　　　　尤异于公行。

彼汾一曲，[7]　　　　　汾水弯弯处，
言采其藚。[8]　　　　　可以采藚菜。
彼其之子，　　　　　　那个采藚人，
美如玉。　　　　　　　其美如润玉。

美如玉，	美玉自高洁，
殊异乎公族。[9]	公族哪堪比。

【注释】

[1]汾（fén）：汾水。沮洳（jū rú）：低湿之地。《集传》："沮洳，水浸处下湿之地。"

[2]莫（mù）：野菜名，其味酸，幼叶可食。

[3]之子：《集疏》有"之子，指采菜之贤者"。

[4]殊异：特别不同于。公路：掌管王公车驾的官吏。

[5]英：花。此处意为"英华"，指神采之美。

[6]公行：掌管王公军队的官吏。

[7]曲：河湾。

[8]蕢（xù）：泽泻草，亦名水沓菜。

[9]公族：掌管王公宗族事务的官吏。

园有桃

【原文】	【译文】
园有桃，	园中有桃树，
其实之殽。[1]	果实可当肴。
心之忧矣，	我心有忧患，
我歌且谣。[2]	长歌和短谣。
不我知者，[3]	不知我之人，
谓我士也骄。[4]	谓我孤也骄。
彼人是哉？[5]	各人做各事，

子曰何其？[6]	说我为哪般？
心之忧矣，	各忧各的事，
其谁知之！	谁又能知谁！
其谁知之！	哪个知我忧，
盖亦勿思！[7]	勿思百般消！

园有棘，[8]	园中有酸枣，
其实之食。	其实也可食。
心之忧矣，	心中怀深忧，
聊以行国。[9]	暂且出国行。
不我知者，	不知我之人，
谓我士也罔极。[10]	谓我疯且狂。
彼人是哉？	那人说得对，
子曰何其？	自己又如何？
心之忧矣，	彼此内心忧，
其谁知之！	谁又能知谁！
其谁知之！	谁又能知谁，
盖亦勿思！	丢开勿再思！

【注释】

[1] 之：犹"是"。《集传》："肴，食也。"食桃和下章的食棘似是安于田园、不慕富贵的表示。

[2] 我：是诗人自称。谣：行歌。《毛传》："曲合乐曰歌，徒歌曰谣。"

[3] 不我知者：唐石经作"不我知"，一本作"不知我者"。下章同。

[4] 士：旁人谓歌者。《通释》："我士，即诗人自谓也。"

[5] 彼人：指"不我知者"。《郑笺》："彼人，谓君也。"

[6] 子：歌者自谓。其（jī）：语助词。《集传》："其，语词。"

[7] 盍：同"盍（hé）"，就是何不。亦：语助词。这句是诗人自解之词，言不如丢开别想。

[8] 棘：酸枣。

[9] 行国：周行国中。这两句言心忧无法排遣，只得出门浪游。

[10] 罔极：妄想。《集传》："极，至也。罔极，言其心纵恣无所至极。"

十亩之间

【原文】

十亩之间兮，[1]
桑者闲闲兮，[2]
行与子还兮。

十亩之外兮，
桑者泄泄兮，[3]
行与子逝兮。[4]

【译文】

十亩之间啊，
桑者且闲闲，
与子携手归。

十亩之外啊，
慵懒且熙熙，
与子远相随。

【注释】

[1] 十亩：非实数，表示桑田面积大。《通释》："古者民各受公田十亩，又庐舍二亩半，环庐舍种桑麻杂菜。……凡田十二亩半，诗但言十亩者，举成数耳。"

[2] 桑者：采桑者。采桑的劳动通常由女子担任。闲闲：犹"宽闲"。《集传》："闲闲，往来者自得之貌。"

[3] 泄泄（yì）：《毛传》有"泄泄，多人之貌"。

[4] 逝：《集传》有"逝，往也"。

唐 风

椒 聊

【原文】
椒聊之实，蕃衍盈升。[1]
彼其之子，硕大无朋。[2]
椒聊且，远条且。

椒聊之实，蕃衍盈匊。[3]
彼其之子，硕大且笃。[4]
椒聊且，远条且。[5]

【译文】
花椒多子簇簇聚，繁衍茂盛人鼎沸。
那个妇人胖且美，
多子多孙香永垂。

花椒多子团团香，盈握在怀动心肠。

妇人健硕且笃厚，

多子多孙馨远扬。

【注释】

[1] 椒：花椒、山椒，多子味香，古人以椒喻妇人子孙多。聊：聚也，草木结子多成一串，古人曰聊，今人叫嘟噜。蕃衍：繁盛。

[2] 彼其之子：那个人，指被赞美的人。无朋：无比，《传》："朋，比也。"

[3] 掬（jū）：两手合捧。

[4] 笃：笃实，实在。

[5] 远条：长长的枝条，《传》："条，长也。"或指香气远扬。且：助词。

绸　缪

【原文】

绸缪束薪，[1]
三星在天。[2]
今夕何夕，
见此良人。[3]
子兮子兮，[4]
如此良人何！

绸缪束刍，[5]
三星在隅。[6]

【译文】

柴薪捆扎紧又紧，
心星在东日已昏。
今夕到底是何夕，
此生有幸见夫君。
郎啊郎啊好欢喜，
让我如何承君恩！

柴草缠绵不能分，
心星在隅夜已深。

今夕何夕，　　　　　　今夕到底是何夕，
见此邂逅。[7]　　　　　今生得遇此良人！
子兮子兮，　　　　　　郎啊郎啊好欢喜，
如此邂逅何！　　　　　让我如何报情深！

绸缪束楚，[8]　　　　　荆楚紧束似情人，
三星在户。[9]　　　　　星在中天夜已分。
今夕何夕，　　　　　　今夕到底是何夕，
见此粲者。[10]　　　　夫君光粲耀我心。
子兮子兮，　　　　　　如此欢喜郎真意，
如此粲者何！　　　　　愿与郎君永不分！

【注释】

[1] 绸缪：缠绕，捆束。薪，柴禾。束薪：古时常以喻婚姻爱情。

[2] 三星：参星，由三颗星组成。

[3] 良人：古时女子称丈夫，或指普通老百姓（区别于奴婢）。

[4] 子兮：你呀。

[5] 刍：喂牲口的草料。

[6] 隅：角落，边沿。

[7] 邂逅：偶然遇见，通常指熟悉的人再度相逢。

[8] 楚：荆条。

[9] 户：门户，指参星门户一般地守望在今夜的天空。

[10] 粲：光艳美丽。

葛　生

【原文】

葛生蒙楚，[1]
蔹蔓于野。[2]
予美亡此，[3]
谁与独处！

葛生蒙棘，
蔹蔓于域。[4]
予美亡此，
谁与独息！[5]

角枕粲兮，[6]
锦衾烂兮。[7]
予美亡此，
谁与独旦！[8]

夏之日，
冬之夜。[9]
百岁之后，[10]
归于其居！[11]

冬之夜，
夏之日。
百岁之后，

【译文】

葛藤覆盖了荆条，
荒野长满野葡萄。
物有依托我爱亡，
何人伴他在荒郊。

葛藤荆棘相缠绕，
野草蔓延墓地旁。
至爱已逝锥心痛，
与谁同息与谁伤？

角枕粲粲作陪葬，
锦衾华美盖身上。
长夜漫漫思我爱，
谁与独处至明旦？

最长还是夏之日，
最长还有冬之夜。
煎熬百年时光后，
与你同归此居处！

漫漫冬夜总难眠，
长长夏昼总思念。
愿君等我百年后，

归于其室！	陪你永眠天地间！

【注释】

[1]蒙：覆盖。楚：荆条。

[2]蘞(liǎn)：白蘞，多年生草本植物，茎蔓生，掌状复叶，浆果球形，根入药。一说为野葡萄。

[3]予美：我的好人，指亡夫。

[4]域：墓地。

[5]息：安息，长眠。

[6]角枕：用兽骨制成或装饰的枕头，供死者用，一说为八角的方枕。粲：灿。

[7]衾：被子，此指入殓盖尸的东西。

[8]旦：天亮，指谁来陪伴孤独长夜到天亮。

[9]夏之日、冬之夜：夏季日长，冬季夜长，都指漫漫的岁月。

[10]百岁：婉辞，指死亡。

[11]其居：与下文中"其室"都表示亡人墓穴。

秦 风

蒹 葭

【原文】	【译文】
蒹葭苍苍，[1]	芦苇茂又长，

白露为霜。	白露初为霜。
所谓伊人，	我有心上人，
在水一方。	在那水一方。
溯洄从之，[2]	逆流追随之，
道阻且长。	道阻且漫长。
溯游从之，[3]	顺流寻觅之，
宛在水中央。	宛在水中央。
蒹葭凄凄，[4]	蒹葭多凄迷，
白露未晞。[5]	白露尚未晞。
所谓伊人，	我那心上人，
在水之湄。[6]	从容在岸湄。
溯洄从之，	溯洄如心曲，
道阻且跻。[7]	道险且崎岖。
溯游从之，	溯游长漫漫，
宛在水中坻。[8]	宛在水中坻。
蒹葭采采，[9]	蒹葭密且盛，
白露未已，	白露已深秋。
所谓伊人，	念那心上人，
在水之涘。	犹在水之涘。
溯洄从之，	溯洄去寻她，
道阻且右。[10]	道阻且弯曲。
溯游从之，	顺流去迎她，
宛在水中沚。[11]	宛在水中沚。

【注释】

[1] 蒹（jiān）：草本植物，长在水边芦苇一类的草，又名荻。葭（jiā）：初生的芦苇。苍苍：《毛诗》有"盛也"。

[2] 溯（sù）：逆着水流方向前行。溯洄，指逆水而行。

[3] 溯游：指顺水向下漂流。

[4] 凄凄：萋萋，犹苍苍也。

[5] 晞：干。

[6] 湄（méi）：水边水草相接处，即岸边。

[7] 跻（jī）：上升，往高处登，指道路陡起。

[8] 坻（chí）：露出水面的小沙洲。

[9] 采采：同"凄凄"。

[10] 右：迂回弯曲。

[11] 沚（zhǐ）：水中小块沙滩。

晨　风

【原文】	【译文】
鴥彼晨风，[1]	鹰鹯疾飞，
郁彼北林。	掠过树林。
未见君子，	未见情郎，
忧心钦钦。[2]	忧心忡忡。
如何如何？	奈何奈何，
忘我实多。	忘我实多。
山有苞栎，[3]	山有丛栎，

隰有六驳。[4]	洼有赤李。
未见君子，	未见情郎，
忧心靡乐。	心中不乐。
如何如何？	奈何奈何，
忘我实多。	忘我实多。
山有苞棣，[5]	上有唐棣，
隰有树檖。[6]	下有山梨。
未见君子，	未见情郎，
忧心如醉。	心醉魂飞。
如何如何？	奈何奈何，
忘我实多。	忘我实多。

【注释】

[1] 鴥（yù）：鸟疾飞的样子。晨风：鹯鸟，一种鹞鹰。

[2] 钦钦：忧愁的样子。

[3] 苞：丛生的样子。栎：落叶乔木。

[4] 隰：低洼湿地。六：形容"多"。驳，树名，又名赤李。

[5] 棣：棠梨树，又名棠棣、唐棣、常棣、郁李。

[6] 檖：山梨树。

陈 风

宛 丘

【原文】　　　　　　　【译文】

子之汤兮，[1]　　　　　那游荡的人啊，
宛丘之上兮。[2]　　　　舞动宛丘之上。
洵有情兮，[3]　　　　　真令我陶醉啊，
而无望兮。[4]　　　　　怎敢有所奢望。

坎其击鼓，[5]　　　　　鼓声咚咚响啊，
宛丘之下。　　　　　　舞动宛丘上下。
无冬无夏，[6]　　　　　无论冬寒夏暑，
值其鹭羽。[7]　　　　　手持鹭羽飘扬。

坎其击缶，[8]　　　　　击缶之声沉雄，
宛丘之道。　　　　　　宛丘大道飞舞。
无冬无夏，　　　　　　无论冬寒夏暑，
值其鹭翿。[9]　　　　　鹭羽面具在头。

【注释】

[1] 子：指女巫。汤：荡，形容摇摆的舞姿。

[2] 宛丘：地名，或说为一种中心略高的游乐场所。丘，小土山。

[3] 洵：真、确实，此指诗人确实钟情于女巫。

[4] 望：希望、指望。

[5] 坎：象声词，敲击声。

[6] 无：无论。

[7] 值：持、戴。鹭：鸟类，嘴直而尖，颈长，飞翔时缩颈。羽：羽毛，此指羽毛做的舞具。

[8] 缶（fǒu）：古时瓦质打击乐器，一说瓦盆或一种小口大腹的瓦器。

[9] 翿（dào）：羽毛做的一种形似伞或扇的舞具。

衡 门

【原文】

衡门之下，可以栖迟。[1]
泌之洋洋，可以乐饥。[2]

岂其食鱼，必河之鲂？[3]
岂其取妻，必齐之姜？[4]

岂其食鱼，必河之鲤？
岂其取妻，必宋之子？[5]

【译文】

柴门屋陋多风雨，
可以栖居可以息。

泌水洋洋长流水，
可以喝来可疗饥。

食鱼何必黄河鲂,

娶妻干吗非齐姜。

食鱼何必黄河鲤,

娶妻干吗非宋女。

【注释】

[1] 衡门:横木为门,即简陋的门。栖迟:栖息,生活。

[2] 泌(bì):陈国泌丘地方的泉水名。洋洋:水流大的样子。乐:古通"疗",治疗,疗饥即糊口也。

[3] 岂:难道。其:助词。河:黄河。鲂(fáng):鱼名。

[4] 姜:姜子牙封于齐国,姜乃齐国大姓。

[5] 子:商纣的哥哥微仲封于宋。商,以"子"为姓,故宋国的贵族女子姓"子"。

东门之杨

【原文】	【译文】
东门之杨,	东门之外有白杨,
其叶牂牂。[1]	叶茂根深风轻扬。
昏以为期,[2]	黄昏相约人不见,
明星煌煌。[3]	等到星空闪闪亮。
东门之杨,	白杨影重风声响,

其叶肺肺[4]。　　　　　　　疑似玉人携暗香。

昏以为期，　　　　　　　长夜漫漫人未至，

明星晢晢。[5]　　　　　　启明星儿亮东方。

【注释】

[1] 牂牂（zāng）：茂盛貌。

[2] 昏：黄昏。

[3] 明星：启明星，古时指太阳出来以前，出现在东方天空的金星。煌煌：明亮的样子。

[4] 肺肺（pèi）：茂盛貌。

[5] 晢晢（zhé）：明亮的样子。

月　出

【原文】　　　　　　　　【译文】

月出皎兮，[1]　　　　　　月出皎皎啊，

佼人僚兮。[2]　　　　　　那人曼妙啊。

舒窈纠兮，[3]　　　　　　柔美又安静，

劳心悄兮。[4]　　　　　　劳我心怦然。

月出皓兮，[5]　　　　　　月儿清亮啊，

佼人懰兮。[6]　　　　　　那人亦幽远。

舒忧受兮，[7]　　　　　　舒缓又婀娜，

劳心慅兮。[8]　　　　　　令我心忧然。

月出照兮，	月儿空廓啊，
佼人燎兮。[9]	美人神飞扬。
舒夭绍兮，[10]	清明亦高远，
劳心惨兮。[11]	劳我心惨然。

【注释】

[1] 皎：白而亮，皎洁。

[2] 佼人：美人。僚：同"嫽"，美好。

[3] 窈纠：曲线苗条动人。

[4] 劳：烦劳，请人帮忙的客套语，此指令我心忧愁。

[5] 皓：洁白，明亮。

[6] 㚻（liǔ）：美好。

[7] 懮（yǒu）受：曲线苗条动人。

[8] 慅（cǎo）：忧愁貌。

[9] 燎：心中燃烧貌，或同"嫽"。

[10] 夭绍：曲线苗条动人。

[11] 惨：忧愁貌。

泽　陂

【原文】　　　　　　【译文】

彼泽之陂，　　　　湖水之堤，
有蒲与荷。　　　　蒲草细荷花小。
有美一人，　　　　美男子都，
伤如之何！　　　　令我身心俱伤。

| 寤寐无为， | 日思夜想， |
| 涕泗滂沱。 | 每每涕泗流淌。 |

彼泽之陂，[1]	湖水之堤，
有蒲与荷。	蒲草长莲蓬香。
有美一人，	美男子都，
硕大且卷。[2]	个子高头发卷。
寤寐无为，	终日彷徨，
中心悁悁。[3]	渐渐忧闷痴狂。

彼泽之陂，	湖水之堤，
有蒲菡萏。[4]	蒲草黄荷叶残。
有美一人，	美男子都，
硕大且俨。[5]	举止闲雅庄严。
寤寐无为，	令我恍惚，
辗转伏枕。	翻来覆去皆他。

【注释】

[1] 泽：聚水的地方，如池塘、小泊。陂（bēi）：池塘、陂塘，古代用以称水边、河岸或山坡。

[2] 卷：婘，美好的样子。

[3] 悁悁（yuān）：忧闷的样子。

[4] 菡萏：芙蓉，荷花的别称。

[5] 俨：庄重的样子。

桧 风

隰有苌楚

【原文】

隰有苌楚，[1]
猗傩其枝。[2]
夭之沃沃，[3]
乐子之无知。[4]

隰有苌楚，
猗傩其华。
夭之沃沃，
乐子之无家。[5]

隰有苌楚，
猗傩其实。
夭之沃沃，
乐子之无室。

【译文】

低洼之处有羊桃，
婀娜其枝漫飞舞。
其枝少壮其叶沃，
羡你无知故无忧。

低洼之处羊桃盛，
枝蔓轻柔花灼灼。
枝有根来叶光泽，
慕你无家无牵挂。

低洼之处羊桃多，
累累果实满山坡。
根深叶茂风舒柔，
慕你无室亦无愁。

【注释】

[1] 隰：低湿之处。苌（cháng）楚：蔓生植物，实可食，又名羊桃、猕猴桃。

[2] 猗傩（ē nuó）：同"婀娜"，轻柔美好的样子。

[3] 夭：初生的草木。沃沃：光泽壮盛貌。

[4] 乐：羡慕。

[5] 无家：无妻，无配偶。

曹 风

蜉 蝣

【原文】
蜉蝣之羽，衣裳楚楚。[1]
心之忧矣，于我归处？[2]

蜉蝣之翼，采采衣服。[3]
心之忧矣，于我归息？[4]

蜉蝣掘阅，麻衣如雪。[5]
心之忧矣，于我归说？[6]

【译文】
蜉蝣之羽，鲜明亮丽，
朝生暮死，与我何异？

蜉蝣之翼，光彩夺目，
百年之忧，白驹过隙。

掘阅穿洞，羽翼如雪，
心忧不已，与我同息！

【注释】

[1] 蜉蝣：昆虫，成虫有两对薄而半透明的翅，尾部有丝状物两三条，常在水面上飞行，寿命很短，只有数小时至一星期左右。楚楚：鲜明，整洁。

[2] 于：古"乌"字，何的意思。

[3] 采采：灿灿，华美的样子。

[4] 我：通"何"。归息：归宿。

[5] 掘：穿、控。阅：古通"穴"，此处通"蜕"，蜕变。麻衣：蜉蝣透明而有麻纹的薄翼。

[6] 说：休息，也指归宿。

豳 风

七 月

【原文】

七月流火，九月授衣。[1]
一之日觱发，二之日栗烈。[2]
无衣无褐，何以卒岁？[3]
三之日于耜，四之日举趾。[4]
同我妇子，馌彼南亩，[5]
田畯至喜。[6]

七月流火，九月授衣。
春日载阳，有鸣仓庚。[7]
女执懿筐，遵彼微行，[8]
爰求柔桑。[9]
春日迟迟，采蘩祁祁。[10]
女心伤悲，殆及公子同归。[11]

七月流火，八月萑苇。[12]
蚕月条桑，取彼斧斨，[13]
以伐远扬，猗彼女桑。[14]
七月鸣鵙，八月载绩，[15]
载玄载黄，我朱孔阳，[16]
为公子裳。[17]

四月秀葽，五月鸣蜩。[18]
八月其获，十月陨萚。[19]
一之日于貉，取彼狐狸，[20]
为公子裘。
二之日其同，载缵武功，[21]
言私其豵，献豜于公。[22]

五月斯螽动股，[23]
六月莎鸡振羽。[24]
七月在野，八月在宇，九月在户，[25]
十月蟋蟀入我床下。
穹窒熏鼠，塞向墐户。[26]
嗟我妇子，曰为改岁，[27]
入此室处。

六月食郁及薁，[28]
七月亨葵及菽。[29]
八月剥枣，[30]

十月获稻。
为此春酒，[31]
以介眉寿。[32]
七月食瓜，
八月断壶，[33]
九月叔苴。[34]
采荼薪樗，[35]
食我农夫。[36]

九月筑场圃，[37]
十月纳禾稼。[38]
黍稷重穋，[39]
禾麻菽麦。
嗟我农夫！[40]
我稼既同，[41]
上入执宫功：[42]
昼尔于茅，[43]
宵尔索绹，[44]
亟其乘屋，[45]
其始播百谷。

二之日凿冰冲冲，[46]
三之日纳于凌阴，[47]
四之日其蚤，[48]
献羔祭韭。[49]
九月肃霜，[50]

十月涤场。[51]
朋酒斯飨，[52]
曰杀羔羊。
跻彼公堂，[53]
称彼兕觥，[54]
万寿无疆！

【译文】
七月火星向西行，九月妇女忙缝衣。
十一月北风呼号，十二月寒冬刺骨。
若如无衣又无褐，何以度过此寒冬？
正月里来修农具，二月人牛皆下地。
妻子送饭到田间，此景农官最欢喜。

七月火星向西行，九月妇女忙缝衣。
春日阳光和风暖，黄鸟柳里鸣嫩枝。
青春女子执深筐，沿路采摘求柔桑。
春日昼长春夜暖，白蒿烧茧茧丝长。
女子伤春若有思，欲借春风嫁情郎。

七月流火像西垂，八月采荻和芦苇。
蚕月取斧斨修桑，桑条婀娜桑叶香。
七月伯劳鸣山谷，八月妇女织布忙。
大礼玄衣下裳黄，色彩鲜明公子裳。

四月远志秀长穗，五月长鸣是蝉蜩。

八月庄稼忙收获，十月草木随风落。
十一月时猎狐狸，毛皮制成公子裘。
冬月齐聚打猎忙，大猪献公小猪藏。

五月蚱蜢弹股响，六月莎鸡振羽毛。
七月蟋蟀在野外，八月九月进户宇，
十月就在我床下。
堵堵缝隙熏熏鼠，塞紧窗子和门户。
叹我妇子贺新岁，还是住在这旧屋。

六月食李和葡萄，七月烹葵和豆椒。
八月扑打青枣脆，十月收获稻谷香。
用它来酿春酒喝，把酒祈愿寿且康。
七月食瓜壮身骨，八月架上断葫芦，
九月捡取香麻子。
晾好野菜和柴草，寒冬以此养农夫。

九月围好打谷场，十月粮食进谷仓。
晚熟早熟有黍稷，还有稻豆与麦麻。
叹我农夫农事苦！
农闲还要修官府：
白日野外割茅草，夜深搓麻到天晓，
急上屋顶修屋宇，转眼又到播谷时。

腊月凿冰冲冲响，正月藏鱼于阴凌，
二月开春有春祭，献祭有羔也有荠。

九月金秋肃霜降，十月清扫打谷场。
乡村宴饮酒成双，又杀猪来又宰羊。
手捧美酒登公堂，齐声高呼寿无疆！

【注释】

[1] 火：大火星，每年夏历五、六月的黄昏出现在正南方，七月以后开始偏西而下行，所以叫"流"。授衣：指把做冬衣的工作交给妇女们去完成。授：交付、给予。

[2] 一之日：十月以后第一个月的日子，即夏历十一月。二之日、三之日、四之日即十二月、正月、二月。觱发（bì bō）：大风触物声。栗烈：凛冽，天寒风冷状。

[3] 褐：粗布衣。卒岁：到年终，度过寒冬残岁。

[4] 于：修理，整修。耜（sì）：翻土的农具，犁的一种。举趾：举足，此指下田耕作。

[5] 妇子：妻子儿女。馌（yè）：送饭，因为忙于农事，所以和妇子一起劳动，饭只能在田间地头吃。南亩：泛指田地。

[6] 田畯（jùn）：古代掌管农事的官。至喜：指农官看到大家劳动，非常高兴。

[7] 春日：指夏历二月。载阳：开始暖和。载，开始，一说则。仓庚：黄莺。

[8] 懿：深，懿筐即采桑用的深筐。遵：沿着。微行：小路。

[9] 爰：乃，于是。求：寻求。柔桑：细嫩的桑叶，用以喂蚕。

[10] 迟迟：缓慢，指春天昼长。蘩（fán）：白蒿，养蚕用。一说古人用来祭祀，一说用来煮水烧润蚕子，以使蚕子易出。祁祁：众多。

[11] 女：女子。殆：希望。古代贵族女子也称公子。归：嫁也。是说想借女公子出嫁的春风，自己也嫁人。

[12] 萑（huán）苇：荻，芦类植物。苇：芦苇。或说萑苇为长成的荻苇。

此物八月割下收存，来年春天可用于制成苇箔盛养蚕。

[13]蚕月：开始养蚕的月份，指齫历的第五个月，夏历三月。条：修剪枝条。斧斨（qiāng）：受柄之孔，圆者为斧，方者为斨。

[14]远扬：指伸得很长而高扬的桑条。猗：同"掎"，牵引。女桑：柔桑。

[15]鵙（jú）：伯劳鸟，又名子规、杜鹃。绩：绩麻，即将麻纤维剖开接续起来搓成线，载绩即纺麻。

[16]载玄载黄：载为关联词，意说丝织品染的颜色，又是黑的，又是黄的。朱：指染的红色。阳：鲜明、鲜艳，孔阳即甚为鲜明。

[17]为公子裳：指蚕桑染织，都是为了给王公贵族做衣裳。

[18]秀：植物抽穗开花，一说指不开花而结实。葽（yāo）：植物名，即师姑草，又名远志，一说王瓜。蜩（tiáo）：蝉。

[19]其：助词。获：农作物开始收获。萚（tuò）：草木的枝叶，陨萚即草木之叶陨落。

[20]于：语气助词或为往、在，此指捕猎。貉：哺乳动物，毛棕灰色，两耳短小，两颊有长毛横生，栖息在山林，昼伏夜出，是一种重要的皮兽，今通称貉子，也叫狸。

[21]其同：同，指猎前会合众人。缵（zuǎn）：继承、继续。武功：武事，此指田猎。

[22]言私其豵（zōng）：小兽归自己。私，私有。豵，一岁的小猪，此指小兽。豜（jiān）：三岁的大猪，此泛指大兽。

[23]斯螽（zhōng）：虫名，蝗类。动股：指两股相切摩擦发声。

[24]莎鸡：纺织娘。振羽：鼓翅发声。

[25]野、宇、户：指蟋蟀夏天在田野，秋天因天气渐凉而避之屋檐下，进而入屋。宇，屋檐，此指房檐下。户，室内。

[26]穹室：即室穹，堵塞屋里墙上所有的孔洞。穹：穷尽、全部。室：

塞、堵塞洞穴。熏鼠：用火熏烧老鼠，使之不能在屋内藏身。向：朝北的窗子。墐（jìn）：用泥涂塞，指为了御寒，就堵塞住北面的窗户，再用泥把竹柴编的门涂抹好。

[27] 曰：说或发语词。改岁：除岁、年终、过年，说一年即将过去，新年快要来到。

[28] 郁：一种果树，一说郁李或山楂。薁（yù）：蘡（yīng）薁，野葡萄，落叶藤类植物，果实黑紫色，可酿酒或入药。

[29] 亨：烹，煮。葵：冬葵，古代一种蔬菜。菽：豆类的总称。

[30] 剥（pū）：扑打。

[31] 为：做、酿造。此，这种。春酒，冬天酿造，春天始成的酒。

[32] 介：借为丐，祈求。眉寿：长寿，因高寿的人有长眉。

[33] 断：摘下。壶：瓠，瓠瓜。

[34] 叔：拾取。苴（jū）：青麻。

[35] 荼：一种苦菜。薪：此作动词，砍柴。樗（chū）：臭椿树，木质不好，仅可供烧火用。

[36] 食我农夫：用这些来供养我们这些农夫之家。指郁、薁、葵、菽、枣、稻、酒是贵族们的食物，瓜、壶、苴、荼才是农民糊口的食物。

[37] 筑：修筑，整理。场圃：打粮食的场地，春夏种菜即为菜圃，秋冬打谷晒粮即为场院。

[38] 纳禾稼：将粮食收纳入仓。纳，收纳，收藏。禾，专指小米。

[39] 黍，小米。稷：高粱。重穋，即穜稑（tóng lù），先种后熟的谷叫穜，后种先熟的谷叫稑。

[40] 嗟我农夫：可怜我这个农夫。

[41] 同：集中入仓。

[42] 上：尚，尚且、还要。执宫功：给统治者修理宫室住宅。执：执行、从事。功：劳动、劳役。

[43] 昼：白天。尔：语气助词。茅：割茅草。

[44] 索：搓。绹（táo）：绳子。

[45] 亟：急。乘屋：登上屋顶修理自己的房屋，因为春耕春播工作又要开始了，所以很急。

[46] 冲冲：古读为通，凿取冰块的撞击声。

[47] 凌：冰。阴：地窖。

[48] 蚤：即早，早朝，指祭祖仪式。

[49] 献羔祭韭：以羔羊、韭菜献祭于祖庙神位之前。

[50] 肃霜：肃爽，天高气爽，一说结霜而万物收缩，一说指下霜。

[51] 涤场：农事完毕，将打谷场清扫干净。

[52] 朋：两樽、双杯，朋酒即两樽酒。飨：享，享用或说款待人。

[53] 跻（jī）：登上。公堂：公共场所，大约是乡民集会的地方。

[54] 称：举杯敬酒。兕觥（sì gōng）：兕角制的酒杯或指形似伏兕的铜制饮具。兕，雌性犀牛。觥，古代饮酒器具。

伐　柯

【原文】

伐柯如何？[1]
匪斧不克。[2]
取妻如何？[3]
匪媒不得。

伐柯伐柯，
其则不远。[4]

【译文】

砍伐木头怎么办？
不用斧子可不行。
要娶妻子怎么办？
不用媒人可不成。

用斧子伐木头啊，
规则其实并不远。

| 我觏之子，[5] | 我观察我妻子啊， |
| 笾豆有践。[6] | 祭品排列真美观。 |

【注释】

[1] 伐：砍伐。柯：草木的茎枝或斧柄。

[2] 克：能也。

[3] 取：娶。

[4] 则：法则、道理。不远：指道理差不多，或说合乎礼法。

[5] 觏（gòu）：遇见。之子：那人。

[6] 笾（biān）：古代祭礼和宴会时盛果类食物的竹篾食具。豆：木制盛肉类的食器。践：成行成列，陈列整齐貌。

小　雅

鹿　鸣

【原文】	【译文】
呦呦鹿鸣，[1]	鹿儿呦呦鸣，
食野之苹。[2]	在野衔草苹。
我有嘉宾，	我有好宾客，
鼓瑟吹笙。	鼓瑟又吹笙。
吹笙鼓簧，[3]	吹笙鼓簧片，
承筐是将。[4]	奉礼满筐行。

人之好我，[5]	众人皆爱我，
示我周行。[6]	示我以德行。
呦呦鹿鸣，	呦呦鹿鸣声，
食野之蒿。[7]	野外食蒿草。
我有嘉宾，	我有嘉宾客，
德音孔昭。[8]	美德独昭昭。
视民不恌，[9]	待民不轻薄，
君子是则是效。[10]	君子以为则。
我有旨酒，[11]	我有美佳酿，
嘉宾式燕以敖。[12]	嘉宾乐逍遥。
呦呦鹿鸣，	鹿儿呦呦鸣，
食野之芩。[13]	在野食芩草。
我有嘉宾，	我有嘉宾客，
鼓瑟鼓琴。	鼓琴又鼓瑟。
鼓瑟鼓琴，	琴瑟悠且美，
和乐且湛。[14]	文雅又和乐。
我有旨酒，	我有美佳酿，
以燕乐嘉宾之心。[15]	以此宴嘉宾。

【注释】

[1] 呦（yōu）：鹿鸣声。

[2] 苹：皤蒿。

[3] 簧：乐器中用以发声的片状振动体。

[4] 承筐是将：古代用筐盛币帛送宾客。承，奉。将，送。

[5] 人：指家人。好：爱。

[6] 示我周行：姚际恒《通论》有"犹云指我路途耳"。

[7] 蒿：通常指花小、叶子羽状分裂、有特殊气味的草本植物。

[8] 孔昭：很明显。

[9] 视：《笺》有"古示字也"。意为将事物指出让人知道，即教导。民：奴隶或自由的人。恌（tiāo）：陈奂《传疏》有"恌，当为佻。……'佻，愉。'今《尔雅》愉作偷。愉、偷古今字"。

[10] 是则是效：这个法则生效。

[11] 旨：美味。

[12] 式燕：宴饮。式：发语词。敖：游逛，逍遥。

[13] 芩：蒿类植物。

[14] 湛（dān）：《传》有"乐之大"。《集传》有"湛，乐之久也"。

[15] 燕乐：安乐。燕，《传》："安也。"

采 薇

【原文】

采薇采薇，薇亦作止，[1]
曰归曰归，岁亦莫止。[2]
靡室靡家，猃狁之故，[3]
不遑启居，猃狁之故。[4]

采薇采薇，薇亦柔止，[5]
曰归曰归，心亦忧止。
忧心烈烈，载饥载渴，[6]

【译文】

春生豌豆苗亦新，
曰归一年岁又暮。
无室无家因猃狁，
无暇起居猃狁故。

夏日豌豆苗亦柔，
归日无望心亦忧。
又饥又渴忧心烈，

我戍未定，靡使归聘。[7]   无法归聘缘奔波。

采薇采薇，薇亦刚止，[8]   秋日豌豆苗已刚，
曰归曰归，岁亦阳止。[9]   曰归一年岁又阳。
王事靡盬，不遑启处，[10]   战事未有终了时，
忧心孔疚，我行不来！[11]   总盼归期未有期。

彼尔维何？维常之华，[12]   路边猛见棠棣花，
彼路斯何？君子之车。[13]   还有君子之大车。
戎车既驾，四牡业业，[14]   戎马威仪壮心骨，
岂敢定居？一月三捷。   一月三捷捷报多。

驾彼四牡，四牡骙骙，[15]   四牡骙骙行大路，
君子所依，小人所腓。[16]   士兵且随君子车。
四牡翼翼，象弭鱼服，[17]   象牙做弓鱼皮袋，
岂不日戒？玁狁孔棘！[18]   保家卫国有尊荣！

昔我往矣，杨柳依依，   昔我往矣杨柳依，
今我来思，雨雪霏霏。   今我来思雨雪霏。
行道迟迟，载渴载饥，   老来还乡却迟疑，
我心伤悲，莫知我哀！   只因内心多伤悲！

【注释】

[1] 薇：俗称野豌豆。作：出生，刚出地面。止：语尾助词。

[2] 莫：岁暮，指一年将尽的时候，即岁末。

[3] 靡：无。玁狁（xiǎn yǔn）：西周时北方的部族，春秋时称北狄，

秦汉称匈奴。

[4]遑：闲暇。启，跪，周代人跪坐。居：坐。

[5]柔：形容初生的柔嫩。

[6]烈烈：火势很猛状。载饥载渴：又饥又渴。

[7]归聘：捎信问候家人。

[8]刚：坚硬，指茎老而硬。

[9]阳：温暖，有些版本说是指春天，其实缪也。上文说野豌豆老了，证明是秋天，因此当指温暖的小阳春，即夏历十月。

[10]盬（gǔ）：停息。

[11]孔疚：特别痛苦。

[12]尔：薾，花朵盛开貌。常：常棣（树名）。

[13]路：同"辂"，高大的车。

[14]业业：高大貌。

[15]骙骙（kuí）：雄壮貌。

[16]小人：指普通士卒。腓（féi）：隐蔽，指借车隐蔽。

[17]翼翼：行列整齐貌。象弭（mǐ）：弭是弓两端受弦的地方，用骨头制成，象牙作弭形容武器装备精良，服："箙"的假借，盛箭的器皿，鱼服指用鲨鱼皮做的箭带。

[18]棘：棘手难缠，或急也，指军情紧急。

鹤 鸣

【原文】

鹤鸣于九皋，声闻于野。[1]

鱼潜在渊，或在于渚。[2]

乐彼之园，爰有树檀，其下维萚。[3]

它山之石，可以为错。

鹤鸣于九皋，声闻于天。

鱼在于渚，或潜在渊。

乐彼之园，爰有树檀，其下维榖。[4]

它山之石，可以攻玉。

【译文】

鹤鸣于九曲沼泽，其声远闻于四野。

鱼或深潜于深渊，鱼或游戏于浅滩。

园中有檀高又大，其下败叶也连绵。

莫嫌它山石不美，玉石还须它来磨。

鹤鸣于九曲沼泽，其声远闻于九天。

鱼或游戏于浅滩，鱼或深潜于深渊。

园中檀树高又大，其旁也有恶木榖。

恶石粗粝玉温润，成器还得石来磨。

【注释】

[1] 鹤：一般比喻隐居的贤人。九，泛指"多"。皋：沼泽，水岸边。

[2] 渚：水中小岛。

[3] 树檀：檀树，隐喻贤者。萚（tuò）：枯枝败叶，比喻小人。

[4] 榖：指恶木。

斯干（节选）

【原文】

殖殖其庭，有觉其楹。[1]
哙哙其正，哕哕其冥。[2]
君子攸宁。[3]
下莞上簟，乃安斯寝。[4]
乃寝乃兴，乃占我梦。[5]
吉梦维何？
维熊维罴，维虺维蛇。
大人占之：
维熊维罴，男子之祥。[6]
维虺维蛇，女子之祥。[7]

乃生男子，载寝之床，
载衣之裳，载弄之璋。[8]
其泣喤喤，朱芾斯皇，[9]
室家君王。

乃生女子，载寝之地，
载衣之裼，载弄之瓦。[10]
无非无仪，唯酒食是议。[11]
无父母诒罹。

【译文】

平正大院有深庭，

有廊有柱雕窗棂。
向阳之处花粲粲，
背阴之处闲且静，
君子安身以休宁。

下有草席上竹幔，
良辰还须好安寝。
醒来但觉有一梦，
请来大人占吉祥。
梦熊梦罴怀男儿，
梦虫梦蛇是女郎。

生了男儿放床上，
穿衣戴帽玩玉璋。
男儿哭声多嘹亮，
朱服堂堂似君王。

生了女儿放地上，
穿衣护脚弄瓦当。
不是不敬小女子，
女子主内酿酒浆，
莫让父母空忧伤。

【注释】

[1] 殖殖：平正、宽大。庭，宫寝之前庭。楹：柱子。

[2] 哙哙：明快。正，向阳处。哕哕：深广。冥：暗处。

[3] 君子攸宁：上两句形容宫室之美，是君子安身、安息之所。

[4] 下莞：草席。上簟：竹器编的帘子。

[5] 乃寝乃兴：寝，睡觉。兴，醒来。

[6] 维熊维罴，男子之祥：古人认为梦到熊罴是生男孩的吉兆。熊罴：阳物。

[7] 维虺维蛇，女子之祥：梦到蛇是生女孩的吉兆。虺：蛇的一种。

[8] 璋：半圭为璋。男子弄璋以养其德。

[9] 喤喤：哭声嘹亮。朱芾：红色的前搭。芾，通"黻"，官服上的蔽膝，一般为皮革。

[10] 裼：襁褓。

[11] 无非无仪，唯酒食是议：不是不敬重女性，是女性长大后多照顾家人之酒食衣裳，故从小习之为宜。

谷 风

| 【原文】 | 【译文】 |

习习谷风，[1]　　　　　山谷习习风，
维风及雨。　　　　　云集雨欲来。
将恐将惧，　　　　　心中有不安，
维予与女。[2]　　　　 你与我为仇。
将安将乐，　　　　　将安将乐时，
女转弃予。　　　　　你却欲弃我。

习习谷风，　　　　　山谷习习风，
维风及颓。[3]　　　　 风旋树亦颓。

将恐将惧，	心中多恐惧，
置予于怀。	曾拥我于怀。
将安将乐，	将安将乐时，
弃予如遗。[4]	却弃我如遗。
习习谷风，	山谷风已大，
维山崔嵬。[5]	地动山崔嵬。
无草不死，	风吹草皆死，
无木不萎。	山林亦枯萎。
忘我大德，	你忘我大德，
思我小怨。	总思我小怨。

【注释】

[1] 习习：柔和条达之风。谷风，东风。也有人认为是山谷之风。

[2] 予：我。女：通"汝"，你。

[3] 颓：风旋。

[4] 遗：像对待旧物般抛弃。

[5] 崔嵬：山巅。

都人士

【原文】	【译文】
彼都人士，[1]	周朝王都之人，
狐裘黄黄。	衣裘有狐赤黄。
其容不改，[2]	仪态行为有常，

出言有章。[3]　　　　　谈吐出言有章。
行归于周，　　　　　　每每朝拜于周，
万民所望。　　　　　　君子万民所望。

彼都人士，　　　　　　周朝王都之男，
台笠缁撮。[4]　　　　　美髯缁布冠髻。
彼君子女，　　　　　　周朝王都之女，
绸直如发。[5]　　　　　丝发如绸美颐。
我不见兮，　　　　　　如若久不见兮，
我心不说。[6]　　　　　我心不得欢悦。

彼都人士，　　　　　　周朝王都之男，
充耳琇实。[7]　　　　　美玉充耳为瑱。
彼君子女，　　　　　　周朝王都之女，
谓之尹吉。[8]　　　　　贤淑都如尹吉。
我不见兮，　　　　　　如若久不见兮，
我心苑结。[9]　　　　　我心就要郁结。

彼都人士，　　　　　　周朝王都之男，
垂带而厉。[10]　　　　 垂带飘飘倜傥。
彼君子女，　　　　　　周朝王都之女，
卷发如虿。[11]　　　　 两鬓卷发如妆。
我不见兮，　　　　　　如若久不见兮，
言从之迈。　　　　　　得见随之不舍。

匪伊垂之，　　　　　　不是故意垂之，

带则有余。	而是飘带有余。
匪伊卷之，	不是故意卷发，
发则有旟。[12]	而是天生丽质。
我不见兮，	不见往昔人物，
云何盱矣。[13]	我如何不忧伤！

【注释】

[1] 都：王都。

[2] 不改：有常。情绪稳定。

[3] 出言有章：言语有条理、有华彩。

[4] 台：胡须。缁：缁布冠，撮取发髻。

[5] 绸直：丝发如锦缎般滑顺直溜。

[6] 说：同"悦"。

[7] 充耳琇实：以美玉为耳充。

[8] 尹吉：尹氏、吉氏，可能是当时的名门，女子都如尹氏、吉氏之女，高贵有礼。

[9] 苑结：郁结。

[10] 厉：垂带历历鲜明的样子。

[11] 卷发如虿：女子卷发，两鬓短发不可收敛者，上卷以为装饰，就像蛰虫的尾巴般上翘。

[12] 旟（yú）：飞扬。

[13] 盱：忧伤，伤感。

苕之华

【原文】

苕之华,芸其黄矣。[1]
心之忧矣,维其伤矣!

苕之华,其叶青青。
知我如此,不如无生!

牂羊坟首,[2]
三星在罶。[3]
人可以食,鲜可以饱![4]

【译文】

凌霄花开花儿极黄,
心之忧矣何其永伤!

凌霄之花叶儿青青。
痛苦如此不如无生!

羊无食而头大身小,
水无鱼而三星在网。
人虽有食岂可望饱!

【注释】

[1] 苕:紫葳,蔓生附于乔木之上。其花黄赤,名凌霄。
[2] 牂羊:母羊。坟首:头大。羊瘦则显得头大。
[3] 三星:日、月、星为三星。罶,渔笱。因为无鱼而水清,只见星光点点。
[4] 鲜:少。

大　雅

生民（节选）

【原文】
厥初生民，时维姜嫄。[1]
生民如何？克禋克祀，以弗无子。[2]
履帝武敏歆，攸介攸止，载震载夙。[3]
载生载育，时维后稷。

诞弥厥月，先生如达。[4]
不坼不副，无菑无害。以赫厥灵。[5]
上帝不宁，不康禋祀，居然生子。[6]

诞寘之隘巷，牛羊腓字之。[7]
诞寘之平林，会伐平林。[8]
诞寘之寒冰，鸟覆翼之。
鸟乃去矣，后稷呱矣。[9]
实覃实讦，厥声载路。[10]

诞实匍匐，克岐克嶷。以就口食。[11]
蓺之荏菽，荏菽旆旆。[12]
禾役穟穟，麻麦幪幪，瓜瓞唪唪。

诞后稷之穑，有相之道。

茀厥丰草，种之黄茂。

实方实苞，实种实褎。

实发实秀，实坚实好。

实颖实栗，即有邰家室。[13]

【译文】
周之始祖曰姜嫄，
当初怀妊甚艰难。
祷告神灵求良子，
履帝足迹有感应，
有孕在身心还惊。
十月怀胎容止端，
产下娇儿曰后稷。

足月初生产程顺，
胞衣不破体混然。
如此灵异心惕惕，
唯恐忤逆天帝意，
不敢养育决意弃。

忍痛弃置在窄巷，
牛羊庇护来哺乳。
无奈再置树林里，
恰逢伐者来砍树。
襁褓又置寒冰上。
鸟儿展翅护佑之。

看来一切是天意，
人要弃来天不弃。
鸟去后稷一声哭，
声音嘹亮裂冰湖，
为娘婆娑人驻足。

匍匐之时显聪慧，
吃喝从不让人愁。
少年种瓜又种豆，
禾苗低垂麻丰收。
瓜迭绵绵麻籽香，
豆子累累麦粒熟。

后稷种植有良道，
爱护禾苗勤除草，
好种还须护幼苗。
拔节抽穗成色好，
颗粒饱满产量高，
封之有邰谢帝尧。

【注释】

[1] 厥：其。姜嫄：帝喾之皇后，姜姓。帝喾有四妃，姜嫄虽是原配，但产子最晚。

[2] 克：能也。禋、祀，都指祭祀以求子。

[3] 履：踩踏。帝：天帝。武敏：大脚趾印。歆：心有所动而惊诧，其实是感觉到胎动。攸介攸止：所大所止。震：娠。夙：肃。是说姜嫄"在

所大所止之处而震动有娠"（朱熹《诗经集解》）。

[4] 弥：终。怀孕期满，乃生子。先生如达：头胎即顺产。达，畅快。

[5] 拆、副：裂，指生子没有给姜嫄带来任何伤害。以赫厥灵：以显其灵。

[6] 上帝不宁，不康禋祀，居然生子：如此顺产，使姜嫄心生不安，怕上天不宁，不愿赐福给江山社稷。

[7] 寘：置之。隘：狭。腓：排着队。字：乳也，哺乳他。

[8] 会：正赶上。正好赶上伐木工人伐木。

[9] 去：离开。呱：大哭。

[10] 实覃实讦：哭声又长又大。

[11] 匍匐：爬行。克岐克嶷：能知道好坏，有辨别能力。

[12] 蓺：种植。荏菽：大豆。旆旆：茂盛。以下几句是说后稷在很小的时候就喜好种植，种豆豆累累，种禾穗垂垂，种瓜瓜瓞瓞。

[13] 颖：抽穗。栗：饱满。有邰：后稷因种植利民，被封为有邰氏的始祖。

后　记

2007年的春天，我曾在山东教育台讲《黄帝内经》，时隔八年后的2015年5月，还是在山东教育台，我开讲《诗经》。有意思的是，人可以老，但经典永远年轻，始终保持着它出生时的那份新鲜、充盈和自足圆满的特性。

写完《诗经》书稿，在北京秋雨霖霖的时候，我又飞往柬埔寨，去看密林深处远古的吴哥窟。

我再次震撼于那份古典的庄重典雅。远古经典的一切美及价值，源自它对神的敬畏。正是敬畏，使人类创造了辉煌。

走在漫长的巨石甬道上，尽头处，便是无数落日夕照下吴哥窟的门廊和尖顶，其间你若想转弯，便须接受九头蛇的凝谛或内心拷问……每一个拐弯处每每都有一幢小的神庙，那不过是让你沉思之所，而且可以远瞻那终极之神庙。于是，你必须不断地返回中心甬道。总之，你前往的过程越久，就越让你心生敬畏和希望。从来都是，目标明确，哪怕到达时已是黑夜，你走进的，永远是神的怀抱，而不是其他。

但中国的寺庙没有这种直直平平的甬道。中国寺庙通常建在山顶，只有跋涉于长长的山道，才有登顶的机会。对单纯的民族而言，神对他的态度也直白，只要你信，直直地向前走就可以了。但对复杂的民族，神不仅要提升你的智慧，也要考验你的体力。而且，神不愿给你中途拐弯的机会，你要么上，要么下，没有别的机会。

　　读诗、写诗，都是走向神明或精神之庙宇的途径。回头，便是尘埃；前行，哪怕荆棘满地，也能步步莲花。

图书在版编目（CIP）数据

诗经：越古老越美好 / 曲黎敏著. -- 北京：台海出版社，2024.10. -- ISBN 978-7-5168-3947-8

I. I207.222

中国国家版本馆CIP数据核字第2024FL3381号

诗经：越古老越美好

著　　者：曲黎敏

责任编辑：戴　晨

出版发行：台海出版社
地　　址：北京市东城区景山东街20号　　邮政编码：100009
电　　话：010-64041652（发行，邮购）
传　　真：010-84045799（总编室）
网　　址：www.taimeng.org.cn/thcbs/default.htm
E - mail：thcbs@126.com

经　　销：全国各地新华书店
印　　刷：天津盛辉印刷有限公司
本书如有破损、缺页、装订错误，请与本社联系调换

开　　本：710毫米×1000毫米　　1/16
字　　数：275千字　　　　　　　印　张：20.75
版　　次：2024年10月第1版　　 印　次：2024年10月第1次印刷
书　　号：ISBN 978-7-5168-3947-8

定　　价：88.00元

版权所有　翻印必究